Marina Heib

Weißes Licht

Kriminalroman

Piper München Zürich

Originalausgabe
September 2006

Satz: psb, Berlin
Druck und Bindung: Clausen & Bosse, Leck
Printed in Germany
ISBN-13: 978-3-492-27124-0
ISBN-10: 3-492-27124-3

www.piper.de

Für Artur

Man kann in das Haus hineinsehen, wenn man will. Normalerweise tut man das nicht bei fremden Häusern, es ist ja auch sehr indiskret und gehört sich deshalb nicht. Aber hier kann man, wenn man will. Denn dieses Haus ist ein Musterhaus. Ein Musterhaus für die junge Familie. Bewohnt von mustergültigen Menschen. Gebaut nach modernsten Standards, alles schön hell, Wohnzimmer mit Schiebetüren aus Glas zur Terrasse, Küche, Elternschlafzimmer nach hinten, Bad, Gästetoilette, Kinderzimmer, Vollkeller mit Partyraum. Wenn man will, kann man sogar eine Sauna einbauen, soviel Platz ist im Keller. Der pflegeleicht angelegte Garten ist nicht einsehbar. Viele Familien träumen von einem solchen Haus. Es ist wirklich besonders, auch wenn man es nicht auf den ersten Blick sieht. Manche Familienväter glauben protzen zu müssen seit dem Wirtschaftswunder. Mit einem dieser neumodischen Bungalows, einem Mercedes Strich Acht vor der Tür und riesigen Klingelschildern aus Messing. Doch dieses Musterhaus ist was für die normale Familie, die unauffällig ihr kleines, privates Glück leben will. Ohne gestört zu werden durch die neidischen Blicke der Nachbarn.

Jetzt zum Beispiel ist in diesem Haus, wie in allen anderen Häusern in dieser Straße, in dieser Stadt, ein ganz normaler Abend im Dezember. Es ist still, der Schnee, der sich an den Straßenrändern fast einen Meter hoch türmt und auf der Fahrbahn zu einer zentimeterdicken Schicht verdichtet ist, schluckt die Fahrgeräusche der wenigen Autos, die um diese Uhrzeit noch unterwegs sind. Es ist fast halb zwölf. Im Wohnzimmer, das einen aufgeräumten und gepflegten Eindruck macht, sitzt die Mutter auf der Wohnlandschaft aus braunem Cord. Das Strickzeug liegt unberührt in Ihrem Schoß, sie starrt ins Leere. Man könnte denken, sie sei mit offenen Augen eingenickt oder warte abwesend auf irgend etwas. Die Fensterläden sind fest verschlossen, nur eine Stehlampe wirft ihren Lichtkegel auf den Couchtisch. Die Doppelflügeltür zum Flur steht offen.

Es ist alles ganz still. Bis die Tür geöffnet wird, die nach unten zum Partykeller führt. Der Vater tritt auf den Flur, in den Armen hält er seinen neunjährigen Sohn. Der Junge trägt eine bunte Unterhose mit kleinen Elefanten drauf. Er scheint ein wenig zu frieren. Ohne ins Wohnzimmer zu blicken, geht der Vater mit seinem Sohn stumm nach oben ins Kinderzimmer. Die eine Wand des Kinderzimmers ist blau gestrichen. Irgend jemand hat mit wenig Geschick Delphine auf die blaue Wand gemalt. Vor der Wand steht das Kinderbett. Der Vater läßt den Jungen aus seinen Armen ins Bett gleiten und deckt ihn liebevoll zu. Der Junge hat bislang kein Wort gesprochen. Keiner hat bislang auch nur irgendein Wort gesprochen.

»Möchtest du Willi haben?« fragt der Vater ihn sanft. »Willi ist fort«, antwortet der Junge tonlos. Der Vater sieht sich um und entdeckt den Teddy auf einem Kinderstuhl sitzend vor der blauen Wand, direkt neben dem Bett. »Hier ist er doch«, sagt der Vater. Er nimmt den zotteligen Bären und legt ihn dem Jungen aufs Kopfkissen, direkt neben sein Gesicht.

»Schön hast du das gemacht. Braver Junge. Nimm Willi und schlaf jetzt«, sagt der Vater mit ruhiger Stimme. Er drückt dem Jungen einen Kuß auf die Stirn und geht hinaus. Der Junge schubst den Teddy aus dem Bett und vergräbt sein Gesicht im Kissen. Er schämt sich, aber er weiß nicht warum. Sein Kopf ist so schwer. Alles tut weh. Dann kommt die Mutter herein. Sie zieht das Bettlaken wieder zurück, zieht dem Jungen den Schlüpfer mit den Elefanten herunter und reibt stumm seinen geröteten kleinen Pimmel und den blutenden Anus mit Wundsalbe ein.

Freitag, 24. Juni

»Ab hier müssen wir zu Fuß weiter. Ein kurzes Stück.« Der Beamte, der Christian und sein Team vom Flughafen abgeholt hatte, parkte das Auto an einer Verbreiterung des Weges, ganz eng an den Bäumen, durch die sich ein Pfad hindurchschlängelte. Christian öffnete die Beifahrertür und stieg entschlossen aus dem Wagen. Sein rechter Fuß landete in einer tiefen Pfütze. Er nahm es mißgelaunt zur Kenntnis und schlug den Kragen seiner zerknitterten Sommerjacke hoch. Dennoch lief ihm der Regen sofort durch die dichten schwarzen Locken in den Nacken. Er fluchte laut.

Eberhard, Volker und Karen entstiegen kommentarlos dem Fond des Autos, nahmen ihre Einsatztaschen aus dem Kofferraum und folgten Christian und dem Beamten bergab, den schlammigen Pfad entlang. Seit Stunden schüttete es wie aus Kübeln. Der Waldboden war inzwischen so aufgeweicht, daß er die Schuhe der Fußgänger ansaugte und sie bei jedem ihrer Schritte nur mit widerwilligem Schmatzen wieder freigab. Innerhalb weniger Minuten waren die fünf vollkommen durchnäßt, denn die Bäume standen nicht so eng, daß ihr Blätterdach Schutz bot vor den heftigen Sturzbächen, die sich aus dicken, bedrohlich tief hängenden dunklen Wolken ergossen.

Christian verdammte leise vor sich hin brummelnd das beschissene Wetter, den dieses Jahr viel zu kalten Juni, die feindselige Natur, die nutzlosen Meteorologen, die sich wieder mal geirrt hatten und also schuld waren, daß er das falsche Schuhwerk trug, er verfluchte sich selbst, weil er dem Wetterbericht geglaubt hatte, er verfluchte die Schuhindustrie, die nicht mal in der Lage war, ihre überteuerten

Produkte zu imprägnieren, weswegen er schon nach dem ersten Schritt das Gefühl einer schweren, nassen Zeitung an den Füßen hatte, er verfluchte die profitgeile Wirtschaft, die korrupten Politiker, das Leben im allgemeinen und schließlich und ganz besonders und vor allem den Tod im speziellen, denn der führte ihn hierher in dieses unwirtliche, klamme Schlammbad.

Er war stinksauer. So sauer, daß seine grünen Augen noch grüner blitzten als sonst. Er war immer stinksauer, wenn er aus einem Flugzeug stieg. Weil er überhaupt wieder in eines eingestiegen war. Weil ihn die Angst völlig fertigmachte. Weil er wußte, wie seine Kollegen sich bemühten, es nicht zu bemerken. Weil er innerlich zu einem sabbernden Jammerlappen mutierte, der die zitternden Knie, den flauen Magen und den Selbsthaß nach der Landung einzig und allein mit dieser Stinkwut bekämpfen konnte. Er mußte einfach Dampf ablassen. Vor allem nach diesem besonders elenden Flug in dem elenden kleinen Cityhopper, der in einem elenden Auf und Ab und Hin und Her durch die Wolkenschichten getaumelt war, ständig damit drohend, sich den Naturgewalten zu ergeben und einfach nach unten zu stürzen, während die Passagiere in einem kollektiven Aufschrei ihre elenden Leben an sich vorbeiziehen sähen bis zu ihrem elenden Tod, wenn ihnen die Wucht des Aufpralls ein Ende bereiten würde.

»Wir sind da.« Der Beamte, dem sie den Trampelpfad entlang gefolgt waren und dessen Namen Christian schon wieder vergessen hatte, trat zur Seite und gab den Blick frei auf eine in trübem Grün, Braun und Grau komponierte Szenerie. Der Pfad mündete auf einen Waldweg vor einer Lichtung, die nach hinten von einem großen Felsen begrenzt wurde, in den zwei Figuren eingemeißelt waren. Rechts davon öffnete sich der Wald zu einem sanft geschwungenen, vom Regen verhangenen Tal. Vor dem Felsen war behelfsmäßig mit mehreren in den weichen Boden gebohrten Metallstangen eine weiße Plastikplane aufgespannt worden, um die Leiche und ihre unmittelbare Umgebung vor dem Regen und damit dem völligen Verwischen vorhandener Spuren zu schützen. Ein rotweißes Absperrband säumte den in Planquadrate unterteilten Fundort weiträumig. Die Spuren waren mit Tafeln markiert und systematisch numeriert. Etwas entfernt von der Plane, die unter dem Gewicht des Regenwassers bedrohlich durchhing, außerhalb der Spurenschutzzone, stand schweigend eine Gruppe von vor Nässe triefenden Beamten, aus der sich ein kleiner, älterer Mann in Zivil löste und auf Christian zuging. Er streckte die Hand aus. Christian ergriff sie.

»Sie müssen Hauptkommissar Beyer sein. Ich bin Kommissar Günter Philipp, herzlich willkommen im Saarland. Schön, daß Sie so schnell kommen konnten. Wie war der Flug?«

Christian ignorierte die Frage, zwang sich zum Minimum sozial geforderter Höflichkeit und begann, Philipp mit knappen Worten sein Team vorzustellen: »Karen Kretschmer, Rechtsmedizinerin.«

Philipp begrüßte die attraktive, junge Blondine angetan: »Sehr erfreut. Unser Doc war schon hier und hat sich die Leiche angesehen, damit wir keine Zeit verlieren, bis Sie da sind. Er wartet im Institut, um Ihnen bei der Sektion zu assistieren.« Karen nickte nur, wohl wissend, daß jede Verzögerung durch überflüssiges Geplauder Christian in diesem Moment nur verärgern würde.

»Volker Jung und Eberhard Koch«, fuhr er nun ungeduldig mit der Vorstellung fort. Philipp schüttelte ihnen die Hand und faßte zusammen: »Ein Jogger hat die Leiche heute morgen um sieben Uhr vierzehn entdeckt. Er ist im Präsidium und gibt seine Aussage zu Protokoll. Wir waren kurz vor acht Uhr hier, ich habe Sie gleich benachrichtigen lassen. Der Sicherungsangriff ist von unserer Seite so gut wie abgeschlossen, Beweismittel, Pflanzen- und Bodenproben sind gesammelt, Skizzen und Fotos gemacht worden. Viel zu sehen gibt es allerdings nicht. Hier regnet es schon seit Tagen.«

Christian hörte Philipp nur noch mit halbem Ohr zu, sein Blick und seine Konzentration waren auf die Leiche unter dem Plastikbaldachin gerichtet, der er sich nun langsam näherte. Karen, Eberhard und Volker hielten sich still im Hintergrund. Sie wußten von gemeinsamen Tatortbegehungen, daß ihr Chef, bevor er seinen analytischen Verstand einschaltete, erst einmal ein Gefühl für die Atmosphäre am Schauplatz entwickeln wollte. Plötzlich war es still über der Lichtung, keiner sprach mehr, keiner außer Christian bewegte sich. Selbst die Vögel blieben stumm. Nur Christians leise, schmatzende Schritte waren zu hören und das gleichmäßige Trommeln des Regens auf den Blättern.

Der Körper lag in etwa einem Meter Entfernung mittig vor dem Felsen, aufgebahrt auf einem offensichtlich sorgsam zusammengetragenen Bett aus Reisig und Laub. Rechts und links vom Kopf der Leiche standen zwei große cremefarbene Kerzen im Boden, deren Dochte zwar schwarz, aber kaum abgebrannt waren, vermutlich waren sie kurz nach dem Anzünden durch den Regen gelöscht worden. Die Leiche war in ein ehemals weißes Laken gehüllt, das inzwischen durchnäßt und fleckig war. Nur die über dem Tuch gefalteten Hände waren zu sehen. Schmutzige Finger, abgekaute Nägel. Und das Gesicht lag frei, ein Gesicht, so wächsern und bleich wie die Kerzen. Dunkle Haare, klatschnaß. Die Augen geschlossen. Ruhig. Ein Junge. Höchstens neun Jahre alt. Weiß. Rein. Unschuldig. Tot.

Christian blieb einige Minuten stumm vor dem Jungen stehen, betrachtete ihn. Dann wandte er sich langsam um und gab seinen Leuten das Zeichen zu beginnen. Wortlos kamen sie herbei, einer nach dem anderen. Karen begutachtete die Leiche. Volker und Eberhard vollzogen die Tatortarbeit nach, die von den saarländischen Beamten schon geleistet worden war. Doch sie mußten sich ein eigenes Bild machen und dabei überprüfen, ob etwas übersehen oder verfälscht worden war. Während sie wie immer sehr leise ihrer Arbeit nachgingen, fotografierten, filmten, suchten und untersuchten, Vergleichsmaterial sammelten, protokollierten, verpackten, hielten Philipp und seine Beamten respektvoll Abstand, was Eberhard, Volker und Karen angenehm überrascht zur Kenntnis nahmen. Vor einer Woche noch hatten sie bei ihren Ermittlungen wegen der letzten Leiche, die südlich von Augsburg gefunden worden war, mit der arroganten Mißgunst der bayrischen Beamten zu kämpfen gehabt, die sich durch die norddeutsche SOKO bevormundet fühlten.

Unterdessen stellte sich Christian auf die andere Seite der Lichtung in etwa zehn Meter Entfernung, um ein Gesamtbild des archaisch wirkenden Arrangements in sich aufzunehmen. Sein Gesicht, dieses Sammelsurium von attraktiven, aber kaum zueinander passenden Einzelteilen, die durch tiefe Furchen teils voneinander getrennt, teils durch sie verbunden waren, schien trotz völliger Bewegungslosigkeit in den untersten Muskelschichten zu arbeiten.

Christian spürte weder den Regen, der ihm durch die Haare übers Gesicht und in den Kragen lief, noch die Schwere seiner nassen Klamotten. Wie hypnotisiert starrte er auf den toten Jungen, starrte und starrte, als wartete er auf irgendwas, vielleicht ein Wunder, und das Kind könnte sich plötzlich erheben und lächeln, und alles wäre gut, doch das war es nicht, er löste den Blick, ließ ihn wandern, auf die Kerzen, den Felsen, das Leichentuch, den Jungen, die Bäume, er sog den modrig-feuchten Duft des Waldbodens ein, ließ das satte Grün der Laubbäume wirken, das monotone Tropfen des Regens von den Blättern. Wie lange war er schon nicht mehr im Wald gewesen? Monate vermutlich. Nein, fast ein Jahr. Als er noch zusammen mit Mona und ihrer Kampfhundattrappe ... Christian unterbrach seine abschweifenden Gedanken energisch, denn ihm war klar, daß der menschliche Geist sich gerne Schlupflöcher sucht, um der Beschäftigung mit einem Anblick, wie er ihn gerade vor sich hatte, zu entkommen. Er atmete schwer, ohne es zu bemerken. Er konzentrierte sich, ohne zu denken. Er nahm Fährte auf.

Etwa eine Stunde später trat Eberhard flüsternd zu ihm: »Nette Kollegen hier im Saarland, sehr dezent – zumindest seit wir hier sind. Aber vorher muß eine Horde Bullen 'ne Stampede über die Spuren gelaufen sein. Sieht nicht sehr ergiebig aus. Und dann noch der Regen. Naja, wir werden sehen.«

Sorgfältig trocknete und verstaute Eberhard seine Kameras. Karen packte ihr Diktiergerät weg, zog ihre Handschuhe aus, stopfte sie in einen Plastikbeutel und legte alles in ihr Köfferchen. Volker gab die Asservatenliste, die er auf Vollständigkeit und Systematik geprüft hatte, an Philipp zurück. Dann kamen auch Karen und Volker zu Christian.

Alle vier standen stumm vor der Leiche des Jungen, aufgereiht wie ein Chor, bereit, die letzte Hymne zu singen, bis Volker leise, fast andächtig aussprach, was alle beschäftigte: »Es sieht schön aus. Sehr ästhetisch.«

Christian löste sich von dem Anblick und wandte sich an die Saarländer: »Was ist das für ein Felsen hier? Was sind das für eingemeißelte Figuren?«

Philipp blickte fragend zu seinen Beamten. Der Fahrer, der Christian und seine Leute hergebracht hatte, wußte als einziger etwas zu sagen: »So was Vorsintflutliches. Ist uralt. Wird Hänsel und Gretel genannt.«

In diesem Moment krachte lautstark die Plane von einem der Halterungsstäbe, mehrere Liter angesammeltes Regenwasser ergossen sich in einem klatschenden Schwall über die Leiche, gleichzeitig riß der Himmel auf, und ein Sonnenstrahl brachte die Wassertropfen auf dem wachsweißen Kindergesicht zum Glitzern. Über dem Tal stieg ein Regenbogen empor.

Am Nachmittag des gleichen Freitags fuhr Anna Maybach mit ihrem alten Saab-Cabrio knirschend die Kiesauffahrt hinauf zum herrschaftlichen Elternhaus in der Hamburger Elbchaussee, vorbei an den akkurat gestutzten Buchsbäumchen, den prächtig blühenden Rhododendren, bis direkt vor die fünf Steinstufen, die zur Haustür führten. Anna ließ den Kies beim schwungvollen Einparken ein wenig aufspritzen, so daß einzelne Steinchen gegen die kunstreich vergitterten Kellerfenster schepperten. Sie stieg aus, knallte die Tür zu. Eine Amsel sang unbeeindruckt von diesem wenig friedlichen Auftritt weiter vor sich hin. Manchmal beschlich Anna im Garten ihrer Eltern der Verdacht, daß ihre Mutter sogar die Vögel selektierte, nach Stammbaum und klassischer Ausbildung. Diebische Elstern und unmelodisch krächzende Krähen bekamen schlicht keine Aufenthaltsgenehmigung.

Anna klingelte an der Haustür. Ihr allmonatlicher Besuch. Der Gong spielte die ersten vier Töne von Beethovens Fünfter: So pocht das Schicksal an die Pforte. Anna verzog das Gesicht, als sie das aufgeregte Getrippel ihrer Mutter auf dem Marmor der Eingangshalle hörte. Die Tür ging auf, und ein prüfender Blick musterte Anna blitzschnell von Kopf bis Fuß. Offensichtlich war Evelyn Maybach mit dem Erscheinungsbild ihrer Tochter zufrieden, denn sie umarmte Anna: »Wie schön, daß du da bist, wenn auch verspätet. Gut siehst du aus. Komm doch rein. Papa wartet schon.«

Anna folgte ihrer Mutter in den Salon, in dem die Schritte durch Teppiche aus Isfahan und Islamabad gedämpft wurden. Die pastellfarbenen Vorhänge waren geschlossen, so daß das Sonnenlicht weder die Teppiche noch die ebenfalls pastellfarbene Seidentapete ausbleichen konnte. Evelyn sah sich irritiert um: »Wo ist Walter denn plötzlich? Eben war er noch …«

Anna unterbrach ihre Mutter geringschätzig: »Als ich geklingelt habe, hat er sich in die Bibliothek zurückgezogen, um mich für meine …«, Anna blickte kurz auf ihre Armbanduhr, »… zehnminütige Verspätung zu bestrafen. Die du im übrigen auch nicht unkommentiert lassen konntest.«

Evelyn warf ihrer Tochter einen bittenden Blick zu: »Jetzt sei doch nicht so. Ich hole ihn.«

Während Evelyn zur Bibliothek trippelte, ließ Anna sich auf einem Stuhl nieder. Der Kaffeetisch war üppig gedeckt. Anna nahm ihren Seidenschal vom Hals und band sich damit die langen dunklen Haare hoch. Ihr Vater mochte es, wenn sie die Haare offen trug. Sie sah auf den Tisch: Sahnetorte für den leptosomen Vater, trockener Nußkuchen für sie und ihre etwas zu füllige Mutter – um der schlanken Linie willen war Sahne für Frauen im Maybachschen Haushalt ein Zeichen primitivster Disziplinlosigkeit. Anna schaufelte sich ein Stück Sahnetorte auf den Teller. Als ihr Vater eintrat, ein attraktiver, großgewachsener Endsechziger mit wilden grauen Haarbüscheln über der hohen Stirn und einer markanten Nase, erhob sie sich nicht.

»Hallo, Walter«, sagte sie so beiläufig wie möglich.

»Bleib ruhig sitzen«, erwiderte ihr Vater mit leichtem Grinsen. Er blickte auf die Sahnetorte: »Sind wir heute wieder spätpubertär rebellisch? Mit 34?«

»35. Vater.«

»Sie hat nur ein schlechtes Gewissen wegen der Verspätung«, bemühte sich Evelyn sofort um Deeskalation.

Walter strich seiner Frau zärtlich über die Wange: »Schon gut. Wir spielen doch nur, Häschen.«

Das Spiel, wie Walter es nannte, existierte in der Standard- und der verschärften Professional-Version. Welche Version gespielt wurde, bestimmte der erste Zug, der immer Anna vorbehalten war. Heute hatte sie durch ihre nur geringe Verspätung und das der bürgerlichen Elbchaussee-Domäne angepaßte Kostümchen die Standard-Variante eröffnet. Nach dem Kaffee, der zu kontroversen Diskussionen über Politik und Kultur Hamburgs eingenommen worden war, stolperte Evelyn, die die Spielregeln noch nie begriffen hatte, ahnungslos in die Professional-Version:

»Frau Dosse hat im Vorlesungsverzeichnis ihres Sohnes gelesen, daß du wieder einen von deinen gräßlichen Vorträgen hältst.«

»Ja, Mama. Heute abend.«

»Muß das denn sein? Du verdienst doch genug Geld.«

»Ja, Mama.«

Evelyn seufzte, Walter stichelte: »Unsere Tochter interessiert sich nun mal brennend für Gewalt.«

Evelyns Gesicht verfinsterte sich.

»Davon willst du nichts hören, Mama, ich weiß«, fügte Anna schmallippig hinzu. Abrupt erhob sich Evelyn und forderte die beiden auf, in der Bibliothek noch einen Cognac zu nehmen. Zur Feier des Tages.

Als sie dort in den Clubsesseln aus Saffianleder zwischen Hunderten von Büchern Platz genommen hatten, ihre dezent gefüllten Cognacschwenker in der Hand, zeigte Walter auf den Schachtisch aus Ahorn und Ebenholz, auf dem die Figuren aufgestellt waren.

»Wir haben schon lange nicht mehr gespielt«, sagte er.

»Du meinst Schach?« gab Anna zurück.

Er nickte. »Wann hättest du denn Zeit?«

Anna gab keine Antwort.

»Dein Vater hat dich was gefragt«, mischte Evelyn sich ein.

Anna blickte ihre Mutter verächtlich an: »In dieser Familie gibt es viele Fragen, die nicht beantwortet werden.« Dann wandte sie sich an ihren Vater: »Wenn ich den blutroten Faden von eben noch einmal aufgreifen darf. Vater. Wie du sehr wohl weißt, interessiere ich mich mitnichten für Gewalt, sie stößt mich ab, du hast keine Vorstellung, wie sehr. Mich interessiert die Rezeption von Gewalt. Ich werde heute über die Psyche von Frauen referieren, die sich in Killer verlieben. Einige heiraten sogar mehrfache Mörder noch im Knast, ohne sie jemals in Freiheit erlebt zu haben. Ich rede über weibliche Verhaltensmuster, über Opferrolle, Helfersyndrom, Angst, Sehnsucht, Nähe ...«

»Du weißt, daß ich mich für alles ereifern kann, was du tust und denkst, ich fürchte nur, daß ich als komplett der schnöden Materie verhafteter Physiker wenig Wesentliches zu dem tiefenpsychologisch sicherlich hochspannenden Thema beizutragen habe.« Walter schwenkte blasiert seinen Cognac im Glas.

»Bei deiner umfassenden Bildung?« spöttelte Anna, »und deiner Lebenserfahrung? Komm, sag doch mal, wie würdest du die Bedürftigkeit von Frauen bewerten, die einem Killer wie Schmökel Liebesbriefe schreiben? Als Laie, der du ja angeblich bist.«

Walter, inzwischen nur noch wenig amüsiert, sah Anna in die Augen: »Was ist mit *deiner* Bedürftigkeit? Kannst du mir sagen, wie *du* beurteilst, was *du* gerade brauchst? Wenn du mich fragst: Das ist billig.«

Walter erhob sich und ging hinaus. Evelyn hatte einen leidenden Ausdruck angenommen. Anna sah in ihr Glas. Walter hatte recht. Der Punkt ging an ihn. Sie stand langsam von ihrem Sessel auf und stellte sich beschämt wie ein kleines Kind vor ihre Mutter.

»Tut mir leid«, flüsterte sie.

Evelyn erhob sich ebenfalls und nahm Anna in die Arme. Anna verkrampfte sich sofort. Die Umarmung war ihr ebenso unangenehm wie ihre deutlich spürbare Verkrampfung. Umständlich löste sie sich von ihrer Mutter und nuschelte, den Blick abgewandt: »Ich muß gehen.«

Später, zu Hause in ihrer kleinen Stadtvilla im Generalsviertel, herausgeschält aus den Prada-Pumps und dem schicken Kostüm, zurück in der verbeulten Jogginghose, die Bierflasche am Mund und Eminem im Ohr, bekam sie wieder Boden unter die Füße. Holzdielen statt Marmor. Warm und lebendig. Noch zwei Stunden bis zu ihrem Vortrag. Energisch stellte sie die Musik lauter, öffnete die Fenster und ertappte sich dabei, darauf zu hoffen, daß der von sich selbst gelangweilte Nachbar herüberkäme, um sich über die Musik zu beschweren. Den würde sie in der Luft zerreißen. Doch sofort fand Anna die Vorstellung, sich an einem harmlosen Idioten für den unerfreulichen Nachmittag mit ihren Eltern zu rächen, reichlich demütigend. Im Grunde war sie nur böse auf sich selbst. Weil sie regelmäßig in die gleichen Fallen tappte. Als wüßte sie es nicht besser.

Der Abend dämmerte langsam über dem St. Johanner Markt in Saarbrücken, als Volker und Eberhard satt und zufrieden ihre Steakmesser beiseite legten und synchron nach ihrem Bier griffen. Seit dem Mittag im Wald hatte es nicht mehr geregnet, inzwischen hatte sich die Luft sogar so erwärmt, daß man auf einen nun endlich, immerhin Mitte Juni, beginnenden Sommer zu hoffen wagte. Sie saßen draußen vor der »Tante Maya« mit Blick über den kleinen, mit Kopfstein gepflasterten Marktplatz, eine Empfehlung von Kommissar Philipp, der sie auch in einem nahe gelegenen Hotel untergebracht hatte. Vor zwei Stunden hatten sie ihre spurenkundliche Arbeit beendet, den Zeugen vernommen, Philipp bei der lokalen Ermittlungsplanung unterstützt und die weitere Vorgehensweise koordiniert. Christian war mit bei der Sektion der Kinderleiche, die Karen in der Homburger Uniklinik, dem Sitz der Saarbrücker Rechtsmedizin, durchführte. Außerdem wollte die Pathologin noch einige serologische und toxikologische Untersuchungen vornehmen. Die beiden würden später zum Essen nachkommen. Karen legte keinen großen Wert auf Eberhards Anwesenheit bei ihrer Arbeit, seit ihm bei der Untersuchung einer Wasserleiche schlecht geworden war. Und Volker leistete lieber Eberhard bei einem blutigen Steak Gesellschaft als Karen bei ihrer blutigen Arbeit.

Eberhard Koch, 34 Jahre alt, gutaussehend, durchtrainiert und wegen seines zum Hobby passenden Nachnamens »Herd« genannt, gehörte seit fünf Jahren zu Christians Team. Er war ein hervorragender Kriminaltechniker und Christians Spezialist für Tatortarbeit: ein akribischer Geist mit scharfem Auge, dem einfach nichts entging, geschätzt und zugleich berüchtigt für seine penible Art, die ganz und gar nicht zu seinen Ausbrüchen albernen Humors zu passen schien. Er lebte mit seiner Frau und seinen zwei Kindern zusammen, die er abgöttisch liebte und mit denen er seine knapp bemessene Freizeit komplett verbrachte, wenn man von den täglich anderthalb Stunden Joggen absah. Im Laufen fand Eberhard die ausgleichende Monotonie, die er als Gegengewicht zu seiner emotional aufwühlenden Arbeit brauchte.

»Noch zwei Bier?« fragte er Volker. »Für mich auch zwei«, kalauerte Volker. Eberhard winkte die Bedienung herbei und bestellte. Dann ließ er seinen Blick über die Passanten schweifen. Es war viel los um sie herum. Mehrere Kneipen säumten den fast quadratischen Platz, die Wirte hatten Tische und Stühle in den jeweiligen Brauereifarben rausgestellt, dennoch fanden nicht alle Gäste eine Sitzgelegenheit. Auch die Steinstufen um den Brunnen in der Mitte des Platzes waren belagert von jungen Leuten, die vergnügungshungrig der Samstagnacht entgegenfieberten, als gäbe es kein Morgen. Gesprächsfetzen und lautes Lachen schallten zu Volker und Eberhard herüber.

»Macht 'n ganz friedlichen hier«, fand er.

»Das Böse lauert unter der Haut, Herd«, gab Volker zurück.

Dieser knappe Kommentar war typisch für den 39jährigen, der sich durch einen scharfen Verstand und ein scheinbar von jeglichen menschlichen Gefühlen unbelecktes Urteilsvermögen auszeichnete. Zumindest wirkte er so auf Außenstehende. Die wenigen allerdings, die ihn gut kannten, wußten, daß der Buddhist, asketische Teilzeit-Vegetarier und fünffache Fahrradbesitzer ein reiches Innenleben und eine tiefe Empfindsamkeit besaß, die er geschickt verbarg, um keine Angriffsfläche zu bieten. Der brillante Fallanalytiker sicherte seit vier Jahren mit Eberhard die Spuren, untersuchte und diskutierte sie mit ihm. Seine Fähigkeiten entfaltete er jedoch am besten in der Ermittlungsarbeit, bei der psychologischen Kriegsführung im direkten Kontakt mit dem Gegner. Christian setzte ihn immer wieder bei der Befragung widerspenstiger oder verwirrter Zeugen ein. Legendär war, wie Volker eine etwa fünfzigjährige Eppendorfer Zicke »geknackt« hatte, die ihnen mit an Sicherheit grenzender Wahrscheinlichkeit wichtige Informationen in einem Mordfall vorenthielt. Stundenlang hatten Christian und Eberhard sich mit der Frau abgemüht, mit Engelszungen auf sie eingeredet, sie – absurderweise – der unterlassenen Hilfeleistung beschuldigt, sie moralisch unter Druck gesetzt, sie schmoren lassen … nichts. Sie konnte Polizisten einfach nicht ausstehen, und da dieses Credo vermutlich das einzige war, was sie aus ihrer vielversprechend wilden 68er-Jugend in ihr unausgefülltes Gattinnendasein auf hohem finanziellen Nutzlosigkeits-Niveau herübergerettet hatte, hielt sie daran fest. Bis Volker kam. Volker war sauer, weil die Frau sie alle schon viel zu viel Zeit gekostet hatte. Sie saß schnippisch auf einem Stuhl und blickte blasiert in die Gegend. Volker stellte sich vor sie, stellte sich einfach hin, direkt vor sie, mit seinen knapp zwei Metern Körpergröße ein einziger hagerer Vorwurf, aufrecht wie der Hamburger Fernsehturm, ein sehniger Turm mit tiefliegenden Augen im obersten Stockwerk unter der wenig sorgfältig rasierten Glatze, die Hände in die Hüften gestützt, und sah nur stumm auf sie herab. Eine Minute, zwei Minuten, drei … Er starrte sie an, ohne sichtbare Regung oder gar Wertung, doch er entließ sie für keine Millisekunde aus seinem Bannstrahl, der sie alles vergessen ließ, vergessen ließ, wo sie war, wer sie war, warum sie war und ob überhaupt. Nach etwa vier Minuten brach ihr Widerstand zusammen. Sie sprudelte wie ein lecker Öltanker. Auf den Fluren im Hamburger Polizeipräsidium ging hinterher das Gerücht, Volker hätte die Frau hypnotisiert, doch diese Interpretation lehnte er strikt ab. Als die Kollegen ihn fragten, was er statt dessen mit ihr gemacht habe, sagt er: »Ich habe sie aus der Zeit geschnitten und entleert.«

Die Bedienung brachte Eberhard und Volker frisches Bier. Den Blick auf das sommerabendliche Treiben und ohne anzustoßen tranken beide einen kräftigen Schluck. Eberhard sah auf die Uhr: »Brauchen ganz schön lange die beiden.«

»Karen ist gründlich. Die entknotet jede Darmschlinge«, antwortete Volker.

»Schon gut.« Eberhard nahm angewidert den nächsten Schluck.

Der Hörsaal war bis auf den letzten Platz besetzt, die Luft entsprechend schlecht. Studenten aller Semester saßen in den Reihen. Noch herrschte große Unruhe. Als regelmäßige Gastdozentin hatte sich Anna an der Hamburger Uni im Laufe der letzten drei Jahre einen harten Kern an Zuhörern aus der psychologischen Fakultät erarbeitet und durch ihr Buch auch fachfremde Anhänger dazugewonnen. Doch daß sie an einem Freitagabend den großen Saal vollbekommen würde, damit hatte sie nicht gerechnet. Anna begrüßte die Studenten mit der ihr eigenen Lässigkeit und begann ihren Vortrag:

»Ich nehme an, daß Sie zu meinem heutigen Thema ›Kultfigur Killer – Monster oder Mr. Right?‹ so zahlreich erschienen sind, weil Sie ein paar hübsche Fallbeispiele mit herumspritzendem Blut, zerteilten Gliedmaßen und heraushängenden Gedärmen erwarten. Ich muß Sie enttäuschen. Um Sie aber dennoch zumindest die erste halbe Stunde im Saal zu halten, beginne ich mit ein paar kurzen Bemerkungen über die Rezeption des Killers. Klugerweise bediene ich mich dabei Ihres, ich hoffe nur in diesem speziellen Falle, sicher eingeschränkten Erfahrungshorizontes. Denn da Sie alle mehr Zeit im Kino als in der Staatsbibliothek verbringen, begeben wir uns in die Filmgeschichte – ohne allerdings zu diskutieren, ob das Kino einen Spiegel der gesellschaftlichen Verhältnisse darstellt.

Das sogenannte Böse hat den Menschen schon immer fasziniert, denn es übt Macht aus: schwer oder gänzlich unkontrollierbare Macht. Um aber den Zusammenhalt eines jeden sozialen Gefüges zu gewährleisten, wird abweichendes Verhalten, vor allem das mit zerstörerischen Folgen, gesellschaftlich sanktioniert. Mord beispielsweise. Seit es das Kino gibt, beschäftigt es sich mit Mord und Totschlag. Auffällig ist dabei allerdings, wie sich der Typus des Mörders im Laufe der Kinogeschichte gewandelt hat. Vom absolut Bösen schlechthin, einer eher apokalyptischen Bedrohung, wird es immer mehr als zutiefst dem Menschen innewohnender

Faktor akzeptiert. Die Entwicklung der Psychoanalyse prägt die ersten Bilder vom kranken Killer: Wir erinnern uns an Doktor Caligari oder Peter Lorre in ›M – Eine Stadt sucht einen Mörder‹. Den Filmen der fünfziger Jahre ist dann ein profundes Mißtrauen gegen die herrschende soziale Ordnung gemein, die die Krise nicht verhindert hat. Es gibt keine Schwarzweißmalerei mehr, keine eindeutige Trennung von Gut und Böse, statt dessen geht es um schäbige Durchschnittsexistenzen, korrupte Polizisten, schlecht bezahlte Detektive …«

Anna trank einen Schluck aus ihrem am Pult stehenden Wasserglas und prüfte mit geübtem Blick, ob sie ihre Zuhörer hatte. Sie hatte sie.

»Wir machen jetzt mal einen Sprung in die jüngere Vergangenheit. Was ist mit Blockbustern wie ›Das Schweigen der Lämmer‹ oder ›Natural Born Killers‹? Der Killer ist zum medial gefeierten Helden geworden, er erhebt sich über Recht und Gesetz, steht außerhalb der Gesellschaft, nur seiner Unabhängigkeit und seinem beruflichen Ehrenkodex – denn die meisten haben einen – verpflichtet. Der Killer ist inzwischen in vielen Filmen zum romantisierten Zorro geworden, der den Punks ihre Rebellion zurückgibt, seit die Haute Couture ihnen die Klamotten geklaut hat …«

Spöttische Lacher im Auditorium.

»Und während wir uns am filmischen Vollzug unserer gewalttätigen Phantasien durch Stellvertreter mit Star-Appeal delektieren, sitzen zu Hause zwischen pastellfarbenen Plüschkissen einsame Herzen, die die echten Killer in diesem unseren Lande anbeten, ihnen gefühlvolle Briefe schreiben und sie mit ihrer Liebe erlösen wollen. Was sind das für Frauen? Was treibt sie an? Ich helfe, also bin ich?«

Anna trank noch einen Schluck Wasser.

»Meine Damen und Herren, verstehen Sie mich nicht falsch, ich gehöre nicht zu denen, die das Kino oder das

Fernsehen für jedes noch so absurde gesellschaftliche Phänomen verantwortlich machen. Ob Angebot Nachfrage schafft oder erst auf sie reagiert, ist hier nicht das Thema. Ich will lediglich Ihre Sensibilität für die eigene Verführbarkeit wekken. Und für die psychische Struktur von Frauen, die sich von Gewaltverbrechern angezogen fühlen.«

Die Tür zum Hörsaal wurde quietschend geöffnet. Ein attraktiver junger Mann trat herein, der sich umsah und sich dann in Ermangelung eines anderen Platzangebots direkt vorne auf die Treppe setzte. Annas Blick blieb kurz an ihm hängen. Sie hatte das irritierende Gefühl, daß er ihr mit einem kaum merklichen Nicken die Erlaubnis erteilte, fortzufahren.

Die Sonne war schon seit einigen Stunden hinter den Häusern verschwunden, aber der Marktplatz speicherte die Wärme, so daß man immer noch draußen sitzen konnte. Volker und Eberhard waren bei ihrem vierten Bier angelangt und diskutierten die vergangene Bundesliga-Saison des HSV, als Christian und Karen plötzlich neben ihnen auftauchten. Krachend ließ Christian einen großen Pappkarton auf den Stuhl neben Volker fallen:

»Das Material, das wir schon gesichtet und katalogisiert haben. Bevor die weltweiten Logistiker von der Post wieder vier Tage brauchen, bis sie es nach Hamburg bringen, lassen wir Vater Staat lieber für das Übergepäck löhnen ... Mal sehen, wie viele Kisten noch dazukommen. Den Tatortbefundbericht faxt Philipp uns morgen zu.«

Christian und Karen zogen zwei gerade frei gewordene Stühle heran und setzten sich. Eberhard und Volker sahen die beiden erwartungsvoll an. Karen hatte einen triumphierenden Ausdruck auf dem Gesicht. Die Kellnerin trat an den Tisch, ohne daß Karen sie bemerkte.

»Sperma«, sagte Karen zu Eberhard und Volker.

Die Kellnerin blickte irritiert zu Karen, wurde jedoch von allen am Tisch ignoriert. Volker beugte sich angespannt vor: »Sperma?«

»Ja. Im Darm«, erwiderte Karen knapp.

Auf Christians Gesicht spiegelte sich ein Lächeln über diese sachliche Distanziertheit, die Außenstehende oft mit Gefühlskälte verwechselten. Darüber hinaus war Karen wie die meisten Rechtsmediziner mit einer gehörigen Portion Zynismus gesegnet, der ihr den nötigen Abstand schaffte zum Grauen ihres Berufsalltags.

Eberhard grinste verstohlen über den hilflosen Blick der Kellnerin, die nicht wußte, ob sie bleiben und sich bemerkbar machen oder lieber klammheimlich wieder gehen sollte.

»Die Dame redet den ganzen Tag von Sperma, das muß Sie nicht stören«, erklärte Eberhard der Kellnerin. Erst jetzt bemerkten Karen und Volker die Bedienung. Karen lächelte sie zuckersüß an: »Achten Sie nicht auf diese Idioten. Ich hätte gerne ein Bier.« Christian bestellte das gleiche, und die Bedienung zog sich erleichtert zurück.

Manchmal wunderte er sich, daß Karen erst ein Jahr in seinem Team war, denn es kam ihm vor, als wäre sie von Anfang an dabeigewesen. Sein Kumpel Fred Thelen, der 2. Vizepräsident des BKA, hatte sie wärmstens empfohlen, denn sie hatte drei Jahre bei der IDKO, der Identifizierungskommission, gearbeitet, für die sie in Katastrophengebieten im In- und Ausland Leichen untersuchte. Zuerst hatte Christian erhebliche Vorbehalte gegen sie gehabt, nicht auf fachlicher, sondern auf gruppendynamischer Ebene. Dieses wandelnde Blondinen-Klischee, groß, schlank, mit seidigen Haaren bis zum Hintern und Augen, blaßblau wie die Quelle eines Bergsees, würde seine Truppe womöglich allein durch sein Aussehen in Hormonstreß und damit aus dem Gleichgewicht bringen. Damit hatte Christian recht behalten, doch Karen hatte die Jungs und ihre Wirkung auf sie überraschend gut im Griff. Sie ließ die Kollegen eiskalt abblitzen. Mit der Zeit überzeugte sie alle durch einen ungemein hohen Sachverstand und eine von Christian inzwischen sehr geschätzte Kombinationsgabe. In ihren Überlegungen und Theorien wagte sie auch mal Wege zu begehen, die nicht von konkreten Indizien vorgegeben waren. Karen besaß eine intuitive Phantasie, die sie weit über das hinausführte, was die meisten Pathologen an ihrem Vivisektionstisch im Labor zu leisten in der Lage waren.

»Die Probe ist schon unterwegs zur DNS-Analyse«, nahm Christian den Gesprächsfaden wieder auf.

»Er fängt an, Fehler zu machen«, sinnierte Eberhard.

Volker widersprach: »Nicht unbedingt. Wir werden sehen, was er uns sagt und was er verschweigt. Und inwieweit er kontrolliert, was er preisgibt.« Er wandte sich an Karen: »Gibt es sonst was Neues? Andere Spuren? Änderungen im Modus operandi?«

Karen verneinte: »Im Grunde alles wie immer. Nur daß der Mißbrauch diesmal relativ kurz zurückliegt, wenige Stunden vermutlich, und nicht Tage wie bei den anderen.«

»Gab es wieder einen Brief?« fragte Volker.

Christian nickte und zog einen handbeschriebenen Zettel hervor. »Er war wie sonst in dem Tuch eingefaltet. Ich habe den Text abgeschrieben. Das Original ist in der Materialkiste.«

Volker nahm den Zettel und las leise: »O Gott, zerbrich ihnen die Zähne im Mund! Zerschlage, Herr, das Gebiß der Löwen! Sie sollen vergehen wie verrinnendes Wasser, wie Gras, das verwelkt auf dem Weg, wie die Schnecke, die sich auflöst in Schleim, wie eine Fehlgeburt sollen sie die Sonne nicht schauen!«

»Scheiße«, fluchte Eberhard, »ich werde daraus nicht schlau. Wer sind ›sie‹? Die Kinder?«

Christian zuckte die Schultern: »Vermutlich wieder ein biblischer Rachepsalm. Ich habe Daniel schon gemailt, er sucht danach. – Ach, ja, noch was: der Fundort. Daniel hat vorhin eine Mail an Philipp geschickt.«

Eberhard nahm den Ausdruck von Daniels Mail und betrachtete das Foto von dem gravierten Felsen, vor dem am Morgen der Junge gelegen hatte. Darunter stand: »Ein zweifellos antikes Bildwerk und wohl ein bedeutender Rest gallorömischer Kultur befindet sich eine Viertelstunde südlich von Sengscheid am Ende eines stillen Wäldchens. ›Hänsel und Gretel‹ oder ›die Engelchen‹ wird es beim Volke genannt. Infolge Verwitterung ist die Erhaltung leider sehr mangelhaft und die Bestimmung der Attribute nicht mehr leicht. Vermutlich haben wir es mit Segensgottheiten aus dem keltoromanischen Götterkreis zu tun. Das Felsenrelief mag etwa aus dem dritten nachchristlichen Jahrhundert stammen und diente wohl dem Kultus.«

Eberhard zeigte Volker die Mail von Daniel. Während Volker las, begann Eberhard leise zu singen: »Hänsel und Gretel verliefen sich im Wald. Es war so finster und auch so bitter kalt …«

Als Anna den Vorlesungssaal verließ, hatten sich die Zuhörer schon zerstreut. Nur der Mann, der zu spät gekommen war und auf der Treppe Platz genommen hatte, wartete auf sie und sprach sie mit einem gewinnenden Lächeln an: »Guten Abend, Frau Maybach, ich bin Pete Altmann.«

Anna reichte ihm die Hand und sah ihn abwartend an.

»Ihr Vortrag war sehr erhellend«, begann er sich einzuschmeicheln.

»Um so bedauerlicher, daß Sie den Anfang verpaßt haben«, lächelte Anna. Sie wandte sich zum Gehen, doch er blieb an ihrer Seite.

»Das finde ich auch. Ich hatte gehofft, Sie würden meine Lücken schließen. Am besten jetzt gleich. Bei einem Glas Wein?«

Anna blieb stehen und sah ihn überrascht an. Der Typ sah wirklich gut aus. Dunkelblond, blaue Augen, hervorragende Zähne, durchtrainiert, soweit man das unter seinem teuren Anzug erkennen konnte, braungebrannt. Anna versuchte, sich nicht anmerken zu lassen, wie sehr er ihr gefiel: »Warum sollte ich mit Ihnen etwas trinken gehen?«

Pete Altmann zeigte ein Siegerlächeln: »Vielleicht, weil ich neu in der Stadt bin und noch niemanden kenne?«

»Das reicht nicht«, erwiderte Anna unbeeindruckt.

»Weil ich unverschämt genug bin, sie einfach zu fragen?« fuhr er herausfordernd fort.

Anna mußte wider Willen lachen: »Meine Mutter hat mir beigebracht, nicht mit Fremden zu gehen.«

Pete zog einen Ausweis hervor: »Ich bin Polizist. Sie sind bei mir in besten Händen.« Anna blickte überrascht auf den Ausweis. »Ist Ihr Interesse an meinem Vortrag beruflicher Natur?«

Lässig klappte Pete den Ausweis zusammen und steckte ihn wieder ein. Sein Blick glitt an Annas schlanker Figur hinab, wanderte lächelnd wieder hoch zu ihrem fein geschnittenen Gesicht mit den leicht schräg stehenden Augen: »Wenn Sie klein, alt, fett und faltig wären, würde ich mich mit der Lektüre Ihres Buches begnügen und den Wein allein trinken. Aber das sind Sie nicht.«

Wieder mußte Anna lachen: »Sie sind wirklich unverschamt. Frech, sexistisch und arrogant.«

»Das heißt, Sie kommen mit?« grinste Pete.

Anna nickte.

Astrid schaltete angewidert die Spätnachrichten aus. Der Plasmabildschirm erlosch mit einem leisen Zirpen.

»Schon wieder so ein schrecklicher Kindermord«, sagte sie zu ihrem Mann. Karl gab keine Antwort, doch das war Astrid gewohnt.

»Bei Saarbrücken. Du warst doch gerade in Saarbrücken«, fuhr sie fort. Ihr Mann blickte von seinem Wirtschaftsblatt auf und sah sie scharf an: »Ja. Und? Viele Leute waren in Saarbrücken. Und sind in Saarbrücken. Und werden in Saarbrücken sein.«

Astrid spürte seine Verärgerung. »Ich meine ja nur«, fügte sie abwiegelnd hinzu.

»*Was* meinst du ja nur?« Karls Tonfall war herrisch.

»Ist doch bestimmt seltsam, wenn so was passiert, und man ist so ... so dicht dran ... irgendwie.«

Er schwieg.

Sie erhob sich aus den Polstern der cremefarbenen Couchgarnitur, warf ihm einen kühlen Blick zu und verabschiedete sich ins Bett. Müden Schrittes durchquerte sie das sechzig Quadratmeter große Wohnzimmer und ging nach oben. Eines sinnlosen Tages einsame Nacht lag vor ihr. Kaum war sie weg, ging Karl in sein Arbeitszimmer, das ans Wohnzimmer angrenzte. Er goß sich einen Cognac ein. Seine Hand zitterte leicht. Er trat ans Fenster und schaute hinaus in den dunklen Garten. Es war totenstill hier am Nordrand von Hamburg. Die Nachbarn schliefen, um am nächsten Tag den Anforderungen ihrer wohlerzogenen Kinder und ihrer gutdotierten Jobs an der Uni, beim NDR oder in irgendeinem Krankenhaus gewachsen zu sein.

Er wußte, daß er handeln mußte. Seine Frau, die dumme Pute, hatte recht: Das kam viel zu dicht an ihn ran. Karl griff zu seinem Handy und wählte eine Nummer, die wohlweislich nicht eingespeichert war.

»Hey, Joe«, sagte er leise, »es gibt was zu tun für dich.«

Samstag, 25. Juni

Am Samstag morgen, es dämmerte schon, kam Anna nach Hause zurück. Völlig erledigt schleppte sie sich die Treppe ins obere Stockwerk hoch, zog ihre Kleidung aus, ließ sie fallen, wo sie gerade stand, und legte sich ins Bett. Doch sie konnte nicht einschlafen, denn die vergangene Nacht tobte noch durch ihr System. Sie hatte Pete nach dem Vortrag in die nächstgelegene Kneipe im Univiertel geschleppt und mit ihm getrunken. Sie hatte viel zu viel getrunken, vermutlich immer noch bemüht, den Nachmittag mit ihren Eltern wenn nicht zu vergessen, so doch zu ertränken. Pete war eine gute Ablenkung gewesen. In charmantem Plauderton hatte er ihr von seiner deutsch-amerikanischen Herkunft erzählt, vom Studium in Chicago und seiner Ausbildung beim BKA und FBI. Die politische Diskussion, die sie um Bush, den Irak, Guantánamo und die Todesstrafe anzuzetteln bemüht war, wurde von ihm mit der souveränen Eleganz eines geübten Wortfechters pariert und im Keim erstickt. Er wollte mehr über sie und ihre Arbeit wissen, doch sie weigerte sich mit einem für sie untypischen Anflug von Koketterie, ihm den Vortrag noch einmal zu halten.

»Im Grunde interessieren wir uns für ein und dasselbe«, hatte Pete gesagt. »Für Mörder.«

»Ich interessiere mich nicht für Mörder, sondern für Menschen, die sich für Mörder interessieren«, entgegnete sie.

»Dann interessieren Sie sich für mich«, war Petes mit aufforderndem Lächeln vorgebrachte Schlußfolgerung.

Nach diesem Satz lief der Abend irgendwie aus dem Ruder. Das vierte Bier erleichterte Anna das Flirten ungemein, außerdem war es schon einige Monate her, daß ihr ein Mann sein Begehren so offensichtlich gezeigt hatte. Die Angebote, die sie üblicherweise bekam, waren von linkischen Studenten linkisch formuliert und würden unweigerlich zu ebenso linkischen Nummern in einer WG führen, wo sie beim Hinausgehen vermutlich den Müll mit runternehmen müßte. Pete jedoch war der beeindruckendste Mann, den Anna seit langem kennengelernt hatte: intelligent, gebildet, gutaussehend, selbstsicher, humorvoll, wenn auch leicht arrogant und etwas dominant. Ein Alphamännchen. Nach dem fünften Bier gingen sie in sein Hotel, fielen wild übereinander her und trieben es bis in die frühen Morgenstunden. Danach schlief er ein. Anna hatte seinen schweren Oberschenkel, den er, unbewußt besitzergreifend, über ihre Hüfte gelegt hatte, zur Seite geschoben, sich angezogen und war nach Hause gefahren. Sie hatte keine Nachricht hinterlassen. Aber er wußte ihren Namen. Wenn er wollte, könnte er sie ja anrufen. Anna spürte deutlich, daß sie sich das wünschte. Um endlich einschlafen zu können, überredete sie sich geduldig, nichts zu wollen oder zu wünschen. Nicht mal, einschlafen zu wollen. Es funktionierte halbwegs. Immerhin schlief sie ein.

Montag, 27. Juni

Am Montag morgen um halb neun versammelten sich Christian und seine Leute im als Konferenzraum genutzten größten Zimmer der Einsatzzentrale. Karen war als einzige einigermaßen ausgeruht, denn sie war schon Samstag nachmittag nach Hamburg zurückgeflogen. Christian, Eberhard und Volker hingegen waren erst vor einer Stunde gelandet und direkt vom Flughafen ins Büro gefahren. Sie hatten das Wochenende bei den Kollegen im Landeskriminalamt Saarbrücken mit Verhören aktenkundiger saarländischer Pädophiler verbracht. Doch angeblich wußte keiner etwas, niemand kannte irgend jemanden, noch hatte man mit der Szene überhaupt etwas zu tun. Sie hatten mögliche nationale und internationale Verbindungen der saarländischen Kinderschänderkreise überprüft, sie hatten das restliche am Fundort gesammelte Material ein ums andere Mal und dann noch mal gesichtet, kategorisiert und, so weit es in diesem Stadium ging, interpretiert. Sie hatten kaum geschlafen und sahen entsprechend aus. Unrasiert, übermüdet und überarbeitet. Inzwischen waren sämtliche alten Papiertaschentücher, Kippen, Kondome, Bierdosen und was sie sonst noch alles in dem Waldstück gefunden hatten, ohne daß es vermutlich auch nur irgendeinen Hinweis auf den Mord ergab, in zwei Kisten verpackt, welche hier nun in Hamburg erneut gesichtet und ausgewertet oder in die Asservatenkammer gebracht werden würden. Seit kurzem besaß Christian das Privileg, ohne Rücksicht auf lokale Zuständigkeiten landesweit Beweismaterial einsammeln und mitnehmen zu dürfen, statt sich mit schlechten Kopien oder unvollständigen Berichten begnügen zu müssen.

Christians Team war die erste länderübergreifende SOKO Deutschlands und vom Innenministerium eingerichtet worden. Christian hatte sich um diese Neuerung mehr als bemüht, und man schien tatsächlich aus den Fehlern der Vergangenheit gelernt zu haben: Der »Pfadfindermörder« trieb über einige Jahre hinweg ungestört sein blutiges Geschäft in Deutschland und im angrenzenden Frankreich. Fünf Kinder fielen ihm zum Opfer. Als er durch einen Zufall gefaßt wurde und die Morde aufgeklärt werden konnten, war erschütternd schnell klar, daß er nur aufgrund von Kommunikations- und

Verfahrensfehlern, Reibungsverlusten durch Kompetenzgerangel und Schlampereien und unmotivierter und schlecht ausgebildeter Beamter so lange auf freiem Fuß geblieben war.

Nun waren in Deutschland seit Beginn des Jahres drei Kinder ermordet worden. Die Medien machten Druck. Sie stürzten sich gierig auf die Fälle, tauften den mutmaßlichen Serienkiller in bedrohlicher Diktion »Bestatter« und erinnerten an den Fall Dutroux, der ganz Belgien über Jahre hinweg gesellschaftlich und politisch erschüttert hatte. Ein ähnliches Desaster galt es in Deutschland zu vermeiden, befand der Innenminister und entschloß sich, vom BKA-Präsidenten eine Sonderkommission einrichten zu lassen. Diese SOKO sollte eine kleine, kreative, aber schlagkräftige Einheit mit bundesweiten Vollmachten sein und absolut unabhängig ermitteln. Und ein Hauptverantwortlicher mußte her als Beweis für die Presse, daß man aus den Fehlern gelernt hatte. Im Falle eines Scheiterns stand damit auch der Sündenbock schon bereit und konnte der Öffentlichkeit zum Fraß vorgeworfen werden.

Diese Rolle wurde nach langem Überlegen auf oberster behördlicher Ebene dem Hamburger Kriminalhauptkommissar Christian Beyer zugedacht. Sein alter Kumpel Fred Thelen hatte sich für den 46jährigen eingesetzt, obwohl Kurt Michaely, der BKA-Präsident, zuerst vehement gegen Christian votierte. Fachlich besaß Christian zwar einen sehr guten Ruf, doch er war als Querkopf verschrien, der gern Alleingänge unternahm, ohne sich in Hierarchien einzufügen. Schon mehrfach war Christian im Laufe seiner Karriere mit diversen Vorgesetzten aneinandergeraten, und mit Michaely verband ihn eine besonders intensive gegenseitige Abneigung, die allerdings von privaten Zwistigkeiten herrührte. Vor Jahren war Christian bei einer Faschingsfeier auf dem Kommissariat mit Michaelys Frau in dessen Büro überrascht worden, in einer eindeutigen Situation. Michaely war monatelang dem Spott der Kollegen ausgesetzt gewesen und hatte Christian diesen Zwischenfall nie verziehen.

Dennoch gab Michaely in der Diskussion um den SOKO-Leiter schließlich nach, denn ihm war in offenen Gesprächen mit dem Innenminister klargeworden, daß Christian doppelt funktionierte: Seine bisherigen Resultate – Christian hatte schon sieben von acht ihm übertragenen Mordfällen scheinbar mühelos aufgeklärt – befähigten ihn für das Gelingen des heiklen Auftrags, seine unangepaßte Widerspenstigkeit würde ihn, im Falle des Versagens, zum Bauernopfer prädestinieren, dem seine Dienstherren nicht allzu viele Tränen nachweinen würden.

Christian war sich dessen wohl bewußt, doch es scherte ihn wenig. Er wollte seine Arbeit machen. Er wollte den Bestatter. Schon bei der ersten Kinderleiche, die im Norden von Hamburg gefunden worden war, hatte er geahnt, daß weitere folgen würden. Bei der zweiten Leiche in Berlin regte er über seinen Dienstherrn, den Polizeipräsidenten von Hamburg, die überregionale Zusammenarbeit an, doch erst bei der dritten Leiche in Augsburg kam der Behördenapparat in Bewegung. Christian erhielt freie Hand bei der Auswahl seines Teams und der täglichen Ermittlungsarbeit, natürlich streng im gesetzlichen Rahmen, die Landespolizeiämter wurden auf reibungslose Zusammenarbeit eingeschworen. Doch er verzichtete darauf, sich aus ganz Deutschland die Spezialisten zusammenzusuchen. Er griff lieber auf die Leute zurück, mit denen er seit Jahren vertrauensvoll reden und schweigen konnte. Den Profiler, den ihm Michaely zur Seite stellen wollte, um damit ein Mindestmaß an Kontrolle über die SOKO auszuüben, plante Christian schlicht zu ignorieren.

Auch um den Hamburger Polizeipräsidenten scherte er sich wenig. Der betrachtete die rein hamburgische Zusammensetzung der nun offiziell »SOKO Bund« genannten Truppe zwar als seinen ganz persönlichen Erfolg, war aber mehr als ungehalten darüber, daß die Leitung nicht seinem Protegé Martin Ganske übertragen worden war und daß Christian zudem auch nur Oberstaatsanwalt Waller würde Rede und Antwort stehen müssen. Der Polizeipräsident fühlte sich übergangen und reagierte kleinlich: Christian und seine »SOKO Bund«, von mißgünstigen Kollegen bald in »SOKO Schund« umgetauft, wurden aus dem modernen, perfekt ausgestatteten Polizeipräsidium ausgelagert in eine marode Sechs-Zimmer-Altbauwohnung in der Schanzenstraße, die vor Jahren angemietet worden war, um den Drogenumschlagplatz am S-Bahnhof gegenüber zu beobachten. Die offizielle Begründung lautete: »Damit ihr in Ruhe arbeiten könnt.« Christian war das nur recht. Er wollte den Bestatter. Und je weniger ihn dabei von Neid zerfressene Kollegen oder beleidigte Vorgesetzte störten, um so besser.

Es war heiß und stickig im Besprechungszimmer, da sich der Sommer am Wochenende mit glühender Intensität über der Stadt ausgebreitet hatte. Von einer Klimaanlage wie im Polizeipräsidium konnten Christian und seine Leute in ihrer kleinen Bruchbude nur träumen. Alle waren pünktlich da, legten die Unterlagen vor sich auf den Tisch und breiteten die Beweisstücke aus. Eberhard heftete die Fundort- und Leichenfotos und den in Saarbrücken vorgefundenen Psalm an die Pinnwand, die schon reichlich bestückt war mit dem Material der vorhergegangenen Morde. Daniel steckte einen kleinen Ventilator in die Steckdose, plazierte ihn neben sich, da er aufgrund seines leichten Übergewichts schnell ins Schwitzen geriet, und installierte sein Laptop, bereit, bei plötzlich auftauchenden Fragen sofort zu recherchieren. Yvonne, die kleine, 22jährige Assistentin mit dem blondierten Wuschelkopf, brachte ein Tablett mit mehreren Flaschen Wasser, zwei Kannen Kaffee und ein paar Tassen herein und setzte sich dazu.

Christian eröffnete die Sitzung mit stahlhartem Blick und deutlichen Worten: »Vergeßt eure Familien, eure Liebschaften, Freunde, Hobbys, vergeßt eure Wochenenden, euer Privatleben. Dies ist seit Februar in Hamburg die erste Leiche, bei der wir vor Ort sind. Wir holen uns den Bestatter. Wir werden ihn jagen, bis er …«

Christian wurde unterbrochen, denn die Tür zum Konferenzraum ging auf, und Pete trat ein.

»Guten Morgen, ich hoffe, ich bin nicht zu spät«, lächelte er in die Runde. Er war frisch geduscht, frisch gekämmt, frisch rasiert – ganz im Gegensatz zu den anderen, deren Hemden schon dunkle Flecken aufwiesen. Karen vermutete, daß der erste Schweißtropfen, der bald unweigerlich auch auf der Stirn dieses Mannes hervorträte, bei ihm wirken würde wie kühles Kondenswasser. Sie verspürte spontan Lust, ihn anzufassen, um sich an seiner Haut zu erfrischen.

Christian blickte den Neuankömmling irritiert an. Nur Yvonne erhob sich und reichte Pete die Hand. »Hallo, ich bin Yvonne Abel, die Assistentin.« Sie wandte sich an Christian und die anderen, sah sie eindringlich an und erklärte: »Das ist Pete Altmann, der neue Kollege!«

»Sie haben vergessen, daß ich heute anfange, oder?« mutmaßte Pete, nach wie vor sein gewinnendes Lächeln auf dem Gesicht. Christian erhob sich und gab Pete unwillig die Hand. »Vermutlich verdrängt. Ich bin Christian Beyer. Setzen Sie sich einfach dazu.«

Pete wurde betont reserviert begrüßt, denn allen war klar, daß er der »Spitzel« des BKA-Präsidenten war, der ihnen auf die Finger sehen sollte. Weder Christian noch die anderen hatten die Notwendigkeit gesehen, sich einen in den USA ausgebildeten Profiler an die Seite stellen zu lassen, und sie verspürten auch keine große Lust, jetzt noch einen Fremden in den Fall und in die eingespielten Abläufe ihrer Truppe einzuarbeiten. Nur Karen hieß ihn verhalten freundlich willkommen, was Daniel und Volker wiederum mißbilligend zur Kenntnis nahmen.

»Inwieweit sind Sie über die Ermittlungen auf dem laufenden?« wollte Christian knapp wissen.

»Ich habe die bisherigen Berichte gelesen, bin aber auf Unterfütterung dieser Fakten angewiesen«, gab Pete sachlich zurück.

»Dann hören Sie am besten erst mal zu«, befand Christian. Er nahm eine Tasse vom Tablett. »Wir waren am Wochenende im Saarland, wo eine weitere Kinderleiche gefunden wurde«, erklärte er Pete, während er sich Kaffee einschenkte.

Dann wandte er sich an Karen: »Fängst du an?«

Karen nickte und begann, ihren Sektionsbericht zusammenzufassen.

Joe parkte seinen Mietwagen am Waldrand und betrachtete den Lageplan. Sein aktueller Auftrag wohnte wirklich sehr abgeschieden. Das Risiko, unliebsamen Zeugen zu begegnen, war also gering. Joe setzte seine Baseballmütze, die sportliche Sonnenbrille und den Walkman auf. Die Musik ließ er ausgeschaltet, um seine Wachsamkeit nicht einzuschränken. Dennoch sah er mit diesen Accessoires und dem Jogginganzug wie ein gewöhnlicher Läufer aus, der seine Runden durch die Natur trabte. Das kleine schwarze Ledertäschchen, das er sich um die Hüfte schlang, war ebenfalls unauffällig. Er schloß den Wagen ab und lief in gelassenem Tempo zu seinem Ziel, wobei er sich die Gegend ansah. Routiniert speicherte er die notwendigen Informationen: zugeklappte Fensterläden, abgeschlossene Gartentürchen, keine Wachhunde, keine Geräusche. Es war ruhig, sehr ruhig. Kein Mensch unterwegs. Nachdem Joe sich in konzentrischen Kreisen dem Haus seines Kunden genähert und sich vergewissert hatte, im Umkreis von zumindest einigen hundert Metern allein zu sein, hielt er an und nahm ein Paar Chirurgenhandschuhe aus dem schwarzen Täschchen. Das Fenster hatte er in drei Sekunden geräuschlos aus den Angeln gehoben. Angewidert vom abgestandenen Geruch gebratener Zwiebeln in altem Fett, bewegte er sich langsam in die Stube hinein, die Küche und Wohnzimmer in einem zu sein schien. Es war nichts zu hören außer einem leisen Schnarchen. Sein Kunde, ein abgemagerter Kerl Mitte Vierzig mit ungewaschenen, halblangen grauen Haaren, schlief auf dem Sofa mit nichts an als einer ausgeleierten Unterhose, die ihre Ursprungsfarbe kaum noch erahnen ließ. Joe war froh, daß er bei seiner Arbeit immer Handschuhe trug. Als er dem Mann das Klebeband großflächig auf den Mund preßte, aus dem im Schlaf seitlich etwas Speichel herausgetropft und wieder getrocknet war, wurde der Typ wach. Ohne zu begreifen, was geschah, wollte er panisch um sich schlagen, doch Joe kam ihm zuvor und knockte ihn mit seinem Schlagring aus.

Als Karen ihren Bericht beendet hatte, herrschte kurz Schweigen. Yvonne senkte den Blick und griff in die Plätzchenschale, die sie vor Beginn der Konferenz auf den Tisch gestellt hatte. Verstört betrachtete sie den Keks in Tierform, murmelte »Oh, ein Schaf« und legte ihn wieder zurück in die Schale. Yvonne tat gerne hartgesotten, um sich vor den von ihr so bewunderten Profis keine Blöße zu geben, doch in solchen Momenten verlor sie schlagartig ihr fröhliches Naturell und sank in sich zusammen. Den anderen erging es kaum besser. So erfahren sie alle hier am Tisch auch waren, auf ihnen lastete nicht nur die drückende Hitze im Raum, sondern die jedesmal und immer wieder neu verspürte Erschütterung über die notwendige Kluft zwischen der wissenschaftlich distanzierten Sprache der Rechtsmedizin, die über ein komplex zusammengesetztes chemikalisch-biologisches Gebilde befand, und der Tatsache, daß es sich dabei um ein Kind handelte, das vor kurzem noch gelebt, gespielt, gelacht und eine Zukunft gehabt hatte. Vor allem Eberhard, der selbst zwei kleine Kinder hatte, konnte sich nur schwer zur Sachlichkeit zwingen.

Christian erhob sich schleppend und ging zur Pinnwand. Obwohl er bemüht war, sich nicht anmerken zu lassen, wie persönlich er die Sache nahm, war seine Stimme rauh, als er zusammenfaßte: »Vier Jungs, im Alter von circa sieben bis elf Jahren. Der erste ermordet am 9. Februar, Aschermittwoch. Aufgefunden drei Tage später hier bei Norderstedt im Wald. Geschätzte elf Jahre alt. Erdrosselt. Eine weiße Lilie auf der von Wetter und Wald verschmutzten Leiche, aufgebahrt auf einem Schneehaufen. Kein Leichentuch. Kein Psalm. Keine verwertbaren Spuren, keine Zeugen. Das Kind asiatischer Herkunft mit der auf der Innenseite des linken Oberschenkels eintätowierten Nummer 573 konnte bis heute nicht identifiziert werden. Tatort und Fundort ganz offensichtlich nicht identisch.

Zweite Leiche am 27. März, Ostersonntag. Mahlsdorf, bei Berlin. Geschätztes Alter sieben Jahre. Gefunden auf einem kleinen Hügel mit Seeblick. Keine Blume, aber in ein weißes Tuch gewickelt, in dem sich folgender, auf einem Computer getippter Text, Schrift Harrington, befand: Gift ist in ihnen wie Schlangengift, wie Gift einer tauben Otter, die verschließt ihre Ohren.«

Christian sah Daniel an. Der blickte auf ein geöffnetes Dokument in seinem Laptop: »Bibel. Das Buch der Psalmen. Psalm 58, 5.«

Christian fuhr fort: »Keine verwertbaren Spuren, keine

Zeugen. Das Kind konnte ebenfalls noch nicht identifiziert werden.

Dritte Leiche am 26. Mai, Fronleichnam. Fundort bei Augsburg. Tatort und Fundort offensichtlich nicht identisch. Der Junge, geschätzte zehn Jahre alt, lag auf einer Wiese vor einem alten Holzkreuz. Rundherum von der Wiese gepflückte Blumen. Im Leichentuch folgender Text: Ihre Kehle ist ein offenes Grab, ob auch von Schmeichelreden trieft ihre Zunge.«

Daniel ergänzte: »Psalm 5, Vers 10.«

Christian wandte sich an Pete: »Wir sind seit dem 13. Juni mit den Ermittlungen in allen Fällen betraut. Die Entscheidung des Innenministers hat gedauert, bis sogar die dritte Leiche schon kalt war. Und es tut mir leid, wenn ich mich wiederhole, aber: auch hier bislang keine verwertbaren Spuren, keine Zeugen. Hinweise ja, Hunderte von Anrufen, falsche Geständnisse, Denunzierungen von Nachbarn, das Übliche. Die zuständigen Landespolizeidienststellen sind am Rotieren, gehen Tausenden von Hinweisen nach, doch bis jetzt kam in keinem einzigen der Fälle irgendwas Brauchbares heraus. Gar nichts. Auch das dritte Kind konnte noch nicht identifiziert werden. Und nun Saarbrücken. 24. Juni. Kein Feiertag. Ein ganz normaler Freitag. Tatort: Fragezeichen. Fundort: Wald. Hänsel und Gretel, ein keltoromanischer Kultstein. Aufgebahrt auf Zweigen und Blättern. Tuch, Kerzen, Psalm: O Gott, zerbrich ihnen die Zähne im Mund! Zerschlage, Herr, das Gebiß der Löwen! Sie sollen vergehen wie verrinnendes Wasser, wie Gras, das verwelkt auf dem Weg, wie die Schnecke, die sich auflöst in Schleim, wie eine Fehlgeburt sollen sie die Sonne nicht schauen!«

»Psalm 58, 7–9«, kam von Daniel.

»Die Psalmen sind in den Berichten bislang nicht erwähnt worden«, warf Pete ein. Volker deutete auf das Telefon: »Wollen Sie dem BKA-Chef Bescheid geben?«

Pete ignorierte die Provokation und wandte sich an Christian: »Ich nehme an, Sie möchten durch diese Maßnahme eventuelle Sicherheitslücken schließen und falsche Geständnisse erkennen?« Christian nickte: »Manche Leute im Präsidium und auch anderswo haben zu gute Kontakte zur Presse. Wir wollen nichts riskieren.« Christian blickte schweigend aus dem Fenster, als habe er den Faden verloren. Alle außer Pete wußten, daß Christian sich an einen länger zurückliegenden Fall erinnerte, bei dem eine Indiskretion an die Presse die Rettung einer entführten Frau verhindert hatte. Christian hatte damals in einem schrecklichen Wutanfall den schuldigen Kollegen derart verprügelt, daß er nur knapp einer Suspendierung entging.

»Und jetzt der Hammer«, ergriff Eberhard das Wort, »zum ersten Mal eine verwertbare Spur. Sperma. Wir wissen zwar nicht, ob es uns weiterbringen wird, aber wir wissen, daß der Mörder einen Fehler gemacht hat. Endlich.«

Volker rührte in seiner Kaffeetasse und räusperte sich skeptisch.

»Volker, was hältst du davon?« fragte Christian.

Pete beugte sich zu Daniel und fragte ihn flüsternd, was es mit dem Kultstein namens Hänsel und Gretel auf sich habe. Daniel erklärte es ihm knapp. Demonstrativ wartete Volker das Ende des Getuschels ab. Als Pete es bemerkte, entschuldigte er sich: »Ich habe deswegen nicht unterbrechen wollen, sorry.«

Ungerührt blickte Volker ihn an: »Das haben Sie aber. Sie können Ihre Fragen gerne offen stellen. Und vielleicht möchten *Sie* uns ja Ihren Eindruck vermitteln, den Sie aus dem Lesen der Berichte und Ihrem bisherigen Studium des Beweismaterials haben. Was *ich* denke, wissen meine Kollegen zur Genüge. Wir fassen es nur jeden Montag morgen aufs neue zusammen, damit wir nichts übersehen und uns nicht von unseren Gefühlen in die Irre führen lassen.«

Auch Eberhard wandte sich nun direkt an Pete: »Uns beschäftigen vor allem folgende Fragen: Wie sucht der Täter die Kinder aus? Was sind das für Kinder, die anscheinend keiner vermißt? Gibt es eine vordeliktische Täter-Opfer-Beziehung, und wenn ja, welche? Inwieweit sind die Morde sexuell motiviert? Das Thema ist nun durch den Spermafund vorerst geklärt. Bislang war es schwierig zu beurteilen, weil die ersten drei Morde nicht direkt und nachweisbar mit sexuellem Mißbrauch einhergingen. Der Mißbrauch der ersten drei Opfer lag mehrere Tage zurück. Wir wissen bislang nicht, wie lange der Täter die Opfer in seiner Gewalt behält, bevor er sie tötet. Außerdem: Welche Bedeutung haben diese sogenannten Rachepsalmen? Warum bahrt der Täter die Leichen auf und schmückt sie? Ist unser Killer total durchgeknallt oder einfach nur ein kranker Pädophiler?«

Nach einer Kunstpause sah Eberhard Pete ruhig an: »Super Fragen für einen super FBI-Profiler, oder? Haben Sie ein paar Antworten für uns, die über das Serienkiller-Klischee hinausgehen?«

»Dazu müßten Sie mir erst Ihr Serienkiller-Klischee definieren«, gab Pete zurück.

»Weiß, zwischen Zwanzig und Mitte Dreißig. Signifikante Fehlentwicklung in primären Sozialisationsprozessen«, entgegnete Eberhard.

Daniel nickte: »Wurde als Kind von Mama und Papa geschlagen und in den Keller gesperrt.«

Volker fuhr fort: »Bindungsschwach, kontaktarm, fehlende Konfliktbereitschaft. Lebt unauffällig, hört auf unauffällige Namen wie Peter Kürten oder Fritz Haarmann und geht vermutlich einem unauffälligen Beruf nach. In den USA sind die Serienkiller angeblich überdurchschnittlich intelligent. Bei uns nicht.«

»Das kann natürlich daran liegen, daß in den USA einer

mit einem IQ von achtzig schon überdurchschnittlich intelligent ist. Der wird dann Präsident«, feixte Eberhard.

»Oder was Tolles beim FBI«, fügte Volker süffisant hinzu.

Pete wandte sich leicht gereizt an Christian: »Hören Sie, ich weiß, daß Sie mich nicht angefordert haben. Das heißt aber nicht, daß ich nichts beizutragen habe. Also wäre es schön, wenn Sie mich in die Arbeit integrieren würden.«

»Das müssen Sie schon selbst tun«, gab Christian gleichmütig zurück, »ich weiß, was diese Leute hier können. Ich kenne sie seit Jahren, ich vertraue ihnen und ihrer Arbeit. Sie sind ein Fremder. Warum sollte ich Ihnen vertrauen?«

»Weil wir zum gleichen Verein gehören?«

Christian fixierte ihn kühl: »Arbeiten Sie mit, zeigen Sie uns, was Sie draufhaben. Wir werden sehen. Wenn Sie beim Oberboß Bericht erstatten müssen, sollen oder wollen, tun Sie das. Aber wir sind hier nicht im Streichelzoo. Wenn Sie emotionale Zuwendung brauchen, sind Sie bei uns an der falschen Adresse. Und erwarten Sie nicht, daß wir in Ehrfurcht erstarren, bloß weil Sie ein paar Jahre in Quantico Statistiken studiert haben.«

Pete verschränkte abwehrend die Arme vor der Brust. Ihm war jetzt klar, daß er als Eindringling, als Aufpasser betrachtet wurde. Er hatte zwar schon gehört, daß Beyer ein harter Hund war, aber mit derart offener Ablehnung hatte er nicht gerechnet. Dennoch versuchte er, cool zu bleiben: »Gut, daß wir das geklärt haben. Können wir jetzt arbeiten? Ich bin auch nicht zum Schmusen hier.«

Christian nickte bedächtig: »Dann legen Sie mal los. Was wissen Sie, was wollen Sie wissen, was denken Sie über das, was Sie bisher erfahren haben? Entwickeln Sie schon ein Profil oder was Ähnliches?«

Pete schüttelte ernst den Kopf: »Ich weiß noch viel zu wenig, die Berichte, die ich bislang gelesen habe, sind zu …«, er suchte nach dem richtigen Wort, »… Es sind kalte Spuren.

Ich muß dichter ran. Geben Sie mir einen Tag, damit ich das Originalmaterial studieren kann.« Bei den letzten Worten wies er mit einer knappen Handbewegung auf die Pinnwand, die auf dem Tisch ausgebreiteten Unterlagen und die halbgeleerten Kisten mit Protokollen der Tatortarbeit und Zeugenaussagen.

»Sie brauchen mehr als einen Tag. Wir haben inzwischen fast zwei Zentner Papier«, meinte Volker lapidar.

Christians Handy klingelte. Das Gespräch mit Kommissar Philipp aus Saarbrücken war kurz, aber offensichtlich erfreulich. Als Christian auflegte, schlug er vor angespannter Erregung mit der flachen Hand auf die Tischplatte.

»Sie haben das Kind identifiziert. Die Mutter hat den Jungen heute als vermißt gemeldet. Wir sind endlich an ihm dran!«

Volker und Eberhard klatschten ab. Nur Karen wunderte sich: »Wieso vermißt die Mutter ihren Sohn erst nach drei Tagen?«

Christian zuckte mit den Schultern und sah zu Yvonne: »Auf ins Saarland. Den nächsten Flug für Volker und mich.«

Pete erhob sich: »Ich komme mit. Könnten Sie den Saarbrückern sagen, daß wir mit der Mutter nicht auf dem Kommissariat, sondern in ihrem Haus reden wollen?«

Christian warf Pete einen kurzen Blick zu, dann nickte er. »Drei Tickets«, sagte er zu Yvonne. Dann ging er hinaus.

Karen erhob sich und ging zu Pete, der vor der Pinnwand die Fotos betrachtete: »Sprechen Sie Chris ab sofort nicht mehr an. Nicht vor dem Flug, schon gar nicht im Flugzeug, und auch nicht die erste halbe Stunde nach dem Flug. Ich meine es gut mit Ihnen.«

Pete lächelte dankbar: »Wenigstens eine.«

Nach getaner Arbeit lief Joe in gemütlichem Trab die vier Kilometer zu seinem Mietwagen zurück. Er war zufrieden, auch mit seiner körperlichen Verfassung. Obwohl es sehr heiß war, spürte er keine Anstrengung. Kurz bevor er wieder beim Waldparkplatz zurück war, begegnete er einem anderen Jogger. Sie liefen achtlos aneinander vorbei. Als Joe in seinen Wagen einstieg, parkte gerade ein Ford neben ihm ein. Joe schob seine Baseballmütze tiefer ins Gesicht, doch das alte Ehepaar, das mühsam aus dem Wagen kletterte, hatte nur Augen für seinen verfetteten Terrier, der, kaum war er aus dem Ford geplumpst, schon sein Bein an der nächsten Birke hob. Joe startete und fuhr langsam an. Heute abend würde er in Berlin sein und sich zur Feier des Tages eine Nase Koks gönnen. Es war alles glatt gelaufen. Wie immer.

Zweieinhalb Stunden später landeten Christian, Volker und Pete auf dem Flughafen Ensheim, von dem sie erst am selben Tag in aller Herrgottsfrühe gestartet waren. Es war heiß, mindestens dreißig Grad im Schatten. Innerhalb von wenigen Minuten rannen den Männern Schweißbäche die Schläfen herab. Christian sehnte sich nach einer Dusche, denn am Morgen, noch im Hotel in Saarbrücken, hatte er verschlafen und auf die Dusche verzichten müssen.

Diesmal holte Kommissar Philipp sie persönlich ab. Er stürzte auf die drei zu, sparte sich die Begrüßung und platzte heraus: »Wir haben ihn!«

Das Team aus Hamburg sah ihn verblüfft an, doch Philipp hatte offensichtlich keine Zeit zu verlieren und hastete voraus zu seinem Wagen. Sein Hemd klebte komplett durchgeschwitzt an seinem Rücken. Die Autotüren waren kaum geschlossen, als er Gas gab. Vorbei am Ensheimer Gelösch und am Grumbachtal, wo vor wenigen Tagen die Leiche des Kindes gelegen hatte. Der Fahrtwind, der durch die offenen

Fenster hereinpfiff, trocknete ihnen den Schweiß. Unterwegs erklärte Philipp angespannt die neuesten Entwicklungen. Die Mutter des Jungen hatte das Kind identifiziert und ihnen gesagt, daß ihr Sohn, Klaus, am Mittwoch von seinem Freund Herbert abgeholt worden sei. Die beiden verbrachten oft das gesamte Wochenende gemeinsam, in den Ferien kam es auf einen Tag mehr oder weniger auch nicht an, deswegen habe sie den Jungen bislang auch noch nicht vermißt. Erst als Klaus am Sonntag abend nicht zurückgekommen und auch Herbert nicht erreichbar gewesen sei, sei sie nervös geworden.

»Wir fahren jetzt zu Herbert, nehme ich an?« fragte Volker dazwischen.

Philipp nickte: »Herbert ist nicht der klassische Spielkamerad eines Neunjährigen. Herbert Perlmann ist 46 und ein aktenkundiger Pädophiler. Ich dachte mir, Sie wollen sicher bei dem Einsatz dabei sein. Die Eingreiftruppe ist in Stellung und wartet auf uns. Mit der Mutter können Sie nachher reden. Sie ist bei sich zu Hause, wie Sie es wollten.« Philipp fuhr wie ein Verrückter, ohne jedoch das Martinshorn einzuschalten. Nach etwa zwanzig Minuten waren sie am bewaldeten Rand eines Kaffs namens Elversberg angelangt. Drei Beamte in Zivil und zwei Streifenwagen mit je zwei Uniformierten standen unauffällig am Eingang einer Schrebergartenkolonie bereit und warteten auf Philipps Kommando. Es war wenig los bei den Laubenpiepern, vermutlich zu früh und doch schon zu heiß. Nur ein einsames Pärchen kniete in seinen Beeten und entlauste die Rosen. Einer der Zivilbeamten schickte sie vorsichtshalber in ihr Häuschen, eine Aufforderung, der sie nur murrend nachkamen.

Perlmanns Laube stand ein wenig abseits von den anderen, blickgeschützt. Sie wurde umstellt, Philipp und ein weiterer Beamter entsicherten ihre Waffen und klopften an. Christian, Volker und Pete hielten sich diskret im Hintergrund, jedoch jederzeit bereit einzugreifen. Als niemand öffnete, brachen Philipp und sein Kollege die Tür auf. Die Formel »Gefahr im Verzug« deckte dieses Vorgehen ab. Schließlich war es möglich, daß sich ein weiteres Kind im Haus befand.

Christian und Volker beobachteten die Szene, und es fiel ihnen sichtlich schwer, den Einsatz nicht selbst kontrollieren zu können. Doch lange mußten sie ihre Ungeduld nicht zügeln. Wenige Augenblicke, nachdem Philipp die morsche Haustür aus den Angeln getreten hatte, kam er wieder vor die Tür und winkte die Hamburger heran. Seine Miene verhieß nichts Gutes.

»In der Küche. Geradeaus und dann rechts«, sagte er müde.

Christian ging voran. Schon im Flur nahm er den typisch metallischen Geruch wahr. Als sein Blick in die Küche fiel, knurrte er nur: »Scheiße.« Es war sein erstes Wort seit dem Start in Hamburg.

Auf dem Boden in halb sitzender Stellung lehnte an einem Bein des Küchentischs ein verlebt aussehender Mann Mitte Vierzig. Zur Zeit sah er sogar sehr verlebt aus. Ein sauberer Schnitt hatte ihm die Kehle von einer Seite zur anderen durchtrennt. Der Kopf war nach hinten gekippt, die Wunde klaffte dem Betrachter breit entgegen. Die Leiche schwamm in ihrem Blut. Es war unmöglich, die kleine Küche zu betreten, ohne in Blut zu waten. Auf dem Küchentisch lagen, ordentlich aufgereiht, drei Finger und ein Ohr.

Christian unterdrückte genau wie Philipp die Enttäuschung. Keine der drängenden Fragen würde beantwortet werden, sondern nur noch neue hinzukommen. Frustriert sah er sich den Tatort an, er bemerkte ein aus den Angeln gehobenes Fenster, zu dem blutige Fußabdrücke führten, doch er wollte mit seinen Leuten nicht Philipps sicher schnell anrückender Spurensicherung in die Quere kommen. Außerdem hatte er durch die bisherige Zusammenarbeit hinreichendes Vertrauen in die Fähigkeiten der zuständigen Kollegen entwickelt, er konnte schließlich nicht alles selbst machen – auch wenn das eigentlich seinem Charakter entsprochen hätte.

Also bat er Philipp um einen Wagen und einen ortskundigen Fahrer, der sie zur Mutter des ermordeten Jungen bringen sollte. Der uniformierte Beamte, den Philipp den Hamburgern als Chauffeur überließ, war noch sehr jung und wirkte recht angeschlagen. Er fuhr den Weg zurück nach St. Ingbert unkonzentriert und zittrig.

»Das sah verdammt nach einem Profi aus«, bemerkte Volker. Christian nickte nur resigniert. Mit brüchiger Stimme meldete sich der Fahrer zu Wort: »Ich habe noch nie eine solche Sauerei …« Er konnte den Satz nicht beenden, bog abrupt in einen Waldweg ein, stürzte aus dem Wagen und übergab sich lautstark. Volker stieg aus und ging zu dem Beamten. Beruhigend legte er ihm die Hand auf den Rükken, sprach auf ihn ein und nahm ihm die Scham.

»Der kann ja richtig nett sein«, sagte Pete mit sarkastischem Unterton. Christian schwieg.

Heidi Backes, die Mutter des toten Jungen, wohnte in einer wenig ansehnlichen Straße von St. Ingbert. Die graue, reichlich verwitterte Häuserzeile verbarg den Blick auf einen gepflasterten Hinterhof, der vor Dreck starrte. Es stank nach Fäkalien, was die Hitze noch unerträglicher machte. Zwei alte, halbverfaulte Holzschuppen dienten als Außenklos, und in den von Rattenpisse feuchten Ecken spielten zwei kleine Kinder mit Plastikrobotern. Zwischen der Häuserwand und den Schuppen waren kreuz und quer Leinen gespannt, auf denen frische Wäsche hing. Das fröhliche Flattern der weißen Wäsche im Wind wirkte seltsam unpassend in dieser

Mischung aus Tristesse und Hoffnungslosigkeit. Die Häuser waren nur von hinten zugänglich. Es gab vier Türen, zu denen jeweils ein paar schiefgetretene Stufen hinaufführten. Vor dem ersten Aufgang saß eine dicke alte Frau in einer Kittelschürze und schälte mit ungelenken Gichtfingern Kartoffeln. Der junge Polizist fragte sie nach Heidi Backes. Mit dem Kartoffelschäler wies die alte Frau auf den nächsten Eingang. Christian bat den Fahrer, der immer noch ziemlich blaß um die Nase war, im Wagen zu warten.

Als Christian auf sein Klopfen hin keine Antwort erhielt, drückte er auf die Klinke zu Frau Backes Wohnung. Es war nicht abgeschlossen, was er als Einladung interpretierte. Volker und Pete folgten ihm. Sie standen direkt in einer kleinen Küche, zum zweiten Mal für heute. Das Fenster war mit einem groben, schmutzigen Stoff behangen, der das Sonnenlicht weitgehend ausschloß. In der Mitte des Raumes stand ein Tisch mit drei wacklig aussehenden Plastikstühlen, die dahinter liegende Kochnische war angefüllt mit schmutzigem Geschirr und leeren Flaschen.

»Frau Backes?« rief Christian fragend ins muffige Dunkel hinein. Aus einem hinteren Zimmer kam leise Antwort.

»Wir sind von der Polizei und würden Sie gern einiges fragen«, fügte Christian hinzu.

Ein Bett quietschte, Frau Backes schlurfte heran. In der Tür blieb sie stehen und lehnte sich an den Rahmen. Christian war überrascht, wie jung sie noch war, höchstens Ende Zwanzig. Sie trug schwarze Leggings und ein Sweatshirt mit lieblos abgeschnittenen Ärmeln. Darunter schaute ein himmelblauer BH hervor. Sie sah völlig verquollen aus vom Weinen, fertig, müde, kaputt. Am Ende.

»Setzen Sie sich«, forderte sie die Besucher auf, mit einer Stimme so stumpf wie ihr Blick. Christian, Volker und Pete stellten sich vor. Heidi Backes schien sich wenig für sie zu interessieren. Sie nahm ein Bier aus dem Kühlschrank und öffnete es geschickt an der Tischkante, die an allen vier Seiten schon reichlich Gebrauchsspuren aufwies.

»Ich tät Ihnen ja auch eins geben, aber das ist das letzte. Und der ganze Kummer, wissen Sie …«, erklärte Heidi Backes gleichgültig.

Volker übernahm die Befragung. Zuerst versicherte er Frau Backes ihrer aller Mitgefühl. Dann fragte er sie nach Herbert Perlmann.

Heidi bemühte sich, in korrekten Sätzen zu sprechen, doch es fiel ihr schwer. Sie war betrunken, verfing sich in ihrem Dialekt und hatte erhebliche Schwierigkeiten mit logischen Zusammenhängen.

»Der Herbert, der ist ein guter Freund, nicht nur für den Klaus, auch für mich. Seit der Alex mich hat sitzenlassen wegen der Schlampe aus der Bodega, das ist grad mal vier Jahre her, der Klausi war noch ganz klein, und dann hab ich's ja schwer gehabt mit dem Kind, konnt ja net arbeiten gehen den lieben langen Tag, denn wenn man so 'n Balg hat, sag ich immer, dann muß man sich auch drum kümmern.«

Volker bestärkte sie mit anerkennenden Blicken in ihrer Moral.

»Wie ist denn der Klausi so gewesen?« fragte Pete behutsam dazwischen.

»Ach, ein anstrengendes Kind«, seufzte Heidi und nahm einen Schluck aus der Flasche, »immer am Heulen und nie stillsitzen kann er. Und frech. Kein Wunder, daß nach dem Alex kein Mann sich auf Dauer mehr mit mir eingelassen hat. Das hat mir der Klausi versaut. So lieb ich ihn hab, aber das hat er mir versaut.«

»Aber der Herbert«, Volker verfiel in Heidis seltsame Diktion, »der war dann da für euch?«

Pete bemerkte anerkennend, wie Volker zum Duzen wechselte und über die gemeinsame Sprache eine Verbindung zu Heidi aufbaute.

»Eyo, der Herbert ist ein guter Kerl. Ich war ganz verliebt in ihn, aber das hat halt nicht geklappt mit uns. Aber immerhin hat er uns nicht fallengelassen. Der hat sich immer noch um den Klausi gekümmert, nachdem das mit uns schon längst vorbei war. Hat ja eh nicht lang gehalten.«

Heidi nahm noch einen kräftigen Schluck aus der Pulle.

»Verreist der Herbert viel?«

Heidi Backes schüttelte den Kopf und trank weiter. Zwischendurch rotzte sie lautstark in ein Taschentuch. »Nö, nicht, daß ich wüßt. Nur im Mai, oder war das April, da ist er mal nach Holland. Da hat er den Klausi sogar mitgenommen. Zu entfernten Verwandten.«

»Hat's dem Klausi denn da gefallen?« fragte Volker.

»Bestimmt. Hat mir sogar 'ne Karte geschickt«, fiel ihr plötzlich ein. Sie erhob sich schleppend und kramte in einer Küchenschublade. »Hier, die hat er mir geschickt, der Klausi.« Sie reichte Volker stolz eine Ansichtskarte mit einer jungen Frau in Hollandtracht und einem riesigen Käserad in den Händen. Volker sah kurz auf den nichtssagenden Text und bat, die Karte ausleihen zu dürfen. Heidi schenkte sie ihm.

»Wissen Sie die Namen der Verwandten in Holland?« fragte Christian, nachdem er einen Blick auf die Karte geworfen hatte. Sie war in Eindhoven abgestempelt. Heidi schüttelte wiederum den Kopf.

»Ist der Herbert eigentlich ein guter Katholik? Viel Nächstenliebe hat er ja, wenn er mit einem armen Kind in Urlaub fährt«, setzte Christian hinzu.

Heidi sah ihn irritiert an: »Das schon. Aber auf die Kirche scheißt der. Aber deswegen ist er doch noch kein schlechter Mensch, gell?«

»Nein, natürlich nicht«, pflichtete Volker ihr bei.

Volker, der Petes Zurückhaltung durchaus bemerkt hatte, nickte Pete zu, um ihm den Zeitpunkt für seine Fragen zu signalisieren.

»Und Ihr Klaus hat den Herbert auch gemocht?« begann Pete mit deutlich distanzierterem Tonfall als Volker.

»Ja, logisch, der hat doch mit ihm Fußball gespielt. Und Geschenke hat er ihm auch gemacht. Kann ich ja nicht mit meiner Sozialhilfe.«

»Und Ihnen ist nie in den Sinn gekommen, daß der Herbert vielleicht ein Pädophiler ist?« fragte Pete ganz sanft.

»Ein was?«

Christian beugte sich über den Tisch, ganz dicht vor Heidis Gesicht: »Sie waren doch immer ganz froh, wenn der Herbert ihren anstrengenden Klausi ein paar Tage mitgenommen hat, damit Sie in aller Ruhe die Sozialhilfe in der Kneipe versaufen konnten. Und da war es Ihnen auch egal, daß der charmante Herbert«, nun schrie Christian, »ihren Klausi gefickt hat!«

Heidis tränenverschleierter Blick weitete sich geschockt, sie hob die Hände, als wäre sie geschlagen worden. Aus ihrem Mund quoll ein geradezu unmenschliches Röcheln.

Christian erhob sich und ging Türen knallend hinaus. Sein Ausbruch war zwar kalkuliert gewesen, aber nicht kontrolliert. Zumindest Volker würde es bemerkt haben, das wußte Christian.

Heidi sah ihm entsetzt hinterher. Tränen schossen ihr in die Augen. Verzweifelt wandte sie sich an Volker: »Das ist doch nicht wahr, was der gemeine Kerl da gesagt hat, das ist doch einfach nicht wahr!«

Pete legte ihr sanft die Hand auf den Unterarm. »Doch, es tut uns ja auch leid, aber das ist mit an Sicherheit grenzender Wahrscheinlichkeit nur allzu wahr.«

Heidi achtete überhaupt nicht auf Pete, sie war ganz fixiert auf Volker. Der nickte ernst.

Nun schien das Wrack Heidi vollends in seine Einzelteile zu zerbrechen: »Das hab ich doch nicht gewußt, ehrlich. Um Himmels willen!«

»Natürlich nicht, sonst hätten Sie dem Herbert doch Ihren Klausi nie und nimmer anvertraut«, sagte Volker.

Heidi Backes nickte so vehement, daß ihr die blondierten Locken in die Augen fielen. Sie strich sie wieder nach hinten und lächelte Volker entrückt an. Pete wandte den Blick angewidert von ihr ab.

Etwa zwanzig Minuten später verließen auch Volker und Pete das Haus. Christian lehnte am Streifenwagen und ließ nervös einen Euro durch seine Finger gleiten. Pete und Volker stiegen ein, Christian steckte den Euro in die Hosentasche und folgte ihnen. Er bat den Beamten, sie nach Saarbrücken zu fahren, wo sie sich mit Kommissar Philipp treffen wollten.

»Und?« fragte Christian, als der Beamte losgefahren war, »hat sie noch was erzählt?«

Volker verneinte: »Deine Schocktherapie hat sie kalt erwischt. Aber da war leider nichts. Sie kennt keine Kumpels von Herbert, weiß kaum etwas über ihn, außer daß er wegen eines Autounfalls eine kleine Versehrtenrente bekommt. Steifes Bein. Das mit Klaus ging seit einem knappen Jahr so.«

»Von wegen Schock. Sie hat es mit Sicherheit gewußt. Oder zumindest geahnt und die Augen zugemacht«, meinte Pete bitter.

Christian sagte nichts, obwohl er der gleichen Meinung war. Er fragte sich nur, wie und warum so etwas möglich war. Wie konnte eine Mutter das Kind, das sie selbst geboren hatte, den widerlichen Schmutzgriffeln der Päderasten ausliefern? Das Schlimme war, daß Christian die Antwort wußte. Doch die war so einfach, so billig, daß er davor verstummte.

Pete aber mußte reden, es schien, als wolle er das Elend mit seinem Wissen darüber in den Griff kriegen: »Pädophile suchen sich die Kinder sehr genau aus. Alleinstehende Mütter aus unteren Schichten sind ein beliebtes Ziel. Armut. Brüchige soziale Netzwerke. Diesen Kindern fehlt Zuneigung, Aufmerksamkeit, Anerkennung. Sie haben meist wenig Selbstvertrauen und wenige Freunde. Perfekte Opfer, leicht zu manipulieren. Genau wie ihre naiven Mütter, die froh sind, wenn sich einer kümmert, oder wenn sie nicht ganz so naiv sind, zumindest bewußt oder unbewußt wegsehen, um einen kleinen Vorteil für sich zu erwirtschaften. Wetten, daß der charmante Herbert die Heidi nur gepimpert hat, um an ihren Sohn ranzukommen?«

»Eine beschissene Welt«, stimmte Volker zu, »Heidi tut mir leid. So mies wie die sich jetzt fühlt, soviel kann sie gar nicht saufen.«

Mit der letzten Maschine landeten sie wieder in Hamburg. Die Tatortarbeit in Elversberg und die Zeugenbefragungen konnten sie ihren Saarbrücker Kollegen überlassen, die sich schon am Wochenende als engagiert und zuverlässig erwiesen hatten. Und die DNS-Analyse würde noch dauern.

Pete lehnte das halbherzige Angebot von Christian, ihn mit dem Dienstwagen zu seinem Hotel zu bringen, dankend ab. Er nahm sich ein Taxi und war froh, in die gepflegte Anonymität seiner Übergangsbleibe eintauchen zu können. Er duschte, zog ein frisches Hemd an, warf sich aufs Bett und zappte durch die Programme. Doch er konnte sich auf nichts konzentrieren, die Nachrichten langweilten ihn ebenso wie die im Privatfernsehen detailliert beschriebene Brustvergrößerung einer 16jährigen Pfälzerin. Er schloß seinen Laptop an und recherchierte Annas Adresse. Zwar fühlte er sich völlig erschlagen von seinem ersten Arbeitstag, doch er verspürte plötzlich das dringende Bedürfnis nach etwas menschlicher Wärme. Oder einer guten Nummer zum Abreagieren. Bei Anna hatte er Chancen auf beides. Er nahm eine Flasche Champagner aus der Minibar und fuhr zu ihr.

»Woher weißt du, wo ich wohne?« fragte sie verblüfft, als er im Türrahmen stand.

»Ich bin Polizist. Schon vergessen?« gab er zurück.

Anna fiel auf, wie müde Pete aussah. Sie öffnete die Tür und ließ ihn ein.

Der Mann, der Pete vom Hotel aus gefolgt war und nun gemächlich über die Straße schlenderte, um Annas Praxisschild am Eingang zu studieren, fiel ihnen nicht auf.

Als Christian an diesem Abend völlig erledigt von den Anstrengungen der letzten Tage nach Hause kam, sah er zuerst auf den Anrufbeantworter, der auf einer alten Weichholzkommode im Flur stand. Niemand hatte versucht, ihn zu erreichen. In allabendlicher Routine legte Christian seinen Schlüsselbund und den Inhalt seiner ausgebeulten Cordsakkotaschen auf die Kommode: Portemonnaie, Klappmesser, Kugelschreiber, eine Briefmarke, zwei Hustenbonbons, davon eins angelutscht, Streichhölzer, ein paar lose Münzen und die zerknitterte Fotografie einer Angelhütte in Island, wo er nach erfolgreichem Abschluß des Falls hinfahren wollte, um in der Einsamkeit ungestört Zeit und Mücken totzuschlagen.

Er ging ins Schlafzimmer und zog sich im Dämmerlicht aus. Die Vorhänge waren zugezogen, seit er am Freitag morgen die Wohnung verlassen hatte. Achtlos warf er seine Klamotten in die Ecke, begab sich ins Bad und duschte kalt, den Strahl auf hart gestellt. Die Wasserperlen ließ er auf der Haut trocknen, um den Kühlungseffekt zu verlängern, er schlenderte in die Küche, hinterließ dabei nasse Abdrücke auf dem Parkett und nahm eine Flasche Wodka aus dem Kühlschrank. Geübt goß er zwei Fingerbreit in ein großes

Wasserglas und ließ zwei Eiswürfel hineinklingeln. Der erste Schluck rann ihm, ohne zu brennen, die Kehle hinunter und markierte den langersehnten Übergang in den Feierabend.

Christian lebte in einem Eckhaus im Eppendorfer Weg. Sein Wohnzimmer befand sich ganz oben, genau auf der Ecke, und war mit seiner großzügigen halbrunden Verglasung das Highlight des Drei-Zimmer-Apartments. Mit dem Glas in der Hand ging Christian zu seinem Ausguck. Das Licht ließ er aus. Er blickte auf die inzwischen relativ unbelebte Kreuzung. Manchmal, wenn er gute Laune hatte, dachte er bei diesem Anblick grinsend an zwei Wochen, in denen er wegen einer groben Respektlosigkeit seinem früheren Chef gegenüber zur Strafe den Verkehr hatte regeln müssen. Heute allerdings hatte er keine gute Laune. Überhaupt hatte er schon seit langem keine gute Laune mehr gehabt. Christian atmete hörbar ein und aus und versuchte, zur Ruhe zu kommen. Die Dusche hatte geholfen, der Wodka half besser. Nach dem ersten Glas genehmigte er sich noch ein zweites, das er halb liegend auf dem Sofa trank. Zwei Fingerbreit, zwei Eiswürfel. Langsam entspannte er sich.

Er geriet kurz in Versuchung, Jan anzurufen, ließ es aber. In den letzten Wochen hatte er ihm mehrfach aufs Band gesprochen, schon längst war Jan an der Reihe, sich zu melden. Anfangs, als Jan vor fast genau einem Jahr nach Los Angeles gezogen war, hatte er jeden Sonntag angerufen. Inzwischen kamen die Anrufe weitaus sporadischer, und Christian fürchtete, den Kontakt zu seinem Sohn ganz zu verlieren. Schleichend. Ohne ein klärendes Wort. Jan wollte unbedingt Schauspieler werden, eine Wahl, die Christian zwar nicht schätzte, die aber auch keinen ausgesprochenen Widerwillen hervorrief. Der Junge war schließlich alt genug. Als Christian sich von Inka hatte scheiden lassen, war Jan acht Jahre alt gewesen. Zuerst verhinderte Inka den Kontakt, und er bestand nicht auf seinem Besuchsrecht, um die

Schlammschlacht, die in Gang war, nicht noch anzuheizen. Bei der schnellen Scheidung vor Gericht war von Schuld nicht die Rede gewesen, doch Inka hatte sie ihm uneingeschränkt zugewiesen. In endlosen Streitereien und Diskussionen, bevor sie sich trennten, und in schonungslosen Abrechnungen danach. Sie hatte recht gehabt. Immer wieder hatte er flüchtige Abenteuer mit anderen Frauen gesucht, deren einzige Bedeutung für ihn darin lag, daß er sich für wenige Stunden lebendig fühlte in der permanenten Anwesenheit des Todes, der ihm Tag für Tag begegnete. Inka konnte das nicht verstehen, wie auch. Er begriff es damals ja selbst nicht, fühlte sich schlicht männlich und sah sich zugleich als selbstloser Beschützer seiner Familie, wenn er abends nach Hause kam und in Sprachlosigkeit versank, um Tod und Elend nicht in sein Privatleben einzuladen. Inka jedoch hatte das Gefühl, daß er sie und Jan immer mehr aus seinem Leben ausschloß. Bis sie es nicht mehr ertrug und sich trennte und damit ihn aus ihrem und Jans Leben ausschloß. Christian war es recht, er war beleidigt und verletzt, und mit der Rolle des Arschlochs kannte er sich aus. Doch sein Sohn fehlte ihm mehr und mehr, und mit der langsamen Einsicht in seine Fehler fand eine ebenso langsame Annäherung an seine Ex-Frau statt, die ihm etwa drei Jahre später den Kontakt zu Jan wieder ohne Einschränkung ermöglichte. Immerhin konnte er nun ab und an seinen Kleinen mit zum Fußballplatz nehmen oder ihm mal eine Blaulichtrunde mit dem Einsatzfahrzeug spendieren. Ein paar Jahre lief es ganz gut so, doch dann zog sich Jan zurück und erübrigte immer weniger Zeit für seinen Vater. Christian glaubte es zu verstehen, der Junge wurde langsam erwachsen, da waren Frauen erst mal wichtiger als Fußball.

Inzwischen war Christian sich nicht mehr so sicher, ob er mit dieser Theorie richtiggelegen hatte. Er vermutete, daß sein inzwischen zwanzigjähriger Sohn schwul war. Gesprochen hatten sie nie darüber, das war immer noch nicht Christians Stil. Er fand die sexuelle Orientierung seines Sohnes zwar bestenfalls irritierend. Dennoch hätte er sich gefreut, mal wieder von ihm zu hören.

Christian nahm noch einen Schluck und stellte das leere Glas ab. Innerhalb weniger Minuten war er auf dem Sofa eingeschlafen.

Im Schein einer Straßenlaterne huscht eine Ratte aus dem Gully und verschwindet zwischen den Absperrungen einer Baustelle. Die Nacht hat sich wie schwerer Samt über das Musterhaus gelegt. Dort, in seinem Zimmer, liegt der Junge. Ein Plastiklicht in der Steckdose verbreitet mattgelben Schimmer. Der Junge hat Angst einzuschlafen. Wenn er die Augen zumacht, sieht er Krabbeltiere. Sie krabbeln auf seiner nackten Haut und wollen ihm in den Mund kriechen und in die Augen. Die Augen wollen sie aufessen. Der Junge hält sich mit beiden Händen den Mund zu und kneift die Augen fest zusammen. Aber wenn er die Augen zusammenkneift, kann er nichts sehen. Alles ist schwarz. Auch das macht ihm angst. Der Junge öffnet die Augen wieder und nimmt vorsichtig die Hände vom Mund. Er guckt überall im Bett, ob die Krabbeltiere kommen. Im Moment sind keine da. Aber wenn er schlafen will, kommen sie, das weiß er. Er steht auf, setzt sich auf den Boden, nimmt ein Blatt Papier und seine Buntstifte. Er malt rote Kreise, schwarze Kreise, rote Kreise, schwarze Kreise und blaue Wolken, die regnen. Unter den weinenden Wolken, in den roten Kreisen und den schwarzen Kreisen, malt er sich. Man sieht ihn kaum vor lauter roten und schwarzen Kreisen. Nur der Kopf guckt oben aus den Kreisen raus, der Kopf ist blau wie die Wolken, und der Mund ist zum Schreien ganz weit offen. Aber man hört nichts. Da kommt die Mutter herein und schimpft ein bißchen, weil er nicht im Bett ist, sondern malt. Sie nimmt ihn hoch auf den Schoß, schaukelt hin und her und flüstert leise: Hoppe, hoppe Reiter, wenn er fällt, dann schreit er. Macht der Reiter plumps, dann fällt er in den Sumpf. Hoppe, hoppe, Reiter, wenn er fällt, dann schreit er …

Dienstag, 28. Juni

Am nächsten Morgen erwachte Christian wie gerädert, obwohl er fast sechs Stunden tief und fest geschlafen hatte. Irgendwie schien er es doch noch vom Sofa ins Schlafzimmer geschafft zu haben, auch wenn er sich nur undeutlich erinnern konnte. Die Kleider vom Vortag lagen vor seinem Bett auf dem Boden. Er hob sie auf, roch daran und warf alles angewidert in den Wäschekorb. Dann duschte und rasierte er sich und zog sorgfältig frische Sachen an. Nach den ersten drei Tassen Kaffee fühlte er sich wach genug für den Tag. Um acht Uhr trat er zum Rapport bei Oberstaatsanwalt Doktor Waller an, der die Nachricht von dem an der Kinderleiche aufgefundenen Sperma fast triumphierend aufnahm. Christian konnte ihn nur mit Mühe davon abhalten, diesen ersten Teilerfolg auf der nachfolgenden Pressekonferenz hinauszuposaunen. Auf keinen Fall wollte er, daß sich der Bestatter in die Deckung zurückzog, weil seine Gegner einen Schritt vorgerückt waren.

Nach der Pressekonferenz, die Christian an Wallers Seite gewohnt wortkarg hinter sich brachte, gestattete er sich ein kleines Frühstück im »Sweet Virginia«. Aus Zeitgründen nahm er sich ausnahmsweise ein Taxi, ansonsten lief Christian, so weit es ging, lieber zu Fuß. Er mochte diese ruhige Art der Fortbewegung, einfach einen Fuß vor den anderen zu setzen und dabei seine Umgebung wahrzunehmen – Wind, Wetter, Menschen, Geräusche und Gerüche.

Heute jedoch hatte er keinen Nerv für mußevolle Betrachtungen. Am »Sweet Virginia« angekommen, setzte er sich draußen an einen Tisch und bestellte ein Bier. Er rief im Büro an, gab Volker Bescheid, daß er schon fast auf dem

Weg war und setzte eine erneute Konferenz an. Die Bedienung brachte das Bier. In großen Schlucken trank er es bis zur Hälfte aus, schob den Rest beiseite und bestellte einen Espresso. Das halbe Bier war notwendig gewesen, um sowohl Wallers eitle Selbstsucht als auch die inquisitorische Aggressivität der Journalisten herunterzuspülen, die sich offenbar um so gewichtiger als vierte Macht im Staate fühlten, je anklägerischer sie sich gegenüber den ersten drei benahmen. Ein klares, kaltes, herbes Bier dagegen war etwas angenehm Bodenständiges. Es kühlte ihn herunter, in jeder Beziehung. Zumal auch die Sonne schon wieder so stark brannte, daß man selbst im Schatten erahnte, wie sich die Stadt in wenigen Stunden auf Backofentemperatur aufheizen würde.

Beim Espresso durchdachte Christian zum wiederholten Male die bisherigen Ermittlungsergebnisse aus dem Saarland, die er heute früh gegen halb acht telefonisch von Kommissar Philipp erhalten hatte.

Herbert Perlmann war etwa anderthalb Stunden vor ihrem Eintreffen, also gegen elf Uhr morgens, ermordet worden, indem ihm die Hauptschlagader durchtrennt wurde. Ein sauberer, fast professionell zu nennender Schnitt, wahrscheinlich mit einem Skalpell. Der Täter hatte, hinter dem Opfer stehend, von links nach rechts durchgezogen, war also vermutlich Rechtshänder. Er hatte sich Zugang durch das hintere Fenster verschafft, durch das er auch wieder das Weite gesucht hatte. Zeugen in der Nachbarschaft gab es keine, denn das ständige Bewohnen der Lauben war verboten, und die meisten Hobbygärtner kamen erst am Nachmittag in ihre Gartenzwergparadiese. Perlmann wohnte in Ermangelung einer anderen Bleibe als einziger fest dort. Fingerabdrücke waren jede Menge sichergestellt worden, doch die verwertbaren stammten alle von Perlmann oder von Klaus Backes. Es gab blutige Fußabdrücke in der Nähe des Gartenhäuschens sowie Reifenspuren von verschiedenen

Fahrzeugen im Umkreis der Schrebergärten und auf einem einige Kilometer entfernten Waldparkplatz, doch beides war kaum von Nutzen. Turnschuhe, wie sie jeder zweite trug, Größe 44, und auch die Reifenspuren waren Dutzendware und lieferten keinerlei Anhaltspunkte. Perlmanns Ohr und die Finger waren mit einem sehr scharfen Messer, vermutlich demselben Skalpell wie beim Halsschnitt, und mit ruhiger, offensichtlich geübter Hand abgetrennt worden, und zwar vom noch lebenden Opfer: Es gab nur vital, keine postmortal zugefügte Verletzungen. Perlmanns Leiche wies Prellungen und Hautabschürfungen auf, er hatte sich also gewehrt. An Mund, Hand- und Fußgelenken hatte man Spuren von Klebeband gefunden, die auf eine Fesselung und Knebelung hindeuteten. Das Klebeband selbst fehlte. Karen hatte die Sektionsergebnisse ihres Saarbrücker Kollegen, die ihr schriftlich und als Fotos vorlagen, soweit sie konnte, bestätigt.

Perlmanns Schränke waren durchwühlt worden. Weder Kalender noch ein Adreßbuch, Fotos oder sonstige private Unterlagen waren aufzufinden. In Anbetracht der Tatsache, daß Perlmann in seinem Schrebergartenhaus gelebt hatte, konnte man davon ausgehen, daß diese Dinge entwendet wurden. Dennoch schloß die Saarbrücker Kripo einen Raubmord weitgehend aus. Perlmann besaß nichts von Wert, außer insgesamt sechzig Euro, die in einer Keksdose versteckt waren. Der mutmaßliche Diebstahl privater Unterlagen konnte nach Ansicht von Kommissar Philipp möglicherweise der Verschleierung von Perlmanns sexuellen Aktivitäten und seinen Kontakten dienen.

Auch wenn die DNS-Analyse noch nicht vorlag, ging Christian davon aus, daß das Sperma in der Kinderleiche von Perlmann stammte. Aber war er auch der Mörder von Klaus? Und der Mörder der anderen Jungen? Eines der Opfer jedenfalls konnten sie ausschließen. Perlmanns Schwester hatte ausgesagt, sie habe ihren Bruder zum letzten Mal an ihrem Geburtstag gesehen. Der fiel mit dem Todeszeitpunkt des zweiten Kindes zusammen. Und auch zu den beiden anderen Kindern war bislang keinerlei Verbindung nachweisbar.

Um elf Uhr an diesem Dienstag versammelte sich Christians Team im Besprechungszimmer. Die Luft stand so dick und bewegungslos zwischen den Wänden des Altbaus, daß man sie in Scheiben schneiden konnte. Pete wummerte der Schädel. Er hatte den ganzen Vormittag damit zugebracht, die vier Mordfälle zu analysieren.

»Ich habe mir inzwischen ein vorläufiges Bild machen können …« Er warf einen fragenden Blick zu Christian: »Oder wollen Sie zuerst …?«

Christian schüttelte den Kopf.

Pete sprach leise: »Ich denke, wir alle gehen davon aus, daß Perlmanns Mörder nicht der Bestatter ist.«

Karen sah Pete interessiert an: »Stimmt. Der Mord an Perlmann trägt deutlich sadistische Züge. Der Bestatter arbeitet ganz anders.«

Eberhard nickte: »Bleibt die Frage, ob es einen Zusammenhang gibt.«

Pete griff nach einem Stapel bedrucktem Papier, der vor ihm lag. Er reichte zusammengeheftete Kopien an alle Teilnehmer der Konferenz herum.

»Sie kennen vermutlich diese Erhebungen? Sie stammen übrigens nicht vom FBI, sondern aus Deutschland.«

Christian, Volker und Eberhard warfen nur einen kurzen Blick auf die erste Seite der Kopien und nickten. Karen und Daniel jedoch überflogen die Statistik interessiert.

Täter und tatspezifische Indikatoren	Häufigkeit %
Person ist männlich, weiß und deutscher Staatsangehöriger	98,78
Person ist zwischen 16 und 36 Jahre alt	78,18
Person ist ledig oder geschieden	83,63
Person ist kinderlos	85,45
Person ist durchschnittlich intelligent	78,18
Person leidet unter keiner Geisteskrankheit	98,18
Person ging zur Tatzeit einer unter- oder nichtprivilegierten Arbeit nach	78,18
Person muß als introvertierter, bindungsschwacher sozialer Einzelgänger gelten	78,18
Person entstammt einem Elternhaus mit psychosozialen Auffälligkeiten	78,18
Person neigt nicht zu übermäßigem Alkohol-, BtM- oder Arzneimittelkonsum	76,36
Person wohnt in einer Großstadt (mehr als 250 000 E) oder im Einzugsgebiet (max. 25 km)	80
Person wohnte zur Tatzeit weniger als 30 km entfernt	80,74
Person ist bereits wegen deliktspezifischer Taten polizeilich in Erscheinung getreten	76,36
Person und Opfer hatten keinen sozialen Kontakt	88,77

»Mein Bruder Stefan«, meinte Karen spöttisch, »fünfunddreißig Jahre, weiß, deutsch. Ledig, kinderlos. Nicht geisteskrank. Nimmt keine Drogen. Wohnt in Frankfurt. Arbeitet als Postbote, weil er gerne Fahrrad fährt und frische Luft liebt. Ist nett, aber ein Einzelgänger. Seine Kindheit war hart, ich habe ihn immer verprügelt, wenn er mir meine Förmchen geklaut hat. Und noch was: Bei ihm zu Hause habe ich mal ein SM-Magazin und ein Kitzel-Video entdeckt. Und er mag Kinder. Vermutlich ist er multipel pervers. Verhaften wir ihn?«

Pete sah sie ausdruckslos an.

»Sorry, ich will mich bestimmt nicht lustig machen. Aber hilft uns das weiter?« Karen warf Petes Papiere zurück auf den Tisch.

»Ganz so einfach ist es leider nicht«, erwiderte Pete, »das hier sind lediglich Erkenntnisse über sexuell motivierte Mehrfach- und Serienmörder in Deutschland, mit denen man einen Verdächtigenkreis validieren kann. Auf den ersten Blick sehen wir, daß unser Kandidat von diesem empirischen Täterprofil abweicht. Denn wir haben es mit einem reisenden Serienmörder zu tun, eine relativ seltene Spielart, die uns das Einkreisen nicht gerade erleichtert.«

»Haben wir es denn überhaupt mit einem sexuell motivierten Täter zu tun?« warf Christian ein.

»Das drängt sich beinahe auf«, erwiderte Pete ernst. »Die Kinder sind alle über einen längeren Zeitraum hinweg mißbraucht worden, wenn auch nicht nachweislich zur Tatzeit. Zumindest die ersten drei. Wir wissen allerdings, daß sehr wohl ein sexueller Mißbrauch durch den Täter vorliegen kann, ohne daß Spuren auffindbar sind. Sexuelle Handlungen sind nicht auf Verkehr beschränkt. Außerdem weisen die Morde einen stark ritualisierten Charakter auf. Auch das spricht für sexuelle Bezüge.«

»Oder für religiöse«, gab Eberhard zu bedenken.

»Das geht oft Hand in Hand«, nickte Pete, »die Tabuisierung sexuellen Lustgewinns ohne Fortpflanzungsabsichten durch die katholische Kirche hat schon zu mancherlei Wucherungen des Bösen geführt. Tabubruch macht geil.«

»Glauben Sie, daß unser Täter die Kinder mißbraucht?« fragte Karen.

»Ich weiß es nicht. Aber ich glaube es, ja. Wenn die Tat in

der speziellen Art ihrer Ausführung vor, während oder nach dem Tötungsakt eine dominierende sexuelle Komponente beinhaltet, sprechen wir von einem sexuell motivierten Mörder. Der Tod der Opfer selbst muss dabei nicht notwendigerweise als sexuell stimulierend empfunden werden. Es kann irgendwas anderes sein, der Vorgang des Würgens, die Angst in den Augen des Opfers, auf jeden Fall entspricht es den spezifischen Sexual- und/oder Gewaltphantasien des Täters. Und über diese Spezifikation müssen wir uns ihm nähern. Betrachten wir unseren Killer: Er ist kontrolliert. Er plant, führt aus und perfektioniert seine Vorgehensweise. Das von ihm präferierte Erdrosseln ist statistisch gesehen die häufigste Tötungsart bei Sexualmördern. Sie favorisieren es vermutlich, weil es sehr, wie soll ich sagen, persönlich ist. Raubmörder hingegen bevorzugen den Gebrauch von Distanzwaffen. Sehr wahrscheinlich ist er ein notorischer Einzeltäter, im übrigen auch ein Spezifikum von Sexualmördern, Raubmörder gehen öfter gemeinschaftlich vor.«

Pete nahm die Kaffeekanne und goß sich ein.

»Verzeihen Sie, wenn ich Sie mit Informationen langweile, die Sie schon kennen«, bat er nebenbei, »aber ich mache mir die Grundsätze immer selbst wieder klar, bevor ich nach Abweichungen vom Muster suche.«

»Fahren Sie ruhig fort«, erwiderte Christian knapp. Er wischte sich mit dem Ärmel über die schweißnasse Stirn. Alle im Raum schwitzten wie Tour-de-France-Fahrer beim Anstieg auf den Mont Ventoux, nur Karen und Pete wirkten wieder frisch wie aus dem Tiefkühlfach. Irgendwie unnatürlich, dachte Christian verärgert.

»Was mich beim Bestatter verblüfft, ist die Geschwindigkeit. Es ist zwar bekannt, daß der Mordrhythmus sich bei manchen Tätern verkürzt, aber von einer derartig hohen Frequenz – vier Kinder in fünf Monaten – habe ich selten gehört. Er muß unter ungeheurem Druck stehen.«

»Wir können also davon ausgehen, daß er bald wieder zuschlagen wird«, meinte Eberhard.

»Das ist das einzig Gute an Serientätern. Wenn man sie nicht in den ersten achtundvierzig Stunden faßt, wartet man einfach ab, lehnt sich zurück, denkt nach und schwitzt ein bißchen. Bis zum nächsten Opfer. Und dann bis zum übernächsten«, fügte Volker scheinbar ungerührt hinzu.

Alle schwiegen bedrückt.

Pete räusperte sich und fuhr fort: »Kommen wir nun zu den Spezifika der Morde.«

Er kramte in seinen Unterlagen. Im Konferenzraum herrschte Stille. Pete spürte, wie alle sich auf ihn konzentrierten. Kein Hohn, kein Spott. Er war nicht so naiv anzunehmen, daß sie ihn plötzlich als einen der ihren akzeptierten. Aber sie nahmen die gemeinsame Arbeit ernst.

»Wie sucht er seine Opfer aus?« Pete blickte fragend in die Runde.

»Die Jungs sind alle schon häufig mißbraucht worden, der zweite und der dritte waren mit Drogen vollgepumpt, sie sind aus der Szene«, begann Eberhard.

»Wir können also davon ausgehen, daß er sich in Pädophilenkreisen auskennt. Er bekommt die Kinder von einer Organisation zugeschanzt oder schnappt sich Stricher, die auf der Straße leben«, fügte Volker hinzu.

»Vielleicht sind ein oder zwei, vielleicht sogar alle drei ersten Opfer Ausländer gewesen.«

»Der erste war eindeutig Asiate. Und die Zahnbefunde bei der ersten und dritten Leiche würden diese Theorie unterstützen, nicht wahr?« wandte sich Pete an Karen.

Sie nickte: »Die hatten Amalgam-Füllungen im Mund, wie sie bei uns kaum noch gemacht werden. Dennoch sind diese Kinder doch viel zu jung für den Straßenstrich.« Es hörte sich an, als bitte sie die anderen um Bestätigung.

Daniel mischte sich ein: »Ich will dir nicht deine Illusionen rauben, Karen, aber Hilfsorganisationen wie der Rote Halbmond und das Rote Kreuz prangern immer wieder an, daß aus Krisengebieten systematisch Kinder entführt und nicht selten an Pädophile verkauft werden. So war es im Bürgerkrieg in Ex-Jugoslawien, und ähnlich lief es nach der Todesflut in Asien.«

Daniel öffnete ein Dokument in seinem Computer und las vor: »Vom 5. Januar 2005: Ein UNO-Mitarbeiter in Kuala Lumpur erhielt eine SMS, in der die Beschaffung von Kindern angeboten wurde, berichtete die Organisation. In dem Text heißt es nach Angaben von UNICEF-Sprecher John Budd: ›300 Waisenkinder zwischen drei und zehn Jahren aus Aceh zur Adoption. Papiere werden erledigt. Keine Gebühr. Bitte machen Sie Angaben über Alter und Geschlecht der benötigten Kinder.‹ Zwar werde in der Nachricht ausdrücklich keine Gebühr verlangt, sagte Budd. Aber wenn Sie die Nachricht lesen, und wenn sie wahr ist, dann haben sie entweder 300 Waisenkinder zu verkaufen, oder sie haben die Möglichkeiten, Kinder entsprechend der Zahl der Bestellungen zu entführen.« Daniel schloß das Dokument: »Zitat Ende.«

Karen blieb stumm, während Christian sich eine Zigarette aus Daniels Schachtel fingerte.

»Seit wann rauchst du wieder?« fragte Volker überrascht.

»Seit jetzt«, knurrte Christian.

Anna stand im unteren Badezimmer, das neben ihrem Sprechzimmer lag, befeuchtete ein kleines Gästehandtuch und wischte damit den Schweiß ab – im Nacken, unter den Achseln und dem Busen. Kurz entschlossen zog sie den BH aus. In dieser Hitze war ein Bügel-BH die Pest. Sie sah auf die Uhr. Noch ein paar Minuten bis zur nächsten Sitzung. Hoffentlich war ihr neuer Patient etwas amüsanter als die depressive Singlefrau, die ihr die letzte Stunde die Ohren über emotional impotente Männer vollgejammert hatte. Sie ging in ihr Büro rüber, als es klingelte.

Ein recht gutaussehender, dunkelhaariger Mittdreißiger betrat die Praxis, mittelgroß, unauffällig, aber gut gekleidet, mit betont selbstsicherem Auftritt, und stellte sich als Carlos Dante vor. Carlos Dante, um Himmels willen, dachte Anna belustigt.

Sie bot ihm einen Stuhl an, setzte sich ihm gegenüber und wartete darauf, daß er zu sprechen begann. Er schwieg. Nach fünf Minuten sah sie auf die Uhr: »Glücklicherweise sehen Sie aus, als könnten Sie sich das Schweigen leisten. Dennoch. Woanders ist das billiger.«

Er blieb ernst: »Ich bin zum ersten Mal in einer solchen Situation.«

Anna wartete ab.

»Bei einem Therapeuten, meine ich.«

Anna mußte unwillkürlich lächeln: »Ich habe nicht angenommen, daß Sie zum ersten Mal mit einer Frau in einem Zimmer sitzen.«

Carlos schwieg.

»Was glauben Sie denn, was ich für Sie tun kann?«

»Ich brauche jemanden, der zuhört.«

»Haben Sie keine Freunde?«, fragte Anna bewußt teilnahmslos.

Carlos verneinte: »Keine, die zuhören können.«

»Was haben Sie denn zu erzählen?«

»Das wird sich zeigen.« Carlos verfiel wieder in Schweigen.

»Warum kommen Sie zu mir?« bohrte Anna, inzwischen betont gelangweilt, nach. Sie wollte wissen, wie Herr Dante mit Mißbilligung zurechtkam.

Carlos sah ihr zum ersten Mal in die Augen. Etwas Fremdes, Forschendes lag darin, und Annas Aufmerksamkeitspegel stieg schlagartig wieder an.

»Ich habe Ihr Buch gelesen. Sie interessieren sich für die Abgründe der menschlichen Seele.«

Anna lehnte sich zurück: »Das tun alle Psychologen.«

»Sie glauben, daß die Kindheit einen Menschen zerstören kann.«

Anna blickte ihn unwissentlich mißtrauisch an: »So allgemein habe ich das nie formuliert.«

Carlos machte wieder eine längere Pause.

»Ich bin sehr viel unterwegs und kann nicht regelmäßig zu Ihnen in die Sitzung kommen. Wäre es zwischendurch möglich, mit Ihnen auch per Mail zu kommunizieren?«

Anna sah ihn sich genauer an. Schöne, kräftige Hände. Gute Figur, sportlich, schmale Hüften. Sein Gesicht war sehr symmetrisch, ein wenig zu grob geschnitten, dafür aber um so ausdrucksstärker. Die Augen, dunkel, fast schwarz, wirkten abwesend, wenn er zu Boden sah oder im Raum umherblickte. Sah er sie jedoch an, schien seine komplette Konzentration in den Pupillen gebündelt wie ein schwarzer Laserstrahl. Der Blick ging tief, verstörte sie.

»Das ist nicht üblich und erlaubt keine direkte und spontane Interaktion, die sehr wichtig ist für das Verhältnis zwischen Therapeut und Klient«, antwortete sie.

Er schwieg.

Es wäre nun an Anna gewesen, ebenfalls wieder zu schweigen, doch etwas an diesem Mann machte sie neugierig.

»Wollen Sie über Ihre Kindheit reden?«

»Vielleicht. Vielleicht auch nicht.«

Sie schwieg.

»Ich will nur erzählen, was mir so durch den Kopf geht. Ich will nicht, daß Sie mir Fragen stellen.«

Anna lächelte: »Dann fragen *Sie.*«

Carlos lächelte ebenfalls ein wenig: »Aus den Fragen, die ich Ihnen stelle, können Sie Rückschlüsse auf meinen Charakter ziehen.«

»Soll ich das nicht?«

»Auch auf meine Kindheit?«

Sie sah ihm in die Augen: »Vielleicht. Vielleicht auch nicht.«

Er lächelte. »Ich habe viele Fragen. Ich weiß nur noch nicht, welche. Sie sind noch nicht ausformuliert. Aber ich will sie stellen … Und ich habe Bilder im Kopf. Geschichten. Ich will sie erzählen.«

»Tun Sie das«, meinte Anna.

Carlos erhob sich: »Das nächste Mal. Ich melde mich … Danke.«

Damit ging er.

Anna wollte den seltsamen Eindruck, den ihr Besucher hinterlassen hatte, möglichst bald wieder abschütteln. Sie machte sich schnell, aber diszipliniert einige handschriftliche Notizen über Dantes Kurzauftritt auf der Bühne ihrer Praxis. Was trieb ihn wohl zu ihr? Anna klappte die neuangelegte Akte entschlossen zu. Sie verschwendete keinen weiteren Gedanken an Dante, denn sie war überzeugt, nie wieder von ihm zu hören.

Yvonne brachte Nachschub an Mineralwasser, was als winzige Pause genutzt wurde. Alle füllten ihre leeren Gläser neu und tranken, um den Flüssigkeitsverlust durch das Schwitzen wieder auszugleichen. Pete fiel auf, daß Yvonne sich von hinten über Daniel beugte und unauffällig an seinem wie immer zum gepflegten Pferdeschwanz zusammengebundenen Haar schnupperte, während sie ihm eine neue Flasche hinstellte. Lächelnd beugte sich Pete zu Karen und fragte sie leise, ob die beiden was miteinander hätten.

»Yvonne ist seit ewigen Zeiten heimlich in Daniel verliebt. Alle wissen es, nur er nicht. Und Yvonne weiß natürlich nicht, daß alle es wissen. Das ist unsere ganz private Telenovela hier. Herd und ich haben eine Wette laufen: Merkt Daniel es zuerst, oder geht Yvonne in die Offensive? Ich habe auf Yvonne gesetzt«, tuschelte Karen amüsiert zurück.

Christian warf den beiden einen ungeduldigen Blick zu. Ohne auf die erschöpften Mienen seiner Kollegen Rücksicht zu nehmen, bat er Pete: »Machen Sie weiter. Wir haben keine Zeit zu verlieren.«

Pete nickte und konzentrierte sich wieder aufs Thema: »Hat der Bestatter bei Klaus Backes seinen ersten Fehler gemacht? Das erste Kind, das jemand vermißt! Hat er nicht sorgfältig genug recherchiert? Dazu später. Bleiben wir bei den Gemeinsamkeiten der ersten drei Morde. Kannten sich Täter und Opfer? Möglich. Jedenfalls wurden die Opfer vermutlich mit Bedacht ausgewählt. Wie hat sich der Täter den Opfern genähert? Wenn wir von Straßenstrichern ausgehen, stellt diese Frage keine Schwierigkeiten für den Mörder dar. Die steigen in jedes Auto. Wenn es sich aber nicht um Stricher handelt, wie hat er die Kinder in seine Gewalt gebracht? Leider auch kein Problem. Unbeobachtet ansprechen und dann ohne Risiko überwältigen geht bei den meisten Kids, egal wie gut ihre Eltern sie behüten. Dann allerdings hätten wir Vermißtenanzeigen. Weiter: Lassen sich Personifizierungsaspekte feststellen? Ja. Die Kinder werden erdrosselt. Keine sichtbaren Spuren von Mißbrauch. Tatort und Fundort sind definitiv in zwei Fällen nicht identisch. Der Täter muß gerade bei seiner hohen Frequenz besondere Vorsicht walten lassen. Er handelt nicht im Affekt, sondern planvoll. Den Fundort hat er schon vor der Tatausführung ausgesucht, denn der ist Bestandteil seines Rituals, der Bestattung. Was er mit den Jungen anstellt, wissen wir nicht. Wie lange läßt er sie am Leben, bevor er sie tötet? Nur bei der vierten Leiche wissen wir, daß er das Kind maximal vier Tage in seiner Gewalt hatte. Was tut er mit seinen Opfern? Es gibt keine Anzeichen äußerer Gewalteinwirkung. Quält er sie psychisch?

Nimmt er sexuelle Handlungen vor, die wir nicht nachweisen können? Wie tickt er? Welches Ritual vollführt er am noch lebenden Opfer? Das einzige, was ich bislang mit Sicherheit sagen kann, ist, daß es ihm hinterher leid tut.«

Pete trank einen Schluck Wasser. Karens Handy klingelte. Sie erhob sich schnell und ging hinaus.

»Wegen der inszenierten Bestattungen?« warf Eberhard ein.

Pete nickte und wies auf das Foto der ersten Kinderleiche an der Pinnwand: »Kein Leichentuch. Das Kind ist schmutzig im Gesicht, vom feuchten Waldboden. Die Würgemale am Hals sind deutlich zu sehen. Zweites und drittes Kind: Waschungen, das Leichentuch kommt dazu. Abdecken der Würgemale, die Rachepsalmen werden sorgsam getippt und in einen sauberen Umschlag gesteckt, die Ablageorte werden zunehmend ästhetischer, das Ganze macht einen friedlichen Eindruck. Wir nennen das ›undoing‹. Er versucht, die Tat im Nachhinein ungeschehen zu machen. Ganz so, als wäre nichts Schlimmes passiert.«

»Wie passen die Psalmen ins Bild?« fragte Christian.

Karen kam wieder herein und setzte sich. Sie schob Christian einen Zettel zu.

»Damit überantwortet er vermutlich seine eigene sündige Seele Gottes Jüngstem Gericht. Er weiß, daß er für seine Taten büßen muß, aber die einzige Strafinstanz, die er anerkennt, ist Gott. Wir, die Gesetze, die Gesellschaft scheren ihn einen Dreck.«

Pete blickte einen nach dem anderen ernst an: »Wir suchen einen zwanzig bis achtunddreißig Jahre alten Mann, weiß, Deutscher. Einzelgänger, unauffällig, aber kontaktarm, emotional und sozial verpuppt. Vermutlich mit Kontakten in die Pädophilenszene. Eventuell schon früh aktenkundig geworden wegen sexueller Vergehen ohne Gewalteinwirkung, vielleicht Exhibitionismus. Er ist nicht verheiratet, hat keinerlei sexuelle Kontakte zu Frauen. Er ist Katholik. Wahrscheinlich ist er nicht arbeitslos, denn viel Reisen kostet Geld. Eventuell reist er beruflich. Allein. Er hat genügend Freizeit, die er mit der Planung seines nächsten Mordes verbringt. Sein nächster Mord wird bald geschehen. Sehr bald.«

»Es sei denn, Perlmann war doch unser Bestatter«, gab Volker wenig überzeugt zu bedenken.

»Seine Alibis für die ersten beiden Morde waren wasserdicht«, warf Pete ein.

»Man hat schon Pferde kotzen sehen«, erwiderte Volker und wandte sich an Daniel und Christian, »und wenn ihr noch eine einzige Kippe raucht in dieser stickigen Luft, dann kotze ich auch.«

Daniel warf einen bedauernden Blick auf seine frisch angezündete Zigarette, erhob sich leise brummelnd und stellte sich ans geöffnete Fenster. Natürlich zog der Qualm nach innen.

Christian ergriff das Wort: »Wir alle glauben nicht, daß Perlmann es war.« Er sah auf den Zettel, den Karen ihm zugeschoben hatte: »Neues aus Saarbrücken. Das Sperma im Körper des toten Jungen war von Perlmann. Wer hat Perlmann umgebracht und warum? Daniel?«

Daniel schnippte seine Kippe aus dem Fenster, setzte sich an den Tisch und klickte in seinem Laptop herum: »Ich habe mich heute intensiv mit durchgeschnittenen Kehlen und abgetrennten Fingern beschäftigt. Ein schmutziger Job, aber einer muß ihn tun.«

Daniel Meyer-Grüne, 31 Jahre alt und ehemaliger Kleinkrimineller aus der Hacker-Szene, war erst seit acht Monaten bei Christians Truppe, wo er offiziell als Berater fungierte. Seiner eigenen Aussage nach war er nur bei Christian, weil er dort straffrei hacken konnte. Aber inzwischen fand er, obwohl er es nicht zugab, eine gewisse Befriedigung darin, seine Kenntnisse nicht mehr nur zum Spaß einzusetzen, sondern etwas zu bewirken, auch wenn er dabei keinerlei reale Berührung mit der Welt der Verbrechen wünschte. Er blieb stets in Hamburg, fokussiert auf seinen Zwanzig-Zoll-Bildschirm, zurückgezogen in seine virtuellen Landschaften. Zwischen ihm und dem Verbrechen mußten jede Menge Gigabyte liegen, sonst bekam er es nicht auf die Reihe und reagierte mit übermäßigem Rotweingenuß.

Wie immer auf einen möglichst coolen Auftritt achtend, lehnte er sich zurück und erzählte. Bei seinen Recherchen auf mehrfach verschlüsselten Internet-Seiten, die nur Insidern zugänglich waren und Maulwürfen wie Daniel, und mit Hilfe von Verbindungsmännern war er auf einen Namen gestoßen, der in gewissen Kreisen für den Verlust von Fingern zuständig war.

»Der Kerl nennt sich Joe. Angeblich ist er Russe und heißt Fjodor. Soll noch ziemlich jung sein, aber schon hoch bezahlt. Ein Profi, dem seine Arbeit Spaß macht. Besonders viel Spaß macht es ihm, Finger abzutrennen, vor allem, wenn er einen seiner Kunden befragt, der nicht bereitwillig Auskunft gibt. Er hat das Foltern zwar nicht mehr beim KGB gelernt, aber Anregungen offensichtlich aufgenommen. Joe arbeitet gerne mit dem Skalpell. Angeblich ist sein Vater Chirurg und hat ihn als Kind das Sezieren an kleinen Tieren üben lassen, Vögel, Frösche, Hasen und so. Es gibt 'ne Menge Geschichten über Joe. Lustig ist nur, daß keiner ihn je getroffen hat. Es gibt keine Fotos, keiner weiß, wie er aussieht. Er wird über das Web kontaktet und regelt den Rest telefonisch. Seine Auftraggeber kommen ausschließlich aus dem organisierten Verbrechen. Naja, vielleicht würde er auch mal dem ein oder anderen Freund einen Gefallen tun. Ich fürchte nur, ein Mann wie Joe hat keine Freunde.«

Daniel erhob sich ohne ein weiteres Wort, nahm eine seiner filterlosen Gitanes aus der Schachtel und ging zurück zum Fenster.

»Kannst du uns Joe auftreiben, Daniel?« fragte Eberhard mit spöttischem Unterton.

»Süßer, es gibt im Web Welten und Unterwelten, die selbst mir verschlossen bleiben. Aber wenn's dich freut, versuche ich es natürlich.«

Eberhard pfiff gekonnt die ersten Takte von Jimi Hendrix' »Hey Joe«, Volker begann Luftgitarre zu spielen.

Christian wandte sich, die beiden ignorierend, an Pete: »Ich glaube, daß es einen Zusammenhang zwischen den Morden an den Kindern und Perlmann gibt. Vielleicht hat Joe im Auftrag eines Pädophilenrings gehandelt, weil die sauer waren, daß einer ihre Ware abmurkst.«

»Dann gehen sie wahrscheinlich davon aus, daß Perlmann der Bestatter ist«, sinnierte Pete.

Christian nickte: »Und sie denken, daß das Thema damit durch sei. Erst beim nächsten Kindermord werden sie sehen, daß sie sich geirrt haben. Ich schätze nur, daß unser Bestatter, vorausgesetzt, Perlmann war es wirklich nicht, sich die gleichen Gedanken macht wie wir. Kann also sein, daß er erst mal aufhört.«

»Unwahrscheinlich«, widersprach Pete. »Die hohe Frequenz, die er bei den Morden bislang an den Tag gelegt hat, zeigt, wie dringend er seine Bedürfnisse befriedigen muß, was immer das für welche sein mögen.«

Christian sah nachdenklich aus dem Fenster: »Wie dem auch sei, wir werden nicht darauf warten. Daniel, du versuchst, an diesen Joe ranzukommen. Ansonsten recherchieren wir weiter in der Pädophilenszene.« Christians Stimme kippte vom Sachlichen ins Aggressive. Er schlug mit der flachen Hand auf den Tisch: »Es muß doch eine Verbindung zwischen den Fundorten und den Kindern herzustellen sein, verdammt noch mal!«

»Die meisten Serienmörder töten in einem Umkreis von dreißig Kilometern zu ihrem Wohnort. Unserer reist, was sehr ungewöhnlich ist. Was ist mit der Art des Reisens?« fragte Pete. »Welche Fortbewegungsmittel nutzt er?«

»Auto, Bus, Bahn«, vermutete Volker.

»Oder Flugzeug«, wandte Pete ein.

»Wenn der Bestatter so strukturiert und organisiert ist, wie Sie annehmen, wird er nicht das Flugzeug nehmen und seine Wege über Tickets verfolgen lassen«, winkte Eberhard ab, »Joe jedenfalls wird so blöd nicht sein.«

Pete runzelte die Stirn. »Es ist doch möglich, daß der Bestatter beruflich reist und seine Morde an den Dienstreiseplan anpaßt. Leute, die beruflich unterwegs sind, lassen ihre Reisen häufig von der Firma buchen. Flüge.«

Christian nickte. Er stand auf und ging zur an die Wand gepinnten Deutschlandkarte, auf der die Fundorte der Leichen markiert waren: »Kein Fundort liegt mehr als dreißig Kilometer von einem Flughafen entfernt.«

Karen nickte Pete anerkennend zu. Die anderen sahen Christian an. Allen war klar, wie aufwendig diese Arbeit werden würde und wie wenig Erfolg sie versprach. Doch Christian brachte die Sache auf den Punkt: »Es ist eine Chance. Eine kleine. Scheiße, ja.«

Viele Menschen gehen im Musterhaus ein und aus. Manche kommen tagsüber, die wollen das Haus sehen. Andere kommen abends, die wollen den Jungen sehen. Manche bringen selbst Kinder mit. Sowohl die, die tagsüber kommen, als auch die, die abends kommen. Die Nachbarn freuen sich, wenn sie die vielen Familien sehen. Es ist ein Zeichen für Wohlstand, wenn sich in der Bundesrepublik so viele Menschen ein Eigenheim zulegen wollen und können. Und es heißt auch, daß die gesellschaftlichen Werte noch nicht alle auf dem Müllhaufen der Geschichte liegen, trotz der Hippies, die seit einigen Jahren auf den Straßen randalieren. Nein, das Musterhaus steht für die festen Fundamente der sozialen Ordnung. Manchmal kommen nur Männer. Die wollen vermutlich ihre Frauen mit einem Haus überraschen, denken die Nachbarn. Vor allem denken das Herr und Frau Petzold. Die wohnen direkt nebenan im Pfarrhaus und haben spätabends nicht viel zu tun. Deswegen schauen sie gern mal rüber zum Musterhaus. Sie sind mit dessen Bewohnern sogar befreundet, holen die Post und gießen die Gummibäume, wenn die Nachbarn in Urlaub fahren. Den Jungen, den finden sie etwas seltsam, weil er kaum redet und auch nicht mit anderen Kindern spielt. Warum der Junge so wenig redet, wissen die Petzolds nicht. Sie würden es auch nicht wissen wollen. Eigentlich will das keiner wissen. Nicht einmal der Junge will es wissen. Deswegen hat er sich ein Spiel ausgedacht: Wenn abends Besuch in das Musterhaus kommt – meistens Männer, manchmal ein einzelner, manchmal mehrere, und ab und zu ist auch die ein oder andere Frau dabei –, dann hält der Junge erst einmal, so lange er kann, die Luft an. Dann atmet er alles aus und holt so lange keine Luft mehr, bis ihm ganz schwindlig wird. Dabei starrt er an die mit weißer Rauhfaser tapezierte Decke. Auch wenn sein Vater ihn schon nach unten in den Keller geholt hat, hält er noch heimlich die Luft an. Wieder und wieder. Im Keller ist aber keine Rauhfasertapete, sondern eine Plastikvertäfelung, die wie Holz aussehen soll. Das ist nicht so gut wie die Tapete. Auf der Tapete kann er, wenn er lange genug ohne zu blinzeln draufguckt, kleine Gesichter und Tiere sehen. Manchmal sind es Fratzen, die machen ihm angst. Dann holt er Luft und fängt noch mal von vorne an. Im Keller geht das nicht. Weil da keine Rauhfasertapete ist. Der Junge weiß genau, an welchen Abenden er geholt wird und an welchen nicht. Er erkennt das schon am Klingeln, glaubt er. Oder an den Stimmen der Männer. Wie sie flüstern und dann plötzlich laut loslachen. Wenn er das hört, beginnt er sofort mit seinem Spiel und hält die Luft an. Unten im Keller ist ihm dann schon ein wenig schwindlig. Dann schalten sie das Licht der Kamera ein. Das Surren beruhigt ihn. Er sieht in das Licht. Die Mutter hat ihm früher, als sie noch bei den Aufnahmen dabei war, gesagt, er solle da nicht hingucken, das sei nicht gut für seine Augen. Dem Vater ist es ganz recht, wenn der Junge in das weiße Licht guckt. Einmal hat er zu einem Mann gesagt, der Junge sei ganz kamerageil, und dann haben die Männer gelacht. Dem Jungen sind seine Augen egal. Das weiße Licht zieht ihn an. Es ist so ... leer. Der Junge verliert sich dann in dem weißen Licht. Und er tritt durch den Lichtstrahl hinaus. Hinaus aus seinem Körper. Hinaus aus dem Keller, hinaus aus dem Haus, der Straße, der Stadt, der Welt. Wenn das Licht ausgeht, braucht er lange, bis er wieder zurück ist in der Welt. Manchmal ist er dann schon wieder in seinem Zimmer. Und darf endlich schlafen.

Hamburg trocknete unter permanenter Sonnenbestrahlung langsam aus. Das Barometer stand stabil auf Hoch, die Temperaturen kletterten über dreißig Grad Celsius. Nur im Schatten ließ es sich noch frei atmen. Selbst in den Nächten blieb die für Hamburg typische kühle Brise aus, und das aufgeheizte Mauerwerk der Häuser konnte nirgendwohin abstrahlen, denn die Luft stand schwer in den Straßen und drückte mit ihrem Gewicht die Freude über den endlich angekommenen Sommer nieder. In den Supermärkten und Bäckereien klagten die Kunden über die Hitze mit der gleichen Intensität, mit der sie vor kurzem noch über den scheinbar unaufhörlichen Regen gejammert hatten. Anna weigerte sich, in dieses Lamento miteinzustimmen, auch wenn die Hitze ihr nicht mehr gestattete, sich in den Pausen zwischen den Patienten mit einer Zigarette auf den kleinen Balkon in die pralle Sonne zu setzen. Im Grunde mochte Anna die Hitze, nur wurde sie träge davon. Wenn es nach ihr ginge, würde sie den ganzen Tag im Schatten liegen, ein Buch lesen, sich hin und wieder kalt abduschen, zwischendurch ein bißchen dösen, immer wieder, bis zum Abend. Statt dessen empfing sie einen Patienten nach dem anderen und wartete seit dem Morgen darauf, daß wenigstens einer seinen Besuch nicht mit Bemerkungen über die Hitze einleitete. Ihre fachliche Qualifikation überprüfte sie mit Vorhersagen über die Auswirkungen der hohen Temperaturen auf die labile Psyche ihrer Patienten: Die Depressive würde die Hitze ganz sicher als Ausrede für ihre komplette Handlungsunfähigkeit benutzen, der teamunfähige Abteilungsleiter mit Potenzproblemen würde sehr, sehr gereizt sein und behaupten, daß ihm die Hitze besonders auf die Gonaden schlage. Die dreifache Mutter würde glauben, daß sie allein schuld am Wetter sei, wie sie auch schuld war an den schlechten Noten ihrer

Kinder, den ungebügelten Hemden ihres Mannes und dessen mangelndem sexuellen Appetit.

Dante war natürlich nicht mit in die Wertung eingeflossen, da das Treffen am Morgen seine erste Sitzung gewesen war und sie noch keine Aussagen über ihn treffen konnte. Ansonsten hatte Anna den ganzen Tag richtiggelegen. Aber was machte die Hitze mit ihr? War sie neben ihrer Trägheit nicht auch unkonzentriert und überheblich? Anna ertappte sich mehrfach dabei, ihren Patienten nicht richtig zuzuhören. Ein Blick auf die Krawatte des Abteilungsleiters genügte, und sie ärgerte sich minutenlang über ihren Vater. Obwohl der niemals Krawatte trug. Gott sei Dank hatte sie die heutigen Sitzungen nun hinter sich.

Das Klingeln des Telefons riß Anna aus ihren Gedanken. Es war Pete, der freudig berichtete, daß Yvonne ihm zwei Wohnungsbesichtigungen vermittelt hatte.

»Hast du Lust mitzukommen? Ich weiß, für dich ist das vermutlich wenig amüsant, aber du wärst mir eine große Hilfe. Hamburg ist mir total fremd, und du könntest dafür sorgen, daß ich nicht in die Diaspora ziehe oder sonst einen Fehler begehe«, bat Pete.

Anna spürte, wie sie sofort auf Distanz ging. »Wo sind die Wohnungen denn?« fragte sie ausweichend zurück, um etwas Zeit zu gewinnen.

Pete raschelte mit einem Zettel: »Winterhude, Krochmannstraße die eine, und die andere Eimsbüttel, Bismarckstraße.«

»Vergiß beide. Die Lage ist nicht gut. Obwohl ...« Anna überlegte.

»Was ist denn damit? Yvonne sagte, die erste sei direkt am Stadtpark, dort könnte ich morgens vor der Arbeit joggen, und die andere, also Eimsbüttel, das sei sehr lebendig und nett.«

»Wenn dir Joggen wichtig ist«, erwiderte Anna, »zieh an den Stadtpark. Grundsätzlich gibt es in Hamburg aber so eine Art Glaubenskrieg, wo man zu wohnen hat. Rechts oder links der Alster. Ich gehöre zur Links-Fraktion.«

»Und was spricht dann gegen die Bismarckstraße? Liegt die nicht super?«

»Zu dicht bei mir«, meinte Anna kühl.

Kurzes Schweigen in der Leitung.

»Verstehe«, kam schließlich von Pete, »was hältst du davon: Ich sehe mir den Kram alleine an und lade dich hinterher zum Essen ein. Schätze, wir haben da was klarzustellen.«

Anna stimmte zu.

Sie betrat um Punkt neun das Luxor. Die Tische draußen waren alle besetzt, Anna entdeckte Pete im hinteren Teil des Lokals.

»Du hättest draußen reservieren sollen«, sagte sie statt einer Begrüßung.

Pete erhob sich und rückte ihr den Stuhl zurecht. »Guten Abend, schön siehst du aus«, gab er zur Antwort. Anna hatte sich auffallend wenig zurechtgemacht, trug alte, an den Knien aufgerissene Jeans, kein Make-up, und die Haare hatte sie nachlässig hochgesteckt. Als sie sich wortlos hingesetzt hatte, schob er nach, er habe sehr wohl versucht, draußen zu reservieren, aber zu spät. Prüfend sah er sie an, während sie sich, immer noch schweigend, in die Karte vertiefte. Sie bestellte Bier und Cesar's Salad, er nahm das gleiche. Als die Kellnerin weg war, lächelte Pete undurchdringlich.

»Ich habe die in der Bismarckstraße genommen. Ist bezugsfertig, 'ne nette kleine Wohnung im Hinterhaus. In Zukunft werden wir uns wohl zufällig im Supermarkt um die Ecke begegnen, wenn wir gleichzeitig nach einem Pfund Butter greifen.«

Anna schwieg.

»Morgen habe ich frei, da werden die ersten Möbel angeschafft. Ich kaufe ein Metallbett, mit Stangen am Kopfende. Und Handschellen habe ich von Berufs wegen sowieso. Na, was fällt dir dazu ein?« Pete grinste provozierend.

»Du willst in meine Gegend ziehen, du ißt das gleiche wie ich. Hast du dich verliebt?« fragte sie spöttisch.

»Mitnichten«, gab er zurück, wobei das Grinsen aus seinem Gesicht verschwand, »aber gut, daß du das Thema anschneidest. Ich habe dir schon erzählt, daß unsere Assistentin Yvonne die Wohnungen für mich rausgesucht hat, es lag und liegt also keinerlei Absicht von mir vor, möglichst nah bei dir zu wohnen. Purer Zufall.«

»Dann ist ja gut«, nuschelte Anna. Sie kam sich schon jetzt blöd vor, weil sie Pete zurückwies, bevor er überhaupt Anstalten machte, auf sie zuzugehen.

»Das Gefühl habe ich nicht«, insistierte Pete mit inzwischen deutlich schlechterer Laune. »Wenn es dir auf den Wecker geht, daß ich dich anrufe, kannst du es mir ruhig sagen. Dann lasse ich es.«

»Jetzt sei nicht gleich beleidigt«, erwiderte Anna, »oder bist du gewohnt, daß dir die Frauen nach einer Nummer zu Füßen liegen?«

Pete versuchte gelassen zu bleiben: »Ich habe dich rein freundschaftlich gefragt, ob du mit mir eine Wohnung ansiehst. Ich wollte nicht, daß du meine Unterhosen bügelst. Wo liegt das Problem?«

»Wir sind nicht befreundet. Wir haben zwei Mal gevögelt, sonst nichts.« Anna beschlich das Gefühl, daß es ohne ihr eigenes Zutun aus ihr heraus sprach. Sie verstand nicht, warum sie so mies mit Pete umsprang. Sie mochte ihn, hatte sich schon nach der ersten Nacht gewünscht, ihn wiederzusehen. Aber ihr blödes altes Muster schien sich wieder durchzusetzen: bloß keinen Mann zu nahe an sich herankommen lassen.

Pete, von Annas Worten in seiner männlichen Eitelkeit

getroffen, ging in die Offensive: »Hast du Angst vor Nähe? Wenn ja, keine Sorge, Püppi, ich habe bestimmt keinen Bock auf 'ne Beziehung. Und ich habe dir auch kein Angebot gemacht, also halt die Luft an. Du läßt dich einfach gut vögeln, und da ich kaum 'ne Woche in der Stadt bin, ist meine Auswahl noch nicht so groß.«

Anna erhob sich: »Damit wäre dann ja alles geklärt, du selbstgefälliger Sack.« Sie schnappte ihre Tasche und ging. Die Kellnerin, die gerade Brot und Aioli brachte, sah ihr irritiert nach. Pete nahm das Brot dankend entgegen und begann reflexhaft, mit der Kellnerin zu flirten. Von Anna hatte er die Nase voll. Hamburg hatte sicher bessere zu bieten.

Anna schaffte es gerade noch nach Hause, bevor die Tränen flossen. Sie haßte sich selbst für den peinlichen Auftritt, war aber nicht in der Lage, Pete sofort anzurufen und sich zu entschuldigen. In ihrem Wohnzimmer pfefferte sie Tasche, Schlüssel und Schuhe in die Ecke und nahm sich vor, morgen mit ihm zu reden. Oder übermorgen. Oder er könnte ja anrufen. So schlimm war sie nun auch wieder nicht gewesen. Männer können es nur nicht vertragen, wenn eine Frau auf ihrer Unabhängigkeit besteht, sagte sie sich. Und wenn Pete so ein Weichei war, daß er eine klare Ansage nicht wegstecken konnte, dann war er eh nichts für sie.

Natürlich war ihr klar, daß sie auf unterstem Niveau rationalisierte, und natürlich war ihr klar, woran es lag. Anna warf sich wütend aufs Sofa und trocknete sich die Tränen, während sie sich einzureden versuchte, sie sei nur ein ganz klein wenig zickig gewesen. Kein Wunder, bei der Hitze!

Sie zündete sich eine Zigarette an und trat auf den Balkon. Es war kurz vor zehn, die Stadt schlief noch lange nicht. Die Gartentische des griechischen Restaurants gegenüber waren voll besetzt, Gesprächsfetzen und Lachen drangen ungehindert zu ihr hoch. Anna ließ ihren Blick über die erleuchteten Fenster in den Häusern gegenüber streifen. Fast überall lief der Fernseher und strahlte sein bläuliches Flackern aus. In einem Zimmer saß ein junger Mann vor seinem Computer. Er trug ein zu enges Unterhemd. In einer anderen Wohnung schlurfte gerade eine ältere, ziemlich dicke Frau von einem Zimmer ins andere. Sie setzte sich auf einen Sessel, legte die Beine hoch und zündete sich ebenfalls eine Zigarette an. Die Frau hatte schwere, große Brüste, die von einem knallroten BH gehalten wurden. Ansonsten schien sie nackt zu sein. Anna war überzeugt, daß jede Sekunde ein Mann aus dem Nebenzimmer kommen würde, der der entspannt dasitzenden Frau ins Dekolleté griff. Unwillkürlich trat Anna einen Schritt zur Seite, aus dem Lichtkegel ihres Zimmers heraus, um beim Beobachten nicht beobachtet zu werden. Doch sofort fragte sie sich kopfschüttelnd, was sie da eigentlich tat. Sie wandte den Blick von der Frau im roten BH ab und sah noch einmal zu den fröhlichen Gästen des Restaurants. Anna fühlte sich plötzlich einsam. Sie schnippte die Zigarette ins Dunkel der Nacht, blickte kurz dem glühenden Punkt hinterher, dann ging sie zurück in ihre nur langsam abkühlende Wohnung und schloß die Vorhänge.

Mittwoch, 29. Juni

Am nächsten Abend war Pete Eigentümer eines Bettes, eines Kleiderschranks, zweier Ledersofas, einiger Kleinmöbel und einer Küchen-Startbox von Ikea. Alles war mit großem Pragmatismus gekauft und erfüllte die Anforderungen einer Zwischenlösung. Pete hatte keine Ahnung, wie lange er von

Wiesbaden nach Hamburg ausgeliehen war. Am Erfolg der SOKO zweifelte Pete keine Sekunde. Es konnte einen Monat dauern, es konnte aber auch ein Jahr dauern, bis sie den Bestatter fassen würden. In der Zwischenzeit wollte er die geforderte Berichterstattung für den BKA-Präsidenten aufs Minimum beschränken. Christian und seine Truppe waren ihm sympathisch, und er hatte weder Lust, sich von alten Männern für ihre politischen Machtspielchen instrumentalisieren zu lassen, noch hatte er es nötig. Er war zu gut, um seine Karriere auf diese Weise befördern zu müssen.

Bis zum Wochenende sollten der Kleinkram und das Bett geliefert werden, der Rest einige Tage später. Samstag war Umzug vom Hotel in die neue Wohnung, eine wenig aufwendige Angelegenheit, da er lediglich seine zwei Koffer, den Laptop, den Mini-Drucker und einige Bücher mitnehmen mußte. Pete war zufrieden mit dem Tag. Er hätte gern mit Anna gefeiert, wobei er sich eine Art Neuinszenierung von Shakespeares »Der Widerspenstigen Zähmung« vorstellte. Während er noch überlegte, ob er sie anrufen und ihr verzeihen sollte, klingelte sein Handy. Es war Yvonne, die sich entschuldigte, ihn an seinem freien Tag zu stören. Es gebe jedoch Neuigkeiten, und deswegen bitte Christian ihn und die anderen in einer halben Stunde auf ein Bier in seine Stammkneipe, das R&B in der Weidenallee.

Auch wenn Yvonne die Order freundlich wie immer weitergegeben hatte, ärgerte sich Pete über Christians Feldherrenart. Dennoch machte er sich sofort auf den Weg.

Er war als erster da und besah sich die szenige Kneipe, deren Restaurantteil mit den 50er-Jahre-Stofflampen und den schreiend bunten Wachstüchern auf den Tischen ein wenig an Omas Wohnküche erinnerte. Aufgrund der mittlerweile angenehmen Temperaturen und der drinnen reichlich abgestandenen Luft entschied er sich für einen von Platanen beschatteten Platz vor der Tür. Damit niemand das berufliche Gespräch, das gleich anstand, mitbekommen würde, setzte er sich etwas abseits von den wenigen anderen Gästen. Kaum hatte er sich was zu trinken bestellt, kamen Christian, Volker, Eberhard und Daniel an. Christian streckte ihm zur Begrüßung förmlich die Hand hin. Pete stand auf und drückte sie irritiert.

»Hi, Pitt, ich bin Christian«, sagte Christian und setzte sich.

Volker gab ihm die Hand: »Tach, Pitt. – Volker.«

Eberhard und Daniel vollendeten das Ritual, und Pete verstand: Sie hatten ihm das Du angeboten. Daß sie ihn ab sofort Pitt nennen würden, stellte für ihn keine Herabwürdigung dar. Die Verleihung eines Spitznamens kam sogar vielmehr einem Ritterschlag gleich.

Pete vermutete, daß sein Vorschlag von gestern, die Flugpassagierlisten zu checken, zu irgendeinem Ergebnis geführt hatte. Er zügelte jedoch seine Neugier und überließ Christian das Tempo.

Der wurde erst mal mit einem kräftigen Schulterklopfen vom Kellner begrüßt: »Na, Chris, habt ihr den Bestatter endlich?«

Christian antwortete lapidar: »Du erfährst es als erster, Michel, versprochen.« Er tauschte noch einige Belanglosigkeiten mit Michel aus, bevor er eine Runde Bier für alle bestellte. Auch für Pete, ungeachtet der Tatsache, daß dieser ein noch fast volles Glas vor sich stehen hatte.

Alle grinsten Pete zufrieden an, sprachen aber kein Wort, bis das Bier da war. Dann wurde erst angestoßen und in langen durstigen Zügen getrunken. Mit einer zufriedenen Geste wischte sich Christian den Schaum von der Oberlippe und wandte sich in unverbindlichem Plauderton an Pete: »Na, alles eingekauft für die neue Bude?«

Pete bemühte sich, ebenso salopp zu antworten: »Ihr

könnt ja demnächst mal vorbeikommen und meine Gabeln zählen. Und was ist heute bei euch gelaufen?«

Volker gab Antwort: »Ich habe mich zum x-ten Mal durch alle wesentlichen Zeugenaussagen gewühlt, vom ersten Mord bis zum letzten. Papier gefressen, tonnenweise. Hab' nach Verbindungen und Kanälen geforscht, wie sie Daniel im Web zwischen den einzelnen Pädophilenringen herzustellen versucht. Schwierig, das bleibt alles im Vagen, die tarnen sich hervorragend.«

»Und sonst? Irgendwas Aufregendes?« bohrte Pete weiter.

Eberhard winkte ab: »Christian hat den ganzen Tag rumgemotzt und gegrübelt, dann wieder geflucht und gegrübelt, bis seine Stirn so faltig war wie Volkers Hemden und ihm und uns der Qualm aus den Ohren kam. Und Karen schnippelt an der Leiche eines alten Mannes herum, der vermutlich von seiner Frau vergiftet wurde. Hat nichts mit uns zu tun.«

Pete nahm noch einen Schluck Bier und sah Christian auffordernd an: »Yvonne sagte, es gibt Neuigkeiten.«

Christian nickte grinsend und ließ endlich die Katze aus dem Sack: »Wir haben einen, der an allen Flughäfen war. Zum passenden Zeitpunkt. München. Bei Augsburg. Berlin. Bei Mahlsdorf. Saarbrücken. Bei St. Ingbert«, verkündete er.

»Und was ist mit Hamburg? Hier gab's doch auch eine Leiche. Bei Norderstedt.« In Petes Augen glomm Jagdfieber auf.

»Unser Kandidat wohnt in Hamburg. Alle seine Reisen führen ihn wieder hierher zurück«, triumphierte Eberhard.

Daniel trommelte unbewußt den Rhythmus der von drinnen herausschallenden Musik auf der Tischplatte mit. »Es war eine Scheißarbeit. Herd und ich haben kaum gepennt letzte Nacht. Die Fluggesellschaften sind wirklich die Pest, wenig kooperativ, da muss man schon mal laut werden, bis die Tempo machen.«

Pete nickte verständnisvoll.

»Aber es war eine ganz gute Idee«, schloß Daniel lächelnd.

»Welche Zeiträume habt ihr gecheckt?«, wollte Pete wissen.

»Todeszeitpunkt plus/minus fünf Tage. Und nur ein Name stand innerhalb dieses Zeitraums auf allen Listen«, meinte Eberhard. »Karl Detering.«

»Karl Detering«, Pete sprach den Namen langsam und fragend aus, so als könnte ihm der Klang etwas verraten, »was wissen wir über ihn?«

Pete bestellte mit einem Handzeichen eine neue Runde Bier.

Eberhard übernahm das Reden: »Noch nicht viel. Er ist ein gut situierter Immobilienmakler, der in ganz Deutschland Häuser und Grundstücke vertickt. Deswegen beruflich viel unterwegs.«

»Siebenunddreißig Jahre alt. Paßt gerade noch ins Profil«, meinte Volker.

»Aber verheiratet. Da hat unser Profiler danebengelegen«, sagte Eberhard.

»Wenn der Typ unser Mann ist«, gab Christian vorsichtig zu bedenken.

Die Kellnerin brachte das Bier. Offensichtlich hatte sie in Kenntnis ihrer Gäste schon vorgezapft.

Daniel setzte sein Glas als erster ab: »Daß unser Karl zum richtigen Zeitpunkt an drei richtigen Orten ist, respektive vier, das schließt jeden Zufall aus.«

Pete schüttelte den Kopf. »Mit Wahrscheinlichkeitsrechnung kann man einem Staatsanwalt nicht kommen.«

Alle schwiegen und sahen Christian erwartungsvoll an. Pete spürte, daß da noch etwas war. »Unser Kandidat hatte im Alter von zweiundzwanzig eine Anzeige am Hals wegen Unzucht mit Minderjährigen. Es handelte sich um einen fünfzehn Jahre alten Jungen. Die Anzeige wurde zurückgezogen, vermutlich, weil die Mutter des Jungen kurz darauf ein Haus besaß, das noch wenige Monate zuvor von dem sauberen Makler Detering angeboten worden war.«

Petes Blick verengte sich. »Bingo«, sagte er, »und nun?«

»Graben«, antwortete Christian, »wir müssen tief graben. Richtig im Dreck wühlen.«

Anna saß unterdessen in ihrer Praxis und beendete die Aufzeichnungen des heutigen Tages. Sie hatte ihre schlechte Laune den ganzen Tag nicht ablegen können, was fatalerweise auch ihre Patienten zu spüren bekommen hatten. Manchmal fragte Anna sich, ob sie überhaupt eine gute Therapeutin war. Sie schloß die Unterlagen weg und zündete sich ihre Abschlußzigarette an, als es klingelte. Überrascht sah Anna auf die Uhr. Sie erwartete niemanden mehr, ihre offizielle Sprechzeit endete um sechs, jetzt war es schon fast halb acht. Dennoch öffnete sie. Carlos Dante grüßte knapp und ging an ihr vorbei ins Sprechzimmer, ohne ihre Aufforderung abzuwarten. Sauer stiefelte Anna hinterher.

»Hören Sie mal, Sie können hier nicht einfach so reinspazieren, ohne zu fragen, ohne Termin!« fuhr sie ihn an.

Carlos wandte sich zu ihr um und sah sie mit seinen fast schwarzen Augen an. Wieder beschlich Anna das Gefühl, er würde sie mit seinem Blick bannen und sie würde gleich wie der Hase vor der Schlange sitzen, bewegungsunfähig und widerstandslos.

»Tut mir leid.« Carlos wandte den Blick defensiv ab, seine ganze Haltung rutschte ein wenig in sich zusammen, und plötzlich machte er einen sehr verlorenen Eindruck. »Ich werde Sie bestimmt nicht lange aufhalten. Ich war nur gerade in der Nähe, und da fiel mir ein, daß ich für das letzte Mal noch nicht bezahlt habe, und außerdem … Was kostet denn überhaupt eine Sitzung?«

»Sechzig Euro. Aber ich habe Sie noch gar nicht als Patienten angenommen«, gab Anna kühl zurück.

Carlos ließ sich auf das Sofa sinken und barg das Gesicht in beide Hände.

»Bitte, ich ...«, flüsterte er hilflos und brach dann ab.

Anna setzte sich ihm seufzend gegenüber und wartete.

»Ich kann nicht mehr schlafen. Schon seit Monaten. Dabei bin ich ganz gesund, sagt mein Hausarzt. Ich habe Alpträume, sehe Bilder, seltsame Bilder ... dann wird mir schwindlig, vielleicht schlafe ich dann ein ... manchmal ... dann die Träume ... höchstens eine halbe Stunde, und ich bin wieder wach ... ich schwitze, mir ist schlecht ... meine Hände zittern ...« Carlos starrte abwesend auf seine Hände. Anna sah, daß seine Hände auch jetzt zitterten.

Anna erhob sich und goß ihm ein Glas Wasser ein. Er schüttelte den Kopf, er wollte nichts trinken. Anna stellte das Glas weg und fragte ihn, wie es ihm gehe. Ob er jetzt reden wolle. Vielleicht erst einmal über ein paar ganz belanglose Eckdaten. Was er so mache, wie er lebe und mit wem, was ihn bewege, ängstige, freue ...

Carlos winkte ab: später. Wichtig sei nur, daß sie ihn als Patienten annehme. Anna nickte.

Er bedankte sich und stand auf. Er wolle ihr nicht den Feierabend stehlen, er fühle sich jetzt besser und sei sehr erleichtert. Ob sie ihm einen Termin geben würde, dann würde er ihn wahrnehmen. Wenn etwas dazwischenkäme, würde er rechtzeitig absagen. Per Telefon oder per Mail. Anna blätterte in ihrem Kalender, während er, von ihr unbemerkt, mit einem Taschentuch in der Hand einen Umschlag aus seinem Sakko zog und auf ihren Schreibtisch legte. Sie gab ihm einen Termin für Montag der folgenden Woche. Er bedankte sich erneut. Beim Hinausgehen fiel sein Blick auf einen kleinen Olivenbaum, der in Annas Bücherregal stand. Nur wenige, gelbe Blätter hingen noch an den dünnen Zweigen.

»Zu wenig Licht, zu viel Wasser für die Olea Europapaea«, meinte Carlos, »Sie müssen sie ans Fenster stellen.« Anna sah ihn verwundert an, dann brachte sie ihn zur Haustür. Er lächelte kaum merklich und ging. Als Anna die Tür hinter ihm schloß, hatte sie schon wieder das Gefühl, von ihm manipuliert worden zu sein.

Unwillkürlich dachte sie an Pete. Sie war am Morgen dem Impuls gefolgt, ihn als entschuldigende Geste zum Einkaufen seiner Wohnungsausstattung zu begleiten. Als sie vor seinem Hotel einparken wollte, hatte sie ihn mit der Luxor-Kellnerin aus dem Eingang kommen sehen.

Es war vollkommen unsinnig von ihr, sich zu ärgern, weil er die Kellnerin abgeschleppt hatte. Sie war nicht mal verliebt in ihn, es gab also keinerlei Grund für Eifersucht. Doch sie fühlte sich in ihrer Eitelkeit getroffen. Ein Knopf, den sie am gestrigen Abend bei ihm nicht nur gedrückt, sondern mit dem Vorschlaghammer bearbeitet hatte. Sie konnte ihm nichts vorwerfen. Er ihr aber. Distanziert resümierte sie noch einmal ihr Verhalten und mußte sich schließlich seufzend als beziehungsgestörte Zicke einstufen. Unsicher griff sie zu ihrem Handy und starrte es an. Es dauerte eine halbe Minute, dann gab sie sich einen Ruck und schickte Pete eine SMS: »Wie kann ich meinen dämlichen Auftritt von gestern vergessen machen?«

Sie legte das Handy beiseite und schloß den Schreibtisch und ihren Aktenschrank ab. Dabei bemerkte sie den Umschlag, den Dante hinterlassen hatte. Sie öffnete ihn. Er enthielt fünfhundert Euro und einen Zettel, der das Geld zur Vorauszahlung für die nächsten Sitzungen erklärte. Anna schüttelte unwillig den Kopf. Wieso konnte sich dieser Typ nicht an die Gepflogenheiten halten? Sie würde ihm das Geld am Montag zurückgeben. Verärgert legte sie den Umschlag in ihr Bücherregal. Da ertönte ein Nachrichtensignal von ihrem Handy. Lächelnd las sie Petes Antwort: »Soll ich vorbeikommen? Dann sag ich dir, wie.« Sie schickte ihm ein kurzes Ja und bat um eine Stunde Zeit. Sie wollte sich noch den Tag von der Haut spülen, bevor er mit seiner Zunge darüber fuhr.

Als er bei ihr zu Hause klingelte, kam Anna eilig aus dem Badezimmer, zog das enge rote Seidenkleid glatt, sprühte noch ein wenig Parfum auf, schlüpfte schnell in die Pumps, befand sie für zu laut auf ihrem Parkettboden, kickte sie achtlos in eine Ecke und öffnete Pete barfuß. Ihre Haare waren noch feucht und verstrubbelt. Pete lehnte lässig im Türrahmen und betrachtete sie von Kopf bis Fuß. Dann griff er ihr in die Haare, zog ihren Kopf leicht zurück, küßte sie fordernd auf den Mund, hob sie hoch und trug sie ins Wohnzimmer, nachdem er die Haustür mit einem Bein zugestoßen hatte. Er roch nach Bier und Zigaretten und war in Siegerlaune. Langsam legte er sie auf dem Boden ab und stellte sich mit gespreizten Beinen über sie. »Soll ich dir sagen, wie du's wiedergutmachen kannst?« fragte er mit honigsüßer Stimme und sanftem Lächeln. Anna nickte. Die Situation gefiel ihr ausnehmend gut.

»Knöpf dein Kleid auf, aber langsam«, befahl er ihr. Sie gehorchte und wandte dabei den Blick nicht von ihm. Unter dem Kleid trug sie nichts als einen elfenbeinfarbenen BH. Pete ging langsam über ihr in die Knie, achtete jedoch darauf, daß er ihren Körper nirgendwo berührte. Mit den kurzgeschnittenen Fingernägeln schob er ihr den BH einige Zentimeter nach unten, so daß ihre Nippel freilagen. Petes Blick fiel auf die Pumps in der Ecke.

»Zieh die Schuhe an und geh vor mir ins Schlafzimmer«, sagte er leise.

Anna erhob sich, streifte dabei das Kleid vollends ab und schlüpfte in die Schuhe. Langsam und mit aufreizendem

Hüftschwung ging sie vor ihm her. Sie spürte seinen Blick auf ihrer Haut. Die Spannung, bis er endlich seinen Körper an ihren schmiegen und in sie eindringen würde, schien ihr schon jetzt unerträglich. Doch Pete steigerte sie noch, indem er sie aufforderte, sich auf den Bauch zu legen, und ihr so lange den Rücken, den Hintern und die Innenseiten der Oberschenkel streichelte und zart kniff, bis sie glaubte, es nicht mehr aushalten zu können.

»Bitte schlag mich«, flüsterte sie.

Er gab ihr einen Klaps auf die Pobacke. Sie wandte sich um, ihr Blick war verschleiert: »Nein. Schlag mich richtig. Ins Gesicht.«

Pete hielt inne und sah ihr in die Augen. Er schüttelte langsam den Kopf: »Das kann ich nicht.«

Anna schwieg beschämt, und Pete nahm sie endlich. Er nahm sie hart, und sie kam kurz vor ihm. Beide ließen sich verschwitzt und erschöpft fallen, er spielte mit ihren nun fast trockenen Haaren.

»Entschuldigung wegen gestern angenommen.« Er grinste sie frech an.

Anna lachte: »Ach, deswegen mußte ich gerade die ganze Arbeit alleine machen?« Sie zwickte ihn kokett in die Seite.

»Das mit dem Schlagen«, begann er zögerlich, »ist dir das wichtig?«

Sie blickte zur Decke: »Keine Ahnung. Ich wollte es nur mal ausprobieren.«

»Dann ... dann gehört es nicht zu deinen bevorzugten Praktiken?«

»Nein. War nur eine spontane Idee.« Sie setzte sich auf und ging ins Bad, um der weiteren Erörterung des Themas auszuweichen. Pete hörte das Wasser laufen.

»Setzen wir uns auf den Balkon und trinken ein Glas Wein?« rief sie.

»Bier wäre mir lieber. Hast du eins?« Pete erhob sich ebenfalls und schlüpfte in seine Jeans.

Anna kam in einem dünnen weißen Männerhemd aus dem Bad zurück und nickte. Sie gingen ein Stockwerk tiefer auf den Balkon und Anna zündete einige Kerzen an, die zwischen den Pflanzen auf dem Steinboden standen, während er Bier aus dem Kühlschrank holte.

Als sie ein paar Minuten schweigend nebeneinandergesessen hatten, sagte Anna unvermittelt: »Wegen gestern wollte ich dir noch sagen ...«

Er unterbrach sie: »Vergiß es. Ich war zwar ziemlich beleidigt, aber in der Sache ist es okay. Du hättest es nur ein wenig charmanter formulieren können.«

Anna nickte.

»Zum Beispiel so: Weißt du, liebster Pete, du bist zwar mit Äonen Abstand der tollste Mann, der in diesem Universum wandelt, und ich muß mich irrsinnig beherrschen, damit ich dir nicht vollends verfalle, aber in einem immensen, schier übermenschlichen Aufwand von Willenskraft scheint es mir annähernd zu gelingen.«

Anna lachte lauf auf: »Und dann wärst du nicht beleidigt gewesen?«

»Doch«, gab Pete trocken zurück. Dann wurde er ernst: »Ich bin erst seit drei Monaten wieder in Deutschland, und ich habe ein wirklich ödes Frühjahr beim BKA in Wiesbaden hinter mir. Meine letzte Affäre war in den USA, seitdem hatte ich kein Ding mehr am Laufen.«

»Mit Ding meinst du Frau?« fragte Anna leicht sarkastisch.

»Ich bin wirklich nicht der Typ, der sich gleich in eine verbindliche Beziehung stürzt. Hängt vielleicht auch mit meiner Arbeit zusammen. Insofern bin ich ganz froh, daß du das ähnlich siehst mit uns. Ich finde dich toll, ganz große Klasse, aber das darf nicht in Streß ausarten.«

Anna nickte. »Wo es so viele attraktive Kellnerinnen auf der Welt gibt.«

Pete sah sie überrascht an.

»Ich habe dich mit ihr gesehen heute morgen. Vor deinem Hotel. Aber jetzt sag bloß nicht, ich hätte dich geradewegs in ihre Arme getrieben«, warnte Anna ihn lächelnd.

»Genauso war's«, griff er ihre Anregung auf, »nachdem du mich sitzengelassen hast, war ich zu Tode betrübt und wollte mir mit der Gabel die Pulsadern aufschlitzen. Das hat sie gesehen, und aus lauter Mitleid ist sie dann mit mir ins Hotel gegangen. Es ist nichts passiert, sie hat nur aufgepasst, daß ich mir nichts antue. Alles wegen dir!«

»Dann bin ich ja beruhigt!« Anna mußte lachen.

Sie tranken Bier und schwiegen eine Weile.

»Warum hast du eigentlich Psychologie studiert?« fragte Pete unvermittelt.

»Aus den gleichen Gründen wie alle anderen«, gab Anna fast beiläufig zur Antwort. »Als pubertierende Jugendliche hielt ich mich für anders als die anderen. Ich wollte rausfinden, was mit mir los ist.« Sie machte eine Pause. »Im Grunde ist die Sache noch banaler. Rebellion gegen Papi, vermutlich. Abgrenzung. Mein Vater ist ein ziemlich bekannter Physiker, seine intellektuellen Kapazitäten grenzen ans Geniale. Aber er läßt immer nur gelten, was er deduktiv oder empirisch beweisen kann. Gefühle sind für ihn maximal eine biochemische Reaktion unseres Hormonsystems. Obwohl Psychologie eine empirische Wissenschaft ist, hält er alles, was damit zusammenhängt, für Scharlatanerie. Weil der Gegenstand, den wir untersuchen – seiner Meinung nach das menschliche Gehirn – und unser Untersuchungsinstrument identisch sind. Wir können somit gar keine gültigen Aussagen treffen.«

»Und du bist angetreten, ihm das Gegenteil zu beweisen?«

Anna nickte müde: »Damals schon. Im ersten Semester, vielleicht noch im zweiten.«

»Und jetzt?«

»Ist es mir egal. *Er* ist mir egal.«

Pete sah sie beinahe mitfühlend an. Sie wußte, daß er wußte, daß sie log.

»Und du?« lenkte sie ab. »Du hast auch Psychologie studiert.«

»Rebellion gegen Mami«, konterte Pete. »Und zuviel Fernsehen, zuviel Kino. Ich bin in Deutschland bei meiner Mutter aufgewachsen. Weil mein amerikanischer Vater sie verlassen hat, als ich noch ganz klein war, haßt sie alles, was von drüben kommt. Ich war logischerweise ein großer Fan von US-Filmen und Serien, trug Baseball-Käppis und ging, kaum war ich volljährig, über den Teich zu meinen Vater. Er hat sich nicht um mich gekümmert, aber das wollte ich auch nicht. Jedenfalls habe ich mir die ersten Monate, als ich dort war und über meine Zukunft nachdenken sollte, diese ganzen Serien reingezogen: CSI, Profiler, Pretender und so. Also dachte ich, so was wäre verdammt cool.«

Anna sah Pete hinterher, als er aufstand, um neues Bier zu holen. Sie fragte sich, ob er tatsächlich so sorglos war, wie er sich gab. Und ob er gut war in dem, was er tat.

»Ich habe dich heute im Fernsehen gesehen«, meinte Anna, als er auf die Terrasse zurückkam, »als dieser Kommissar interviewt wurde, standest du mit zwei anderen Typen hinter ihm.«

»Wurde gestern aufgezeichnet. Die Typen waren Volker und Eberhard, meine neuen Kollegen, und der Kommissar heißt Christian Beyer, mein Chef momentan.«

»Wie ist er denn so? Sieht ziemlich attraktiv aus.«

»Er gefällt dir? Frechheit, du hast doch mich!«

Anna grinste: »Habe ich das?«

»Zumindest hin und wieder. Zwischendurch.«

»Das reicht.«

Nach einer kleinen Pause, in der sie die von ihnen beiden betonte Belanglosigkeit ihrer Beziehung als beruhigend empfand, fragte sie: »Ihr jagt den Bestatter?«

Pete nickte.

»Und? Kriegt ihr ihn?«

»Ja... Wir haben vielleicht eine heiße Spur«, antwortete Pete.

Anna reichte Pete ein Bier. »Davon stand gar nichts in der Zeitung.«

»Das wird auch so bleiben. Bei einer Ermittlung werden manche Details nicht an die Presse gegeben. Um den Mörder in Sicherheit zu wiegen. Oder um falsche Geständnisse zu erkennen.«

»Du meinst, spezielle Dinge, die nur der wirkliche Mörder wissen kann?«

»Ein Detail der Täterhandschrift, seine Signatur.«

»Und der Bestatter hat auch so eine Signatur? Neben der Art, wie er die Kinder aufbahrt, meine ich?«

»Wir halten ein bestimmtes Detail zurück«, bestätigte Pete.

Anna fand Petes Bemerkungen äußerst spannend und fragte ihn sofort nach diesem Detail. Doch er verriet es nicht.

»Ich kenne dich doch gar nicht«, sagte er, »außerdem macht dich deine Neugier ganz schön verdächtig.«

»Ich bin Psychologin«, entrüstete sie sich, »da ist Neugier eine Berufskrankheit.«

»Wie läuft denn deine Praxis?« versuchte Pete abzulenken.

Anna wiegelte ab: »Das Übliche: Bulimie, Kleptomanie, Impotenz, Depression.«

»Klingt, als würdest du dich langweilen«, meinte Pete lapidar.

»Das tue ich manchmal tatsächlich. Dann frage ich mich, ob ich es nicht einfach lassen soll. Ich fürchte, ich bin nicht gut. Aber dann reizt es mich doch. Ich habe einen neuen Patienten, der ist bislang zweimal rein- und wieder rausgeschneit. Tut so, als wolle er unbedingt eine Therapie, hat bislang aber kein einziges halbwegs brauchbares Gespräch zusammengebracht. Haut vorher wieder ab. Er behauptet, er habe Schlafstörungen, aber sonderlich übermüdet sieht er nicht aus. Ich habe das unbestimmte Gefühl, daß er mir was vorspielt. Ich weiß aber noch nicht, was und warum.«

Nachdem Anna sich im Anschluß noch eine halbe Stunde vergeblich bemüht hatte, mehr über den Fall des Bestatters aus Pete herauszuholen, verabschiedete er sich schließlich von ihr. Er müsse zumindest diese Nacht ein paar Stunden schlafen.

Anna goß den Rest ihres Biers weg und machte sich ein Brot. Während sie aß, checkte sie ihre privaten Mails. Fast nur Junk. Vitaminpillen-Angebote aus Amerika, Rolex-Fälschungen aus Asien, widerlich direkt angepriesene Links zu Websites mit den vielfältigsten obszönen Angeboten, alle ausschließlich an Männer gerichtet.

Einer spontanen Eingebung folgend, schaute sie auch noch in ihre berufliche Mailbox, obwohl sie die wie jeden Tag schon einmal kurz nach Feierabend geprüft hatte. Sie hatte eine neue Nachricht, eingegangen vor gut einer Stunde, als sie mit Pete auf dem Balkon saß. Der Absender war Dante:

»Sehr geehrte Frau Maybach, ich bin gerade mal wieder unterwegs und melde mich deshalb per Mail bei Ihnen. Ich erwarte nicht, daß Sie mir antworten, ich gebe nur meinem gelegentlichen Bedürfnis zu reden nach. Wenn Dinge sich in mein Hirn bohren. Kürzlich war ich in einem Park spazieren. Morgennebel, kühle Feuchte, grüne Luft, Stille. Da lag eine tote Taube. Halb verwest, von Insekten übersät. Übelkeit erregend. Das ehemals weiße, unbefleckte Symbol des Friedens. Palmenzweig im Schnabel. Früher. Viel früher. Jetzt hält sie Pommes in ihrer degenerierten Fresse. Das Gefieder in schmutzigem Abgas-Grau der Großstadt, voller Milben, die herabrieseln, sobald sie ihre stinkenden, juckenden Flügel ausbreitet, um von Hochhaus zu Hochhaus, von Laterne zu Laterne zu flattern, in einem demütigend engen Radius für ein ehemals freies Tier, die Stadt zukotend und zersetzend.«

Dann folgte ein Absatz in einer anderen Schrift:

»*Meine Seele ist gesättigt mit Leid / dem Totenreich ist nahe mein Leben. Ich werde zu denen gezählt, die fahren zur Grube / ich bin ein Mensch ohne Kraft, entlassen unter die Toten / gleich den Erschlagenen, die ruhen im Grabe.*«

Anna stellten sich die Nackenhaare auf. Wieder verspürte sie diesen unheilvollen Sog, den auch Dantes schwarzer Bannstrahl auslöste, wenn er ihr in die Augen sah. Unheimlich, bedrückend, und so anziehend wie ein strudelndes Gewässer, das man von einer Brücke aus betrachtet und glaubt, sich hineinstürzen zu müssen, wohl wissend, daß es den Tod bedeutet.

Donnerstag, 30. Juni

Am Donnerstag morgen in aller Frühe saß Karl Detering mit seiner Frau beim Frühstück. Wie meist nahmen sie es weitgehend schweigend ein. Nur der gelegentliche Austausch von Informationen unterbrach das Kauen.

»Du denkst dran, daß ich heute abend nicht zu Hause bin«, sagte Astrid. Er blickte fragend von seinem Honigbrötchen auf.

Astrid seufzte mit deutlichem Vorwurf. »Hörst du mir denn nie zu? Ich gehe zur Vernissage dieser Vulva-Malerin. Du weißt, daß ich ihr Modell gestanden oder besser gesagt, gelegen habe. Sie macht faszinierend radikale Kunst.«

Karl verzog angewidert das Gesicht: »Da wünscht man sich doch einen verschärften Radikalenerlaß zurück: Berufsverbot und Ausweisung.«

Astrid schob wütend ihren Teller zurück: »Ich jedenfalls bin froh, daß sich überhaupt mal jemand für meine Möse interessiert. Und heute abend auf der Vernissage werden alle sie sehen können!«

Wütend ging sie hinaus. Karl wollte ihr etwas Bissiges hinterherrufen, doch sein Handy klingelte. Er blickte aufs Display. Die Rufnummer war unterdrückt. Als Karl den Anrufer, der seinen Namen nicht nannte, an der Stimme erkannte, begann er sofort zu fluchen: »Verdammte Scheiße! Wie oft habe ich dir gesagt, daß du mich unter der Nummer nicht ...«

Karl wurde unterbrochen und hörte ein, zwei Minuten schweigend zu. Dann sagte er ganz ruhig: »Ihr tut jetzt nichts. Ruft Ulli an. Und wartet, bis ich komme. Ich bin in ein paar Stunden da.«

Karl legte auf. Sein Blick war düster und versprach nichts Gutes.

Kaum hatte sich Christian am Donnerstag mittag möglichst gleichmütig seinen telefonischen Anpfiff vom Oberstaatsanwalt abgeholt, der seinen Unmut darüber äußerte, daß er der Öffentlichkeit noch immer keine Verhaftung verkünden konnte, kam Daniel mit seinem Laptop und Pete im Schlepptau in Christians Büro gestürmt.

»Das mußt du dir ansehen, Chef«, meinte er angespannt, »schön ist das nicht, eher voll zum Kotzen, aber es bestätigt deine Vermutung vom Kinderhändlerring.«

Daniel baute seinen Laptop auf und fuhr ihn hoch.

»Wo sind die anderen?« wollte Christian wissen. Wenn Daniel auf etwas gestoßen war, sollten es alle erfahren.

»Herd und Volker haben es schon gesehen. Während du mit dem Generalissimus geflirtet hast. War's nett?« fügte Daniel hämisch hinzu.

»Das übliche. Wenn wir unserem Oberboß nicht bald einen Kopf liefern, will er sich von uns scheiden lassen.«

Daniel zuckte mit den Schultern und beschäftigte sich mit dem Laptop. Pete zog sich einen Stuhl dicht neben Christian heran, so daß auch er gut auf den Bildschirm sehen konnte.

»Ich habe den Film bei Tante Marie gefunden«, erklärte Daniel.

Seit sie mit dem Fall beschäftigt waren, nahm Daniel eine Art Nachhilfeunterricht bei einer Frau namens Maria Großhans. Die knapp sechzigjährige, dickliche Dame arbeitete für eine Hamburger Hilfsorganisation, die mißbrauchte Kinder betreute und sich mit der Enttarnung sogenannter »guter Onkels« beschäftigte. Dazu ging Tante Marie, wie Daniel sie wegen ihrer mütterlichen Erscheinung nannte, täglich ins Netz, gab sich als kleines Mädchen oder auch Junge aus und reagierte auf die Lockangebote Pädophiler, die in Chat-Rooms mit ausgeklügelten Taktiken Kinder ansprachen. Daniel lernte von Tante Marie, wie die Pädophilen ihre Newsgroups tarnten, wie sie sich ausländischer Usenet-Anbieter bedienten, mit welchen Codes sie ihre Anzeigen verschlüsselten, wie sie die Wechsel der Newsgroups über »Pinnwände«

austauschten und ihre Identitäten verschleierten. Gelegenheitstäter gingen Tante Marie relativ häufig ins Netz, doch die Profis kannten die Vorgehensweise ihrer Jäger. Sie paßten sich an und konfrontierten sie ständig mit einem erheblichen Vorsprung in Sachen Tarnung. Daniel sah bei Tante Marie Bilder und Filme, die er nie wieder aus seinem Gedächtnis würde bannen können. Seit er an diesem Fall arbeitete, versuchte er die Dämonen, die sich in seinen Hirnwindungen einnisten wollten, mit Alkohol zu bannen. Er wußte, er trank mehr, als ihm zuträglich war. Aber manchmal ertrug er die Stille und Einsamkeit der Nacht nicht, wenn sich die Bilder, die er tagsüber bei Tante Marie gesehen hatte, hinter seine geschlossenen Augenlider schoben und ihm den Schlaf raubten. Heute würden die anderen diese Bilder mit ihm teilen müssen. Er startete einen Film auf seinem Laptop.

Das Zimmer war karg eingerichtet. Zwei große Matratzen lagen auf dem Boden, bedeckt mit schmutziger, zerwühlter Wäsche. Neben dem Lager stand ein runder Beistelltisch mit einem vollen Aschenbecher und drei Gläsern, von denen eines eine braune Flüssigkeit enthielt. Durch das kleine Dachfenster im rechten oberen Bildrand drang trübes Licht in den Raum. Man hörte das leise Trommeln des Regens auf dem Dach. Ein kleiner Junge im Unterhemd wurde von einem Mann an der Hand zum Matratzenlager geführt. Beide waren nur von hinten zu sehen. Unten herum war der Junge nackt. Seine Knie zitterten leicht. Der Mann ließ die Hand des Jungen los und befahl ihm, sich hinzuknien. Der Junge tat wie geheißen. Von hinten sah man, wie der Mann sich auszog. Er ging ebenfalls in die Knie und befummelte den Jungen. Dann befahl er ihm, sich umzudrehen. Der Junge drehte sich um. Die Kamera zoomte an sein Gesicht heran. Der Junge hatte die Augen weit aufgerissen und blickte starr ins Nichts. Die Pupillen waren riesig. Aus seiner Nase lief ein kleiner Rotzfaden. Die Unterlippe bewegte sich, als ob er etwas sagte. Es war jedoch nichts zu hören. Außer einem leisen, unaufhörlichen Wimmern. Die Kamera klebte genüßlich an der Schockstarre im Gesicht des Kindes.

Es war der Junge, den die SOKO als bislang nicht identifizierte Leiche Nummer zwei in den Akten hatte.

»Wollt ihr den Rest auch noch sehen?« fragte Daniel leise.

»Gibt es eine Chance, den Ort oder den Mann zu identifizieren?« Christian sprach ebenso leise, als wolle er das wimmernde Kind in dem Film nicht erschrecken.

Daniel schüttelte den Kopf: »Drei Männer. Es kommen noch zwei dazu. Ich habe Eberhard und Volker eine Kopie des Films gemacht. Sie haben ihn schon zig Mal angesehen in der Hoffnung, daß ihnen was auffällt. Jetzt ist ihnen schlecht. Ich glaube, sie machen gerade Mittag an der Alster. Schätze, bei einem Whisky. Ich jedenfalls könnte einen brauchen. Einen doppelten.«

Christian bat Daniel, den Film abzubrechen. Er ging zu dem Waschbecken, das sich hinter einer Trennwand in seinem Büro befand, und klatschte sich mehrere Ladungen kaltes Wasser ins Gesicht. Als er wieder hervorkam, sah er genauso grau aus wie vorher.

»Okay, gehen wir an die Alster. Was trinken.«

Daniel und Pete nickten ihm zu.

»Wir haben noch was. Was Neues über Karl«, informierte Pete seinen Boß.

Anna war genervt. Schon zum zweiten Mal hatte die histrionische Patientin kurzfristig eine Sitzung abgesagt. Nun stand Anna eine sehr lange Mittagspause bevor. Sie versuchte, ihre Mutter zu erreichen. Vergeblich. Seit gestern morgen ging sie nicht ans Telefon. Anna war sicher, daß sie zu Hause war, sie ging selten aus. Dem Impuls, ihren Vater anzurufen und nachzuhaken, widerstand sie. Sie trank einen langen Zug aus der Wasserflasche und entschied sich, joggen zu gehen, um die freie Zeit sinnvoll zu nutzen. Und sich ihre hilflose Frustration aus den Zellen zu schwitzen. Sie ging nach oben in ihr Schlafzimmer, schlüpfte aus ihrem leichten Leinenkleid und zog ein Shirt und eine kurze Hose an. Als sie dabei war, die Laufschuhe zu schnüren, vermeldete ein kaum hörbares Pling aus ihrem Büro die Ankunft einer Mail auf ihrem Computer. Neugierig trabte sie wieder nach unten und warf einen Blick auf die Nachricht:

»Sehr geehrte Frau Maybach, Sie fragen sich vermutlich inzwischen, worum es mir eigentlich geht, da ich bislang noch nicht dazu gekommen bin, Ihnen viel zu erzählen. Ich weiß es selbst nicht. Nur, in meinem Kopf gehen Dinge vor sich, Dinge, die von irgendwoher kommen, die nicht zu mir gehören, oder doch? Dinge, die ich weder sehen noch hören noch riechen noch schmecken will. Können wir am Montag über die Sünde reden? Ich bin in einem, wie man sagt, sehr gottesfürchtigen Haushalt aufgewachsen. Nein, das ist Ihnen gewiß zu theologisch, und Sie werden mich wegschicken. Können wir also über Schuld reden? – *Auf meinem Haupt ist übergroß geworden die Schuld / gleich einer schweren Bürde drückt sie mich nieder.* – Gibt es das Böse? Ist das Böse eine Interpretation? Eine Projektion? Was ist krank? – *Denn meine Lenden sind voller Brand / an meinem Leib ist nichts Gesundes.* – Was ist heilbar? Wo hilft nur der Tod? – *Wo wäre ein Lebender, der nicht schaute den Tod / der den Fängen der Unterwelt entzieht seine Seele ?* – Ihr Carlos Dante.«

Mit unwohlem Gefühl druckte Anna die Mail aus. Sie markierte die Sätze mit den Schrägstrichen und glaubte sich zu erinnern, daß diese Schreibweise typisch für die Bibel war.

Christian, Daniel und Pete leisteten sich ein Taxi und fuhren zur Alster, um der trüben Stimmung in ihrer Einsatzzentrale wenigstens über Mittag zu entkommen. Daniel entdeckte Eberhard und Volker am hintersten Tisch auf dem Holzsteg, während er sich mit Christian und Pete durch die Menschenmassen zwängte, die ihre Mittagspause unter freiem Himmel verbringen wollten. Hier und heute zeigte sich Hamburg von seiner schönsten Seite. Ein strahlend blauer Himmel, von dem die Sonne brannte, Segelboote, die auf der Außenalster kreuzten und mit ihren leicht geblähten weißen Segeln zumindest eine kleine Brise anzeigten, Ruderer von den umliegenden Clubs, die unter rhythmischen Kommandos aus Begleitbooten mit perfekt koordinierten Schlägen für die nächsten Wettkämpfe trainierten, schick gewandete Flaneure mit Designersonnenbrillen und Rassehunden und attraktive Hanseatinnen, die sich leicht bekleidet oder sogar oben ohne auf der Wiese rekelten und in den Hochglanzmagazinen der umliegenden Verlage blätterten. Stille Tage im Klischee.

Eberhard und Volker grüßten ihre ankommenden Kollegen stumm und verhalten. Eberhard räusperte sich kurz, ganz so, als habe er seit ewigen Zeiten geschwiegen und müsse nun auf unwillige Suche nach seiner Stimme gehen. Die beiden saßen vor halbgeleerten Biergläsern. Christian, Daniel und Pete setzen sich dazu. Christian gestattete sich einen flüchtigen Blick über das Postkarten-Idyll und fand es verlogen. Ernst sah er in die Runde: »Schluß mit den Schweigeminuten. Wir haben Arbeit. Also, was gibt's?«

Eberhard begann mit der Zusammenfassung der bisherigen Rechercheergebnisse: »Ich habe Deterings Flüge des letzten halben Jahres gecheckt. Er ist recht viel unterwegs, natürlich auch in Städten, in denen keine Morde passieren, oft morgens hin, abends zurück.«

Volker fuhr fort: »Er nimmt sich einen Mietwagen, um

seine Termine abzuklappern. Anscheinend geht er immer zu Sixt, das macht es für uns einfacher. Ich habe heute morgen mit Kommissar Philipp telefoniert, damit sie sich das Auto, das er in Saarbrücken geliehen hat, vornehmen. Mit viel Glück finden wir Spuren von dem Jungen. Oder sonstwas Brauchbares. Berlin und München hat wenig Sinn, das ist zu lange her.«

Christian nickte: »Irgendwie hat er die Leiche ja transportiert. Wo sonst, als in dem Auto. Die müssen einfach was finden, die müssen!«

Daniel schob Christian ein Papier zu: »Vorzeitige Entlassung aus der Bundeswehr. Wegen Dachschaden.«

Pete mischte sich ein: »Der Militärpsychologe hat Karl Detering psychogene Amnesie bescheinigt. Das Diagnostikhandbuch DSM-III-R. beschreibt dieses Krankheitsbild als Gedächtnisprobleme, die dadurch gekennzeichnet sind, daß jemand sich an wichtige Lebensdaten nicht erinnern kann, ohne daß dies mit normaler Vergeßlichkeit oder einer Hirnschädigung oder einer Alkoholvergiftung erklärbar wäre.«

»Geht das auch etwas klarer?« fragte Christian.

»Der Militärpsychologe vermutet, daß die psychogene Amnesie bei Detering durch ein Trauma ausgelöst wurde, und zwar durch den Brand seines Elternhauses im Jahr 1989. Sowohl sein Vater als auch seine Mutter sind damals zu Tode gekommen. Er war nicht zu Hause, traf aber ein, als die Feuerwehr die verkohlten Leichen aus dem Haus trug.«

»Das hat ihm wohl eine Breitseite versetzt. Er war damals gerade neunzehn«, kommentierte Volker.

Christian wandte sich an Pete: »Paßt es in dein Profil, daß einer, dessen Eltern verbrennen und der dann teilweise das Gedächtnis verliert, kleine Kinder umbringt? Mir kommt das alles reichlich krude vor.«

Pete zuckte mit den Schultern. »Jedenfalls läuft der Typ

nicht ganz rund. Traumatische Erlebnisse können alles mögliche auslösen. Wir wissen einfach noch zu wenig über ihn.«

Christian nickte bedächtig: »Er ist bislang nur ein Verdächtiger. Wir haben ein einziges, noch dazu extrem läppisches Indiz: vier Mal am richtigen Ort. Zufall. Sonst nichts. Drei von vier Morden sind an kirchlichen Feiertagen passiert. Und Detering war unterwegs. Aber es ist doch seltsam, daß ein Immobilienmakler Geschäfte macht, wenn seine Kunden normalerweise das verlängerte Wochenende genießen. Habt ihr schon rausgekriegt, ob er religiös ist?«

Eberhard schüttelte den Kopf.

»Mich wundert, daß, falls da ein System dahintersteckt, der vierte Mord eben nicht an einem Feiertag erfolgt ist. Wieso ist der Bestatter da von seinem Muster abgewichen?« überlegte Pete laut.

»Vielleicht haben ihn die Umstände gezwungen«, meinte Volker.

»Wäre gut, wenn wir diese Umstände kennen würden«, gab Christian zurück.

Endlich wurde ihr Bier gebracht. Sie stießen schweigend an. Plötzlich bemerkte Eberhard, daß ein nur wenige Tische entfernter Gast sie fotografierte. Er sprang auf und lief eilig auf den Mann zu. Geschickt versuchte er, dem ärgsten Gedränge aus herumstehenden Gästen auszuweichen. Er federte über einen Dackel und gab sein Bestes, doch der Mann verschwand mit seiner Kamera in der Menschenmenge, bevor Eberhard ihn erreichen konnte.

»Was war das denn für ein Idiot?« fluchte er, als er sich wieder zu seinen Kollegen setzte.

Christian forderte Daniel auf, weiterzureden. Die kurze Störung war ihm keinen Kommentar wert. Da konnten sie jetzt sowieso nichts machen.

Daniel blätterte in seinen Unterlagen: »Detering fliegt

relativ regelmäßig nach Düsseldorf. So alle zehn bis zwölf Wochen.«

»Und?« fragte Christian.

»Auch dort mietet er sich einen Wagen. Er war gerade vor ein paar Tagen wieder dort, von Sonntag bis Montag, deshalb war die Recherche einfach.«

»Am vierundzwanzigsten ist er in Saarbrücken, am sechsundzwanzigsten und siebenundzwanzigsten in Düsseldorf. Der kommt ganz schön rum. Meinst du, wir finden bald eine Leiche bei Düsseldorf?« Pete trank einen Schluck von Volkers Bier.

»Ich hoffe nicht. Aber der Kilometerstand des Mietwagens war interessant. Ich habe mit dem Zirkel und dem halben Kilometerstand einen Kreis um den Düsseldorfer Flughafen gezogen, und wo lande ich da?« Daniel schaute Christian auffordernd an. Der mahlte genervt mit den Bakkenzähnen: »Red schon. Wir sind hier nicht in einer dämlichen Quizshow.«

»Mein Zirkel geht mitten durch Eindhoven. Erinnert ihr euch? Da war doch Herbert Perlmann mit dem kleinen Klaus Backes.«

In ihren Joggingklamotten saß Anna am Schreibtisch und wälzte die Bibel-Konkordanz. Es dauerte eine Weile, bis sie die von Dante zitierten Stellen fand. Sie waren aus dem Buch der Psalmen – gestern hatte er Auszüge aus Psalm 88 geschickt, der betitelt war mit »Gebet in der Not« und heute war Psalm 38, »Gebet in tiefster Not«, bei ihr angekommen. Anna tippte die Stellen mit Versangaben aus der Bibel ab und hängte sie an ihre Zettelwand, wo sie Termine, Cartoons, Literaturtips und Aphorismen sammelte. Sie verspürte den fast leidenschaftlichen Willen, Dantes düsterem Geheimnis auf die Spur zu kommen. Was verursachte seine Not? Welcher Lebensumstände Opfer war er? Anna hoffte, am Montag in der Therapiesitzung endlich gemeinsam mit Dante einen Schritt machen zu können. Die Mails gaben die Richtung vor, das Ziel jedoch lag im dunkeln.

Anna klappte die Bibel zu, holte ihr Fahrrad aus dem Keller und fuhr zur Alster. Sie hoffte, daß eine kleine Brise über den See strich, die ihr das Joggen angenehmer machen würde. Mindestens dreißig Grad Celsius, und die Sonne brachte den Asphalt zum Kochen. Es war viel Verkehr auf den Straßen, die Menschen waren gestreßt, es wurde gehupt, gedrängelt und geschimpft. An der Alster war es zwar wie erwartet überfüllt, die Stimmung jedoch entspannter. Anna kettete ihr Fahrrad an und setzte sich trabend in Bewegung. Vorsichtig lief sie in Richtung Hundewiese, immer einen Blick aus dem Augenwinkel auf eventuell herumfliegende Frisbees, in die sofort ein spielender Hund seine Schneidezähne schlagen würde. Einmal war ihr eines dieser Plastikteile zwischen die Unterschenkel geflogen. Der hinterhersprintende Hund hatte im Eifer des Gefechts nicht genügend Distinktionsfähigkeit bewiesen und ihre Wade, die sich immerhin auch recht flott bewegte, mit dem Beute-Frisbee verwechselt. Eine schmerzhafte Erfahrung. Anna mochte Hunde zwar, aber sie bemühte sich seitdem, für sie mitzudenken.

Sie trabte rechts von den Hunden über die Wiese, vorbei an den sonnenhungrigen Mittagspäuslern, die in den von der Stadt bereitgestellten weißen Holzstühlen ausdünsteten, zurück auf den Weg, der in einer Länge von circa sieben Kilometern einmal rund um den See führte. Als sie nach links abbog, sah sie Pete mit seinen Kollegen aus dem Cliff kommen. Sie würde direkt in sie hineinlaufen, wenn sie ihr Tempo hielt, also verzögerte sie verunsichert, nicht wissend, ob sie diese Begegnung wollte. Doch Pete hatte sie schon entdeckt. Auch er zögerte kurz, das sah sie genau, dann entschloß er sich, ihr fröhlich zuzuwinken, zumal sie nun kaum noch fünf Meter entfernt war. Nur leicht außer Atem hielt sie an und warnte Pete lächelnd, sie zu küssen: »Sorry, aber ich rieche wie ein Pumakäfig!« Pete küßte sie trotzdem vorsichtig rechts und links auf die Wangen und stellte sie seinen Kollegen vor: »Das ist Anna Maybach, meine …« Er suchte eine Millisekunde zu lange nach der richtigen Bezeichnung.

»… seine Therapeutin«, sagte Anna leicht amüsiert, »Pete legt sich bei mir auf die Couch, und ich kassiere dafür. So ähnlich jedenfalls.«

Christian, der sie interessiert fixierte, reichte ihr die Hand: »Das klingt ausgesprochen verlockend.«

Anna erwiderte Christians kräftigen Händedruck, nickte den anderen grüßend zu und sah in Christians Augen. Ihre Blicke verhakten sich, griffen ineinander wie zwei Zahnräder, liefen gemeinsam los, ganz weit weg, die Randzonen ihres Wahrnehmungsfeldes versanken in Unschärfe … Anna unterbrach den Blickkontakt, stoppte die Räder. Sie verspürte einen unbändigen Fluchtimpuls.

»Dann kommen Sie doch mal vorbei. Meine Sprechzeiten stehen im Telefonbuch!« erwiderte sie mit aufgesetzter Lockerheit, knuffte Pete kumpelhaft und lief weiter. Langsam. Betont langsam. Am liebsten wäre sie gesprintet, bis die Lunge platzt, um ihrem absurden inneren Aufruhr aus Freude und Erschrecken Ausdruck zu verleihen. Um ihm zugleich jegliche Energie zu entziehen, bevor er als Gedanke formuliert werden konnte und sich dadurch ein Recht auf Existenz erstritt. Christian.

Die Männer sahen ihr hinterher.

»Guter Laufstil«, kommentierte Eberhard fachmännisch.

»Guter Hintern«, urteilte Daniel ebenfalls fachmännisch.

Alle sahen Pete erwartungsvoll an.

»Was ist denn los? Noch nie ’ne attraktive Frau in kurzen Hosen gesehen, oder was?«

Daniel legte jovial den Arm um Pete und zog ihn an sich

heran: »Therapeutin, so so. Was therapiert sie denn bei dir, Pitt?«

Pete grinste: »Verspannungen aller Art.«

»Kennst du die schon länger?« Christian war es überraschend heftig zuwider, sich an dem Männergeplänkel zu beteiligen, doch er wollte es wissen.

»Seit wann bin ich in Hamburg...«, Pete gab sich nachdenklich und zählte an seinen Fingern ab, »... knapp 'ne Woche.«

Plötzlich war Christian wütend auf Pete. Weil der blitzschnell eine so wunderschöne Frau in Hamburg aufgetan hatte. Weil er sich damit brüstete. Und er war sauer auf Anna, als hätte er jedes Recht dazu. Weil sie sich von diesem Sonnyboy, der das genaue Gegenteil von ihm selbst war, einfach so aufreißen ließ. Denn daß zwischen den beiden etwas lief, das war sonnenklar.

Mißmutig trieb er seine Leute zur Eile an. Es gab andere Probleme zu lösen.

Karl Detering sah sich noch einmal um. Kein Mensch in der Nähe. Den Mietwagen hatte er etwas entfernt an der Landstraße geparkt. Langsam lief er die Auffahrt zum Hof hinauf. Eine kleine Wegbiegung, und das Haus lag in all seiner Häßlichkeit vor ihm. Vom Wind halb abgerissene Eternitplatten, Plastikfenster, fett verfugte Glasbausteine und Waschbeton bezeugten den völligen Mangel an Geschmack. Dabei war genug Geld da. Je näher er kam, desto aggressiver stieg ihm der Gestank des Schweinestalls in die Nase. Als er auf dem Geviert zwischen Wohnhaus und Ställen ankam, liefen ihm aufgeregte Hühner zwischen die Füße. Genervt trat er nach einem, was die ganze Schar in Aufruhr versetzte, so daß sie mit aufgeregtem Flattern ihrer nutzlosen Flügel das Weite suchten. Der Boden war verkotet und matschig, offensichtlich hatte es in der Nacht geregnet. Mit jedem Schritt, den Karl Detering angewidert auf das Wohnhaus zuging, spürte er die Fassade des erfolgreichen, souveränen Geschäftsmanns bröckeln. Er haßte diesen Ort hier aus tiefstem Herzen, und das wenige, was überhaupt an Menschlichem in ihm war, versteinerte mit jedem Meter, den er sich dem Haus näherte. Bis er vollkommen erkaltet war.

Er betrat das heruntergekommene Haus mit einem Schlüssel, den er aus seiner Hosentasche zog. Der ekelhafte Geruch von kalter Kohlsuppe waberte durch den Flur. Er rief nach Lilli. Sie gab keine Anwort. Karl ging ins obere Stockwerk. Eine ausgemergelte Mittsechzigerin lag auf einem schon lange nicht mehr frisch bezogenen Bett und schlief. Er weckte sie mit einem Tritt. Sie fuhr erschrocken hoch und wollte protestieren, als sie sah, wer ihr den Tritt verpaßt hatte. Sofort änderte sich ihr Gesichtsausdruck, sie lächelte und bemühte sich, etwas Devotes auszustrahlen, um ihre lauernde Angst zu verbergen.

»Gott, ist das gut, daß du da bist«, seufzte sie.

»Laß Gott aus dem Spiel. Wo ist Paul?« schnauzte er.

Lilli sah auf die Uhr: »Der holt Uli, damit der uns hilft. Wie du gesagt hast. Sie sind bestimmt gleich da. Soll ich Kaffee kochen? Oder willst du zuerst …« Sie brach mit fragendem Blick ab.

»Wir warten auf Paul und Uli!« Karl Detering verließ den müffelnden Schlafraum und setzte sich nach unten ins Wohnzimmer auf einen abgewetzten Sessel aus den frühen Achtzigern. Geistesabwesend trommelte er mit den Fingern auf die unechte Holzlehne. Kurz darauf wurde die Haustür aufgeschlossen, und zwei Männer betraten das Haus. Paul war Ende Sechzig, wirkte sehr grobschlächtig und ging gebückt, Uli war erheblich jünger und machte einen nervösen Eindruck. Seine Augen und seine Hände waren ständig in Bewegung, jedoch hielt er Karls Blick zeitweise besser stand als Paul. Die Männer begrüßten sich knapp, während Lilli in der Küche hantierte. Kaum hatten sich Paul und Uli hingesetzt, begann Karl sie mit eiskalter Miene und leiser Stimme aufs gröbste zu beleidigen, und als Paul einen halbherzigen Rechtfertigungsversuch startete, hieb Karl ihm mit der Faust mitten ins Gesicht, so daß die Oberlippe aufsprang und blutete.

Ulis Blick flirrte die ganze Zeit im Wohnzimmer umher, doch jetzt fixierte er Karl bemüht fest: »Mal ganz abgesehen von der Sauerei, die Pauls Kunde hier veranstaltet hat, kannst du mir mal sagen, was eigentlich abgeht? Das waren alles Jungs von uns, klar?«

»Halt's Maul«, knurrte Karl zurück, »paß du lieber auf, daß der Laden läuft. Das Depot wird verlegt, und das Studio kommt hier aus dem Haus raus, ist *das* klar?«

Paul und Uli nickten.

»Was habt ihr mit der Leiche gemacht?« wollte Karl wissen.

»Ist in der Kühltruhe«, gab Paul mürrisch zur Antwort.

Karl schüttelte fassungslos den Kopf. »Was ist eigentlich genau passiert?«

Paul zuckte mit den Schultern und sah auffordernd zu Lilli.

»Ich kann doch nichts dafür«, begann Lilli weinerlich, »dieser Richter aus der Eifel war das. Kam her, weil wir ihm gesagt hatten, daß Grünkram geliefert wird. Konnte nicht warten. Drei von den Jungs waren schon in die Schweiz gebracht worden, aber der Blonde, der war noch da. Mit dem wollte er 'nen Film machen. Eine Kopie für ihn, die Verwertung für uns. Ich hab ihn nach oben gelassen, hab ihm die Ledermaske gegeben, die Kamera eingestellt und bin dann runter. Nach zwei Stunden hör ich ihn im Bad. Ganz lange. Dann ist er runtergekommen. Ganz blaß war er und hat sich ohne ein Wort abgesetzt. Gezahlt hat er auch nicht. Ich hoch, und da liegt der Grünkram tot rum. Hat ihm den Arsch aufgerissen. 'ne Colaflasche reingeschoben. Der ist einfach verblutet.«

»Gib mir die Adresse von dem Richter«, forderte Karl, »und schafft endlich die Leiche weg!«

»Habt ihr den Scheiß auf Band?« wandte Uli sich an Paul. Der nickte: »Die ganze Sauerei. Der war so in Panik, die blöde Sau, daß er das Tape vergessen hat.«

Uli pfiff durch die Zähne: »'n Snuff! Kacke, das bringt was.«

Karl sah Uli verächtlich an: »Deswegen bin ich hier. Damit du dir das Band nicht unter den Nagel reißt, du dummes Arschloch. Das brauche ich für den Richter.«

Es war schon später Nachmittag, als Christian einen Rückruf von Kommissar Maarten van Klerk aus Amsterdam bekam. Die beiden hatten sich vor Jahren bei gemeinsamen Ermittlungen in Hamburg kennen- und schätzengelernt. Einer Eingebung folgend hatte Christian sich an van Klerk gewandt und ihn gebeten, bei der holländischen Sitte zu recherchieren, ob in oder bei Eindhoven Ermittlungen in Sachen Kinderpornographie liefen. Leider hatte van Klerk nicht viel Konkretes zu berichten, außer daß man tatsächlich Mitglieder einer Kindersex-Mafia in Eindhoven vermutete. Bei einer Razzia in Leiden waren vor anderthalb Jahren jede Menge Filme mit einschlägigem Material gefunden worden, auf denen die Fingerabdrücke eines aktenkundigen Kleinkriminellen namens Klaas Verden aus Eindhoven festgestellt wurden. Verden arbeitete vermutlich als Kurier für die Organisation. Allerdings hatte man ihn nicht befragen können, denn kurz nach der Razzia fand man Verden auf einer Müllkippe. Die holländische Polizei vermutete, daß es in ihren Reihen einen Informanten gab, der der Kindersex-Mafia entscheidende Tips zuspielte, damit die Zeugen aus dem Weg räumen konnte, bevor sie gefährlich wurden.

Van Klerk hatte zudem erfahren, daß Verden neben seinem Leben auch drei säuberlich abgetrennte Finger und ein Ohr fehlten. Christian spürte sofort, wie sein Puls das Tempo anzog. Er berichtete Maarten von ihren vagen Kenntnissen über den russischen Killer Joe und Perlmanns Leichnam. Maarten versprach, gleich eine Mail zu schicken, damit Karen die Fotos von Verdens verstümmelter Leiche mit Perlmanns vergleichen konnte. Christian war sich allerdings auch ohne Fotos und rechtsmedizinische Befunde sicher: Es gab eine Verbindung zwischen Saarbrücken und Eindhoven, und zwar nicht nur durch die Reise Perlmanns. Alles deutete auf eine Organisation hin, die zumindest über die deutsch-holländische Grenze hinweg operierte. Christian würde Maarten im Gegenzug Fotos und sonstiges erkennungsdienstliches Material über die ersten drei Kinderleichen zukommen lassen. Vielleicht vermißte doch jemand in Holland die Jungs, auch wenn die schon längst erfolgten Recherchen bei Interpol das Gegenteil behaupteten.

Christian fiel es sehr schwer, den Abend zu überstehen. Mit sich und seinen Gedanken allein zu sein. Mit den Gedanken an die ermordeten Kinder. Ihr Leid. Ein unschuldiges, am Straßenrand aus der Mitte seiner Familie herausgerissenes Kind, über das plötzlich sinnlose Gewalt hereinbricht. Unbegreifliche Gewalt, ein entsetzlicher Schock des Untergangs der bisher bekannten Welt, der noch viel schlimmer ist als alle körperlichen Schmerzen, die man einem Kind zufügen kann. Unheilbare Wunden. Die vier Kinder, deren Mörder er jagte, waren schon vor ihrem gewaltsamen Tod ihrer Seele beraubt worden. Der Blick des mißbrauchten Jungen in dem Film quälte ihn unablässig. Wenn seinem Sohn im Kindesalter so etwas zugestoßen wäre, hätte er den Vergewaltiger vermutlich blindwütig getötet. Oder noch schlimmer: eiskalt, ohne mit der Wimper zu zucken. Christian war fest davon überzeugt, daß der Mensch nur einen winzigen Schritt von der Bestie in sich entfernt ist, eine hauchdünne Schicht, bestehend aus gesellschaftlichen Konventionen und konsensgetragener Moral, damit die Menschheit sich wenigstens in den Zeiten zwischen den Kriegen nicht haltlos selbst zerfleischt. Christian fragte sich, an welchem Punkt, durch welchen Auslöser der Bestatter diese Schicht durchbrochen hatte.

Er tigerte in seiner Wohnung auf und ab, ging die Fakten wieder und wieder durch, suchte nach neuen Anhaltspunkten, kochte Kaffee und ging alles noch einmal durch. Kinder, Pädophile, Auftragskiller, Hänsel und Gretel, Lilien, Leichentuch, Bibel, Beerdigung … Er mußte warten. Und unterdessen suchte da draußen der Killer sein nächstes Opfer.

Sobald Christian auf einen Fall angesetzt war und Fährte aufgenommen hatte, war er wie ein Spürhund, der die Nase nicht mehr vom Boden lassen wollte. Nur weiter, auf das eine Ziel fokussiert, in der Hoffnung, daß die Spur frischer wird, die Beute schließlich gestellt und erlegt werden kann. Wenn er auf der Jagd war, vergaß Christian sein Privatleben, er vergaß einzukaufen, Wäsche zu waschen und seine Hemden aus der Reinigung abzuholen.

Dann kamen seltene Tage, an denen er merkte, daß er einen Körper besaß. Den gestrigen Tag hatte er zur Hälfte fluchend im Büro verbracht, die andere Hälfte lesend in der Universitätsbibliothek. Nach dem Treffen mit Pete im R&B war er auch noch zu Hause in Bücher vertieft gewesen: Bibel, Bibelinterpretationen, Profiler-Berichte, Fachliteratur über Pädophile aus psychologischer, aus soziologischer, aus kriminalistischer Sicht. Bis spät in die Nacht hinein hatte er gelesen, bis er mal wieder erschöpft auf dem Sofa eingeschlafen war. Heute fühlte er sich elend und schwach. Er hatte, bis auf die paar Kekse, die ihm Yvonne in den Mund geschoben hatte, um ihn vom Fluchen abzuhalten, das Essen vergessen. Als ihn nun der Hunger plötzlich anfiel wie ein wildes Tier, stellte er fest, daß er nichts zu Hause hatte, nicht mal eine klägliche Scheibe Knäckebrot. Seine Lust, nach draußen unter Menschen zu gehen, hielt sich jedoch in Grenzen.

Hungrig und unschlüssig stand Christian an seinem Fenster und tauchte in die sich herabsenkende Abenddämmerung ein. Er überlegte, ob es heute abend für ihn noch etwas Sinnvolles zu tun gab. Van Klerk würde frühestens morgen wieder von sich hören lassen. Bis dahin steckten sie in einer Sackgasse. Das einzige, was sie hatten, war ein Immobilienmakler, der viel in der Gegend rumflog und sich früher mal angeblich mit einem Jungen vergnügt hatte. Ein Vorwurf, der zurückgenommen worden war. Deterings Anwalt, und man konnte davon ausgehen, daß er einen guten hatte, würde sie in der Luft zerreißen wie eine nasse Zeitung, wenn sie seinen Klienten zu einem Gespräch ins Präsidium bitten würden. Christian hatte mit den anderen diskutiert, ob sie Karl Detering ab sofort beschatten sollten. Doch sie würden bei Lage der Dinge keine richterliche Erlaubnis für diese kostenintensive Maßnahme bekommen, und die Ergebnisse einer inoffiziellen Beschattung konnten sie nicht in ihr Beweismaterial mit einfließen lassen. Schlimmer noch, wenn Detering tatsächlich der Bestatter war, und es kam heraus, daß Christian ihn ohne Kenntnis des Staatsanwalts hatte beschatten lassen, würde dies als Verfahrensfehler gelten und einen schuldigen Mörder wieder auf freien Fuß setzen.

Ein lautes Krachen riß Christian aus seinen Gedanken. Das von den Meteorologen angekündigte heftige Sommergewitter brach jählings über Hamburg herein. Dunkle Wolken jagten über den Himmel, der Wind pfiff lautstark ums Haus und peitschte dicke Regentropfen knallend gegen die Fensterscheiben. Blitze zuckten über das violette Firmament, es donnerte fast gleichzeitig. In Sekundenschnelle entwickelte sich ein apokalyptisches Unwetter über der Stadt. Das fast gewalttätige Wetter paßte gut zu Christians Stimmung. Plötzlich verspürte er doch Lust, nach draußen zu gehen, und beschloß, im R&B ein Steak zu essen. Die Vorstellung, daß der Regen seinen vor Ungeduld brennenden Körper kühlen und er klamme Nässe auf der Haut spüren würde, statt sich in düsteren, fiebrigen Kopfgeburten zu verlieren, gefiel ihm noch mehr als die Aussicht auf ein Steak.

Als er seine Stammkneipe betrat, war wie immer am Sonntagabend nicht viel los. Deshalb fiel ihm Anna sofort auf, die auf der Bank mit dem Rücken zum Fenster saß. Kaum war ihm ins Bewußtsein gedrungen, daß er mit freudigem Erschrecken auf sie reagierte, verspürte er auch schon Enttäuschung. Auf dem Tisch standen zwei Getränke, sie war nicht allein. Doch für einen Rückzug war es zu spät. Anna hatte ihn schon entdeckt und winkte ihn entschlossen heran: »Hallo, Sie sind ja klatschnaß. Wollen Sie sich nicht zu uns setzen? Pete kommt gleich wieder; wir feiern seine neue Wohnung.«

Christian blieb unbeholfen vor ihr stehen: »Ich will nicht stören.«

»Das tun Sie nicht.« Anna sah ihm ernst in die Augen: »Im Gegenteil, ich würde mich sehr freuen, wenn Sie uns Gesellschaft leisten.«

Christian zögerte noch, als Pete von der Toilette zurückkam und seinen Chef überrascht begrüßte. Auch Pete forderte Christian unmißverständlich zum Bleiben auf. Also gab Christian nach, hängte seine triefende Jacke über einen Stuhl am leeren Nebentisch und bestellte sich ein Bier. Der Höflichkeit halber fragte er Pete nach der Wohnung. Anna jedoch brach das wenig ergiebige Umzugsthema schnell ab, indem sie Christian provokant direkt nach den Ermittlungen fragte: »Pete will mir nichts über den Bestatter erzählen. Können Sie mir also sagen, was ich davon habe, einen Polizisten zu kennen? Mit Ihnen sind es jetzt sogar schon zwei!«

Christian lächelte: »Die meisten Frauen sind sich einig, daß sie absolut nichts davon haben, einen Polizisten zu kennen. Außer einsamen Wochenenden, schlechter Laune und üblen Geschichten.«

»Wie Sie sehen«, sagte Anna, »sitzen wir am Wochenende gemeinsam hier, und was schlechte Laune und üble Geschichten betrifft – hatten Sie mal was mit einer Psychologin?«

Pete schaltete sich lautstark protestierend ein: »Sag mal, baggerst du meinen Chef an? Wo ich neben dir sitze?«

Anna legte ihm die Hand auf den Unterarm und zwinkerte ihm zu: »Ich versuche doch nur, mich bei ihm einzuschmeicheln, damit er mir was über den Bestatter erzählt.«

»Wieso interessiert Sie das so?« wollte Christian wissen.

Pete lachte: »Erstens ist sie eine Frau, also neugierig. Zweitens ist sie Psychologin. Und drittens hält sie Vorträge über Frauen, die sich in Mörder verlieben.«

Christian hatte, während Pete sprach, seinen Blick keine Sekunde von Anna gelöst. Sie hielt ihm stand.

»Haben Sie denn Erklärungen für dieses Phänomen?« fragte er.

Anna nickte: »Es gibt einige.«

»Warum interessiert Sie ausgerechnet dieses Thema?« bohrte Christian weiter.

»Ich will wissen, wie weit Frauen ihre angestammte Opferrolle treiben können. Und ich will verstehen, warum.«

»Warum?«

Anna begriff im Gegensatz zu Pete sofort, was Christian wissen wollte. Aber Pete begriff immerhin, daß zwischen Anna und Christian etwas stattfand, was ihn ausgrenzte. Leicht beleidigt erhob er sich, um an der Bar noch zwei Bier für Anna und sich zu ordern.

Anna und Christian sahen sich schweigend an. Kurz bevor Pete zum Tisch zurückkam, sagte Anna leise: »Meine Mutter läßt sich von meinem Vater schlagen. Seit ich denken kann. Darum.«

Als Pete sich wieder hinsetzte und mit einem flotten Spruch Fröhlichkeit zu verbreiten suchte, stieg Anna darauf ein. Und Christian verstand, daß Pete nichts von Annas Mutter wußte. Anna teilte nun ein Geheimnis mit ihm.

Christian trank schweigend sein Bier aus und verabschiedete sich. Pete war es offensichtlich recht, Anna jedoch schien seinen Aufbruch ein wenig zu bedauern. Oder hoffte er das nur? Als er wieder im Regen unterwegs war, fiel ihm auf, daß er nichts gegessen hatte.

Im Musterhaus werden Geschäfte gemacht. Mal werden Häuser verkauft, mal Kinder. Das Geschäft mit den Kindern läuft besser als das mit den Häusern. Und es ist steuerfrei. Bald soll das Musterhaus einen Anbau bekommen, das will die Mutter. Mit einem Pool drin. Kinder spielen gerne im Pool. Man kann mit Kindern schön spielen im Pool. Der Vater ist ein guter Investor. Aber von den Nachbarn hat noch keiner einen Pool. Der Vater will nicht auffallen. Vielleicht läßt er das mit dem Pool lieber. Die Filme aus der Kammer im Keller mit den Lederpflöcken und den Holzkreuzen und dem anderen Spielzeug bringen sowieso mehr ein als Planschereien im Pool. Mit dem Geld hat der Vater jede Menge schöne Sachen gekauft. Für sich und für seine Frau. Damit die endlich mit dem Beten aufhört und wieder wie früher wird. Und für den Jungen. Spielzeug, wie es andere Jungen auch haben. Einen Bagger. Im Garten hat er einen Sandkasten gebaut. Damit der Junge nicht zum Spielplatz zu den anderen Kindern geht. Und mit ihnen redet. Obwohl der Junge da gar nicht hinwill. Er will auch nicht in den Sandkasten im Garten. Er will ja nicht mal reden. Jetzt sitzt er im Sandkasten, denn die Mutter hat ihn hinausgeschickt. Weil er so blaß ist. Er sitzt im Sandkasten und stopft sich Sand in den Mund. Bis der Mund ganz voll ist. Es fällt ihm schwer, nur durch die Nase zu atmen. Er stopft sich Sand in die Nase. Rechts und links ins Nasenloch. Jetzt bekommt er gar keine Luft mehr. Wenn er in seinem Zimmer oder im Keller von ganz allein die Luft anhält, dann macht er irgendwann den Mund auf und atmet weiter, weil ihn irgendwas dazu zwingt. Es geht nicht anders. Vielleicht geht es ja mit Sand. Aber es tut weh. Sehr weh. Seine Augen werden größer und größer. Dann spuckt der Körper den Sand aus. Der Junge rotzt und röchelt und heult.

Freitag, 1. Juli

Am nächsten Morgen überschlugen sich die Ereignisse. Um Viertel nach neun rief van Klerk aus Amsterdam an. Keines der ermordeten Kinder war in Holland als vermißt gemeldet. Völlige Fehlanzeige, wie schon die Suche über Interpol hatte vermuten lassen. Aber bei Eindhoven war in der Frühe die Leiche eines etwa sechsjährigen Jungen gefunden worden. Weder die Auffindesituation noch die Todesursache ließen auf den Bestatter schließen, doch das Kind war mißbraucht worden und bislang noch nicht identifiziert. Van Klerk hatte seine Kollegen in Eindhoven darum gebeten, Christian die Sektionsbefunde zu mailen. Kurz darauf kam ein Anruf vom Polizeipräsidenten. Christian wurde zu einem sofortigen Gespräch bei der Staatsanwaltschaft bestellt. Er nahm sich vor, bei dieser Gelegenheit Oberstaatsanwalt Waller davon zu überzeugen, Karl Detering unter polizeiliche Beobachtung zu stellen. Die Chancen standen zwar schlecht, aber er wollte es wenigstens versuchen.

Christian hatte keine Vorstellung davon, wie schlecht die Chancen standen. Kaum war er in Wallers schickem Büro am Sievekingplatz angelangt, knallte dieser ihm die Tageszeitung vor die Nase. Auf der ersten Seite prangte ein Foto von Christian und seinen Jungs im Restaurant an der Alster. Unter dem Bild stand: »Während der Bestatter ein Kind nach dem anderen tötet, verlustiert sich die hochbezahlte Spezialistentruppe unter Oberkommissar Christian Beyer beim mittäglichen Bierchen.«

»Das Foto haben die anonym zugeschickt bekommen. Von einem besorgten Bürger! Ich bin auch besorgt. Sehr besorgt«, fuhr Waller ihn an, »können Sie mir das erklären?«

Christian konnte: »Das sind meine Jungs und ich in der Mittagspause. Wir trinken Bier.«

Etwa eine Stunde später kam Christian zurück in die Bruchbude, die sie Einsatzzentrale nannten. Er betrat das stickige Zimmer, in dem Eberhard, Volker und Daniel zusammengepfercht saßen. Daniel sah nur kurz auf und hackte weiter auf der Tastatur herum.

»Und?« wollte Eberhard wissen. »Bekommen wir die Observierung?«

Christian warf die Zeitung auf den Tisch, die er unterwegs am Kiosk besorgt hatte: »Waller fand, daß wir besonders hübsch getroffen sind. Er war so begeistert, daß ihn ein Antrag auf polizeiliche Beobachtung Deterings vollkommen aus der Bahn geworfen hätte. Also hab ich's gelassen. Aus lauter Rücksicht. Wo ist Pitt?«

»Der flirtet in seinem Zimmer mit Karen. Sie hat den Obduktionsbericht aus Eindhoven.«

»Dann alles in den Besprechungsraum, aber zackig«, befahl Christian und ging schneidig voraus. Es dauerte nur zwei Minuten, bis alle dort versammelt waren.

Karen faßte die Sektionsergebnisse gewohnt sachlich zusammen, doch das unvorstellbare Grauen, daß ein Kind verblutet war, weil ihm jemand eine zertrümmerte Colaflasche rektal eingeführt hatte, ließ sich selbst mit distanzierten wissenschaftlichen Ausdrücken nicht bemänteln. Yvonne schluchzte auf, schlug die Hände vors Gesicht und rannte hinaus. Die Wohnungstür, die gleich darauf zuschlug, knallte wie ein tödlicher Schuß in der Stille, die sich im Besprechungszimmer ausgebreitet hatte. Daniel stand auf, kreidebleich, und meinte leise, er werde mal nach Yvonne sehen. Die Tür fiel ein zweitesmal ins Schloß, diesmal leise. Eberhard hatte Tränen der Wut in den Augen, er verschränkte die

Arme vor dem Brustkorb und ballte dabei die Fäuste, bis seine Fingerknöchel ganz weiß wurden. Volker goß sich bemüht unbeeindruckt ein Glas Wasser ein, wobei seine Hand allerdings verdächtig zitterte. Und Christians Erschütterung spiegelte sich gespenstisch in seinen Gesichtszügen. Die Kontraste der in seinem Gesicht nicht zueinander passenden Einzelteile verstärkten sich, als würde ein Polaroid langsam entwickelt, sie verschoben sich wie Kontinentalplatten, deren minimalste Bewegung zu einem Aufruhr ohnegleichen an der Erdoberfläche führte, mit verheerenden Folgen. Christian sah alt aus und irgendwie verzerrt, jegliches Gleichgewicht, jegliche Harmonie war, während Karen gesprochen hatte, aus seiner Miene verschwunden. Er atmete tief durch, erhob sich und schaute aus dem Fenster, um Zeit zu gewinnen und seine verkantete Kruste zu glätten. Gegenüber auf einer Bank vor dem Eingang zur S-Bahnstation saß Yvonne in dem seit Stunden niedergehenden leichten Nieselregen, einem Kompromißangebot der Natur nach dem nächtlichen Sommergewitter. Sie wurde von heftigen Weinkrämpfen geschüttelt. Daniel setzte sich zu ihr, zog sein Hemd aus, unter dem er wie immer noch ein Shirt trug, legte es ihr schützend um die Schultern, obwohl sie trotzdem naß werden würde, und nahm sie fest in seine Arme. Offensichtlich redete er beruhigend auf sie ein, während er ein großes sauberes Stofftaschentuch aus seiner Jeans zog und Yvonne damit sorgsam die Tränen trocknete, die ihr unaufhörlich über die Wangen rannen. Der Anblick rührte Christian, und unverhofft durchströmte ihn eine friedliche Ruhe, ganz so, als ob Daniel mit seiner liebevollen Geste das Gleichgewicht zwischen Gut und Böse wiederhergestellt hätte.

Pete räusperte sich und ergriff als erster das Wort: »Das war nicht der Bestatter. Deswegen wird uns die DNA vom Sperma auch nichts nützen.«

»Vielleicht hat er die Kontrolle verloren«, gab Eberhard zu bedenken, der seine Fäuste nur langsam wieder lockerte.

Pete schüttelte den Kopf: »Unser Mörder ist nicht wütend. Er ist nicht sadistisch.«

»Das Opfer paßt aber perfekt in die Reihe«, gab Volker zu bedenken, »daß es keinen Zusammenhang gibt, ist unwahrscheinlich. Perlmann war in Eindhoven. Joe war bei Perlmann. Früher schon mal hat er einen Auftrag in Eindhoven erledigt. Detering war vor ein paar Tagen in Düsseldorf und könnte auch nach Eindhoven gefahren sein.«

Pete widersprach weiter: »Perlmann war nicht der Bestatter. Joe ist nicht der Bestatter. Vielleicht Detering. Aber laut Flugplan hat er am siebenundzwanzigsten Düsseldorf verlassen. Da hat das Kind laut Sektionsbericht noch gelebt. Es stimmt zwar, daß das Opfer chronologisch in unsere Reihe paßt. Aber der Mord an sich nicht. Der Bestatter hat einen bestimmten Modus operandi. Unter anderem Erdrosseln und Abdecken der Würgemale. Undoing. Bestimmt nicht, einem Kind den Darm mit einer Scherbe aufzuschlitzen. Die Leiche in Eindhoven wurde in einen Abwasserkanal geworfen, eingewickelt in einer Plastikplane. Wie unliebsamer Müll. Der Bestatter hingegen arbeitet seit dem ersten uns bekannten Mord an der Verfeinerung seines Bestattungsrituals. Und zwar stilvoll.«

Christian nickte nachdenklich: »Der Typ, der diesen Jungen gekillt hat, war vielleicht ein pädophiler Kunde, der ausgeflippt ist. Und er selbst oder die Anbieter des Kindes haben das Opfer entsorgt.«

Pete erhob sich und ging auf und ab. »So sehe ich das auch. Aber mal zurück zum Modus: Normalerweise bezeichnen wir als Tatort den Ort, wo das Opfer getötet wurde. Oft wird die Leiche dann zur Tatverschleierung an einem anderen Ort hinterlegt. Dem Fundort. Ich behaupte in diesem Fall, daß der Ort, an dem wir die Leiche auffinden, der Tatort ist, obwohl der Tötungsvorgang nicht dort stattgefunden hat.«

»Unserem Mörder geht es um die Bestattung«, stimmte Christian zu. »Ich glaube inzwischen nicht mehr, daß er sich an der Angst der Opfer weidet, um seine Macht zu spüren, wie so viele Serienkiller. Ich weiß nicht, wieso. Seine Art der Bestattung, das strahlt fast was Zärtliches aus. *Das* ist die Tat, *das* ist das Ritual, das er ausführen will. Unser Mörder bringt die Kinder um, damit er sie leichter an den sogenannten Fundort verbringen kann. Dort macht er mit ihnen das, was er machen muß.«

»Glaubt ihr, wir haben es mit einem Nekrophilen zu tun? Sozusagen multipel pervers?« überlegte Eberhard mit deutlich angewiderter Miene.

Pete zuckte mit den Schultern: »Mir ist nicht klar, was ihn ankickt. Ich betrachte nur seine Perseveranz: Was ist typisch für den Tathergang, was passiert immer wieder? Die charakteristischen Merkmale sind: Erdrosselung von kleinen Jungen, vermutlich sogenannte Ware aus der Kinderschänderszene. Dann Bestattung. Aber was verfeinert er in seiner Vorgehensweise? Was erscheint ihm beim ersten Mal nicht perfekt? Ausschlaggebend für manchmal gravierende Abweichungen im sonst stabilen Modus operandi sind in erster Linie Lernprozesse des Täters, der seine Vorgehensweise was Tatmittel, Tatort oder Opferannäherung betrifft, besser absichern will. Bei unserem Täter jedoch findet die Veränderung, die Entwicklung, soweit wir wissen, einzig und allein im Ritual der Bestattung ihren Ausdruck. Wichtig dabei ist nicht nur das friedliche äußere Erscheinungsbild, sondern die damit offenbar eng verbundene religiöse Aufladung. Die Feiertage, die Psalmen.«

Unwillig schüttelte Eberhard den Kopf: »Das mag ja sein. Aber wir sollten den Aspekt des organisierten Verbrechens nicht aus den Augen verlieren.«

Volker griff den Gedanken auf: »Könnte es nicht sein, daß Joe die Kinder im Auftrag umbringt, aber Skrupel hat und sie deswegen nicht wie seine anderen Kunden malträtiert, sondern dieses ganze Ritual macht, um sich reinzuwaschen vom Kindermord? Russen sind doch oft sehr religiös.«

»Das wäre ein mögliche Variante«, stimmte Pete zu, »aber wo ist das Motiv? Warum sollte eine organisierte Kindersex-Mafia ihre, entschuldigt bitte, Wertgegenstände aus dem Weg räumen?«

Eberhard spekulierte: »Vielleicht haben die Jungs Kundennamen mitgekriegt. Vielleicht wollten sie nicht länger den Mund halten. Vielleicht ist dieses ganze beschissene Ritual nur dazu da, uns auf die falsche Fährte zu locken. Damit wir an einen durchgeknallten Serienkiller glauben. Vielleicht bringt uns dein Profil völlig vom Weg ab!«

Pete sah eindringlich in die Runde. Er spürte, daß Eberhard in eine ganz andere Richtung ermitteln wollte. Ungeduldig ging er zur Pinnwand und zeigte auf die Fotos der Leichenarrangements: »Nein, nein! Seht doch mal hin, das ist ein Gottesdienst! Wir haben es mit einem religiösen Pädophilen zu tun, der sich seiner Neigung schämt und die Kinder als seine Versuchung dafür verantwortlich macht. Er tötet mit den Kindern das, was ihn zur Sünde verführen könnte. Und da er mit den Morden selbst eine Sünde begeht, versucht er sie mit seinem Bestattungsritual wiederum ungeschehen zu machen.«

»Das hört sich alles logisch an. Aber wir brauchen Theorien, die wir auch beweisen können. Und zwar schnell«, wandte Christian ein. »Und dabei dürfen wir trotz des stimmig wirkenden Profils vom gestörten Einzeltäter nicht die deutlichen Hinweise auf organisiertes Verbrechen übersehen.«

»Sag ich doch«, beharrte Eberhard.

Christian hatte das Gefühl, daß die Wahrheit bei diesem Fall irgendwo dazwischen lag. Er konnte sich immer auf sein Gefühl verlassen, operierte vor den anderen aber stets mit Fakten, um weder sie noch sich selbst mit seinen diffusen Ahnungen in Verlegenheit zu bringen.

Entschlossen erhob er sich: »Ich glaube, beide Ansätze gehen in die richtige Richtung, auch wenn sie auf den ersten Blick auseinanderdriften. Wir müssen sie nur zusammenbringen.«

Keiner sagte ein Wort.

»Daniel, du sammelst mir alles, was du über diesen Detering noch kriegen kannst, mir egal, wo es herkommt«, fuhr Christian fort, »und du, Volker, treibst Scout und Nicki auf und setzt sie auf unseren Kandidaten an. Scheiß auf Waller.«

Scout und Nicki waren zwei verdeckt arbeitende Ermittler, die sich bislang hauptsächlich in der Drogenszene getummelt hatten. Der Beschattungsauftrag war zwar illegal, doch alle im Raum waren einer Meinung: Die Kinder, die möglicherweise noch auf der Todesliste des kranken Killers standen, konnten nicht auf eine juristisch günstigere Beweislage warten.

Anna entließ den 16jährigen Tim, der heute zum ersten Mal bei ihr gewesen war, aus der Sitzung und goß sich eine Tasse Kaffee ein. Der Jugendliche, der an der Schule durch Gewalttätigkeit auffiel, hatte sich extrem widerspenstig gegeben und sie zu provozieren versucht, indem er mit seinen schmutzigen Sneakers auf ihrem Sofa herumlümmelte und sich permanent an den halbwüchsigen Eiern kratzte. Vermutlich kam er sich dadurch männlicher vor. Er tat alles, um die in seinen Augen mädchenhafte Tatsache zu bemänteln, daß sein Gefühlsleben in erster Linie von Selbstmitleid bestimmt war.

Aus den Notizen des Schulpsychologen entnahm Anna eine frühe Vernachlässigung Tims durch den Vater, der sich schließlich mit einer anderen Frau komplett aus dem Staub gemacht hatte und seinen damals 13jährigen Sohn mit einer verzweifelten Mutter zurückließ. Der Junge dominierte seitdem die Mutter und behandelte seine Mitschüler so, wie er gerne seinen Vater behandeln würde. Mit den Streitereien an der Schule bestätigte er sich täglich selbst, daß sein Vater ihn zu Recht verlassen hatte, und provozierte gleichzeitig, daß der Direktor der Schule ihn auch noch verstieß. Sie würde dringend mit Tims Mutter reden müssen.

Anna machte sich ihre Notizen und sah auf die Uhr. Für Dante, der jeden Moment kommen mußte, hatte sie, wenn nötig, zwei Stunden Zeit. Aber vielleicht ging er ja schon wieder nach einer halben, ohne wirklich etwas zu sagen. Anna war sich überhaupt noch nicht im klaren, was sie von diesem seltsamen Patienten halten sollte.

Zwei Minuten später war er da, perfekt gekleidet in einem sommerlichen Anzug. Als Anna ihm die Haustür öffnete, stellte sie fest, daß es aufgehört hatte zu regnen und sich die Sonne gerade ihren Platz am Himmel zurückeroberte. Dante trat höflich grüßend ein und stellte seinen nassen Schirm zum Trocknen in eine Ecke. Dann folgte er Anna ins Sprechzimmer. Sie bat ihn, sich zu setzen, er nahm den Sessel und mied die Couch. Das Mineralwasser lehnte er dankend ab. Er wirkte hochkonzentriert und etwas angespannt. Um ihn zu lockern und an die Situation zu gewöhnen, bat Anna ihn beiläufig, erst einmal ein wenig von sich zu erzählen. Dazu seien sie bislang noch nicht gekommen.

»Was wollen Sie wissen?«

»Ganz schlichte Dinge. Sind Sie Italiener oder Spanier? Sie sprechen akzentfrei, aber Ihr Name …«

Dante zögerte kurz, dann lächelte er: »Das ist ein Künstlername.«

Anna horchte auf: »Sie sind Künstler?«

Dante blickte Anna abschätzig an.

»Ich bemühe mich.«

»Was für eine Art von Kunst machen Sie?«

Dante überlegte kurz: »Skulpturen.«

Der kleine Zögerer vor der Antwort war Anna durchaus aufgefallen. Sie fragte sich, warum er sich selbst bei diesen relativ belanglosen Fragen zu seiner Biographie jedes Wort aus der Nase ziehen ließ. Hatte er nicht, wie fast jeder Mensch, das Bedürfnis, von sich zu reden?

»Mit welchem Material arbeiten Sie?« fragte sie unverdrossen weiter.

»Mit natürlichen Materialien.«

Anna zeigte sich engagiert: »Ich habe kürzlich von einem Künstler gelesen, der sehr bekannt damit geworden ist. Ein Amerikaner, soweit ich weiß, mir fällt nur der Name nicht ein ... sehr bekannt ...«

Dante schwieg, was Anna stutzig machte. Wenn er sich ernsthaft mit seinem Metier beschäftigte, müßte er den Namen des Künstlers doch wissen. Und sagen.

»Er arbeitet in der Landschaft, arrangiert seine Kunst zwischen Wäldern und Hügeln, benutzt Zweige ...«, fuhr sie fort.

Dante lächelte. Er wäre nie auf die Idee gekommen, daß seine spontane Angabe, er sei Künstler, zu solch passenden Vergleichen führen könnte. Anna sollte ihre Bildchen haben zum Deuten. »Ich manchmal auch. Vielleicht widme ich Ihnen mal eine Skulptur.«

»Das wäre wirklich zu viel der Ehre.« Anna machte eine kleine Pause in ihrem Fragenkatalog und wartete ab. Doch Dante schien immer noch nicht in Redefluß zu kommen. Jeden anderen Patienten hätte sie nun so lange schweigend herausgefordert, bis er von sich aus sprach. Schließlich nützte es überhaupt nichts, mit jemandem arbeiten zu wollen, der sich sperrte. Doch Dante war anders. Sie spürte, daß er *sie* herausforderte. Und sie hatte angenommen, gespannt auf die Aufgabe, die er für sie vorgesehen hatte.

»Wie sind Sie auf diese Art der künstlerischen Betätigung gekommen?«

»Schon als Kind. Da war ich meine eigene Skulptur.«

Anna hatte plötzlich das Gefühl, daß er den letzten Satz nicht hatte aussprechen wollen. Der Ton war verändert, absichtsloser, abwesender, entspannter, Dante hatte seinen Blick von ihr abgewandt und ins Leere gleiten lassen.

Sie gab ihm keine Zeit, einen Rückzieher zu machen: »Wie darf ich das verstehen?«

Dantes Gesicht lag im Schatten, er kniff die Augen zusammen und sah die gegenüberliegende weiße Wand an, deren Helligkeit durch das reflektierte Sonnenlicht fast blendete: »Ich habe mich selbst modelliert.« Dante sprach sehr leise weiter: »Wenn Sie sich in den Wind stellen, bewegt sich Ihr Haar. Gehen Sie im Regen spazieren, wird Ihre Haut weicher. Setzen Sie sich der Sonne aus, verändert sich die Farbe der Haut. Und ihr Geruch.«

Anna spürte die Spannung herannahen, die sie überfiel, wenn sie sich dem Wesen eines Menschen nähern durfte: »In diesen Fällen sind Wind, Regen und Sonne die freischaffenden Künstler, oder? Wie haben Sie sich modelliert?«

Dante starrte immer noch die Wand an: »Im Sand. Im Kopf. Im Blut.« Er atmete hörbar ein und aus, und dieses konzentrierte Atmen schien ihn für einen kurzen Moment ganz in Beschlag zu nehmen, ja sogar körperlich anzustrengen. Dann lächelte er, ohne Anna anzusehen: »Ich war mir selbst Wind, Regen, Sonne. Der Mensch ist immer das Material. Im Wechsel von Werden und Vergehen.«

Dantes Lächeln wirkte bemüht.

Anna bemühte sich, ihre Stimme ausdruckslos erscheinen zu lassen: »Das klingt irgendwie buddhistisch. Aber mir scheint, Sie sind in einem sehr christlichen Haushalt aufgewachsen?«

Dantes Blick flirrte für wenige Sekunden nervös durchs Zimmer, bis er wieder Ruhe fand an der Wand gegenüber: »Ich bin in einem Musterhaus groß geworden.«

Der Ausdruck irritierte Anna: »Sie meinen, ein mustergültiges Haus?«

Forschend sah sie Dante an. Der schien im Anblick der weißen Wand verloren, den Blick starr ins Nichts gerichtet. Kein Flackern, kein Lidreflex, keine noch so minimale Bewegung, er war wie in Trance. Er atmete nicht einmal mehr.

Leise fragte sie ihn: »Warum halten Sie die Luft an?«

»Um das weiße Licht zu sehen.«

Anna stutzte. Ihr Patient war komplett weggetreten. Doch plötzlich tat er einen vehementen Atemzug, als tauche er aus tiefem Wasser auf, wandte den Kopf von der Wand ab und sah zu Anna. Sein leerer Blick erschreckte sie. Erst langsam schien wieder Seele in die Augen zu strömen. Anna war etwas verstört durch sein Verhalten, so daß sie nicht schnell genug schaltete, bevor Dante sein Unterbewußtes wieder verschloß.

»Sie waren gerade wo?«

Dante schüttelte den Kopf: »Ich möchte im Moment nicht über meine Eltern sprechen.«

Er war bleich geworden, als er die Luft anhielt. Nun kehrte die Farbe in sein Gesicht zurück. Anna ließ ihm Zeit und beschloß, ihm das Tempo zurückzugeben.

»Worüber würden Sie gerne mit mir reden?«

»Über die Erbsünde. Über Schuld.«

Anna nickte: »Das haben Sie in Ihrer Mail geschrieben.« Sie wartete.

»Wie wird der Mensch zu dem, was er ist?« fragte Dante zögerlich.

Anna lehnte sich zurück. »Nun ja, Sie wissen sicher, daß

es verschiedene Theorien gibt. Sozialisation, Genetik. Die Wahrheit liegt vermutlich in der Mitte. – Aber, Herr Dante, Sie wollen doch sicher keine wissenschaftlichen Diskussionen mit mir führen. Worum geht es Ihnen? Irgendwas macht Ihnen große Sorgen, das spüre ich. Woran glauben Sie Schuld zu tragen?«

Dante sah ihr schweigend in die Augen. Wieder beschlich Anna das Gefühl, daß er ihr weit voraus war und mit ihr spielte. Ihre Fragen waren für ihn keine Überraschungen, er führte sie genau da hin, wo er sie haben wollte. Anna fühlte sich plötzlich unzulänglich und spürte Wut in sich aufsteigen.

»Wir können natürlich auch nett Kaffee trinken, immerhin bezahlen Sie mich nicht schlecht.«

Dante lächelte kaum merklich: »Jetzt sind Sie böse auf mich. Warum?«

»Weil ich das Gefühl nicht loswerde, daß Sie mich manipulieren wollen«, sagte Anna ernst. Sie wußte, daß sie sich damit weit aus dem Fenster lehnte und gegen jegliche therapeutische Klugheit handelte, aber um hier weiterzukommen, mußte sie augenscheinlich unorthodoxe Wege gehen.

Dante erhob sich und ging zu dem Olivenbäumchen, das Anna nach seinem letzten Besuch auf die Fensterbank gestellt hatte.

»Es geht ihm schon viel besser«, sagte er leise.

»Sie mögen Pflanzen?« Anna suchte nach einem neuen Anknüpfungspunkt.

Dante nickte: »Sie sind unschuldig.«

»Erzählen Sie mir, was die Begriffe Schuld und Unschuld für Sie bedeuten.«

Dante wandte sich zu ihr um, blieb aber stehen.

»Schuld ist blutrot, kackbraun, nachtschwarz. Unschuld ist weiß. Weißes Licht. Schuld ist erwachsen, Unschuld ist kindlich. Schuld ist Körper, Unschuld ist Seele. Schuld ist sinnlich, Unschuld ätherisch. Schuld tut weh, Unschuld ist schmerzfrei. Schuld tötet. Unschuld wird getötet.«

Plötzlich war Anna klar, warum Dante sie so faszinierte. Weil er in ihr die Erinnerung wachrief an ihre Motivation, Psychologie zu studieren. Weil er sich nicht einfach öffnen ließ nach den Methoden aus dem Lehrbuch, die sie nur abzurufen brauchte, professionell die Distanz wahrend. Weil sie an ihn nur herankommen konnte, indem sie auch an ihre eigenen Wunden rührte. Weil er ein Verletzter war, dessen Schmerz sie fühlen und verstehen wollte, statt ihn auf dem Seziertisch mit dem messerscharfen Instrument der Analyse auseinanderzunehmen.

Dante sagte: »Ich habe Ihnen eine Mail geschrieben. Ein Gedicht.«

Sie nahm das Blatt: »Haben Sie es geschrieben?«

Er schüttelte den Kopf: »Nein. Aber ich verstehe es. Vielleicht verstehen Sie mich.«

Er nahm seine Jacke und wandte sich zum Gehen.

»Wollen Sie schon gehen? Die Zeit ist noch nicht um.«

Dante sah mit seinen dunklen Augen wie vom Grund des Marianengrabens herauf: »Das weiß man nie.«

»Keinen neuen Termin?«

»Ich werde Ihnen mailen, okay?«

Dante ging, ohne sich noch einmal nach ihr umzudrehen.

Hamburg dampfte wie eine Waschküche, während die Sonne versuchte, die Stadt zu trocknen und die schnell ziehenden Cumuluswolken aufzulösen. Als Dante auf die Straße trat, legte sich die Feuchtigkeit der Luft wie warme Seide auf seine Haut. Er fragte sich, ob er gut gewesen war. Er hatte einiges plazieren können, aber er war auch aus der Rolle gefallen. Wie klug war diese Maybach? War sie schon soweit? Oder war das Gedicht verfrüht? Sie durfte auf keinen Fall zu viele Unterscheidungen treffen. Das würde alles gefährden.

Aber wahrscheinlich gab es gar nicht soviel, was zu unterscheiden war, beruhigte er sich. Schließlich waren sie eins. Trotzdem. Am besten würde er nicht mehr hingehen, sich nur noch per Mail bei ihr melden. Er würde ihr bald die Offenbarung schicken. Die Zeit war um, sie wußte es nur noch nicht.

Dante lief nachdenklich die Straße entlang, als ihm plötzlich ein Kind entgegenkam, einen Teddy im Arm haltend. Die Mutter stand einige Meter weiter, ins Gespräch vertieft mit einer anderen Frau, und achtete nicht auf ihr Kind. Kurz vor Dante stolperte das Kind über eine Bodenunebenheit und fiel hin. Der Teddy rollte ihm aus der Hand und blieb in einer Pfütze liegen. Das Kind schrie gellend auf und ging, ohne Luft zu holen, zu einem langgezogenen Heulton über. Dante bückte sich und hob den Jungen hoch. Er streichelte ihm über den Kopf und sprach beruhigend auf ihn ein. Die Mutter, durch das Weinen aufmerksam geworden, rannte herbei und riß Dante das Kind aus den Armen. Sie bedachte ihn mit einem vorwurfsvollen Blick und fuhr ihn an: »Lassen Sie mein Kind los!« Dante sah sie durchdringend an und ging ohne ein Wort weiter. Zwei Schritte, dann lag der Teddy vor ihm. Dante sah in die gläsernen Knopfaugen, hielt inne, erschrocken, von einer unüberwindlichen Barriere gestoppt. Er erstarrte. Ihm wurde schwindlig. Die Geräusche der vorüberfahrenden Autos traten in den Hintergrund, wurden leiser und leiser, bis sie sich zu einem undefinierten Brummen und Surren vermengten, ein Surren, ja, das war es, das Surren einer Kamera. Der Alkoholgeruch seines Vaters stieg ihm in die Nase. Da war das Lachen der Männer, ihr heiseres, forderndes Flüstern. Ihre Finger. Ihn fror, ihm wurde übel. Dante spürte, daß er die Luft anhielt. Er wehrte sich, schlug sich mit der Faust hart auf den Brustkorb, einmal, zweimal, zwang sich, tief einzuatmen, schüttelte den Kopf, verbannte das Surren der Kamera, das Flüstern der

Männer, nahm die Autogeräusche wieder wahr, vereinzeltes Hupen, hastende Menschen, die Stadt um ihn herum, alles bestens, er sah den Teddy, es war doch nur ein häßliches, zotteliges Stofftier, und er beförderte es mit einem kräftigen Tritt aus seinem Blickfeld.

»Sie sind ja krank!« rief ihm die Mutter schrill hinterher und sammelte den Teddy wieder auf. Dante sah sie nicht mehr an, ging leicht schwankend weiter.

Anna beobachtete die Szene von ihrem kleinen vorderen Balkon aus. Sie war direkt nach Dantes Abgang hinausgetreten, um eine Zigarette zu rauchen. Und während sie sah, wie er dem Stofftier einen Fußtritt versetzte, wurde ihr plötzlich klar, was sie an ihm irritierte. Es waren außergewöhnliche und trotzdem vollkommen unauffällige Kleinigkeiten, die das Gesamtbild auf den ersten Blick nicht störten und dennoch ein gewisses Unbehagen auslösten, das um so intensiver wurde, je länger man vergeblich über die Ursache nachdachte. Da war seine Fähigkeit, über lange Zeit hinweg den Lidreflex zu unterdrücken. Jeder Mensch muß mehrmals in der Minute die Augen schließen, um sie zu befeuchten. Dante jedoch konnte einen fixieren wie eine Schlange. Außerdem faßte er nichts an. Als er unten auf der Straße für einen kurzen Moment das Kind in seine Arme nahm, war ihr aufgefallen, daß er ihr noch nie die Hand gegeben hatte. Er berührte sie nie, nichts faßte er in der Praxis an, er legte nicht einmal seine Hände auf den Sessel, weder auf die Lehnen noch auf die Sitzflächen, sondern er legte sie auf seinen Oberschenkeln ab, wo sie verblieben, bis er sich wieder erhob und ging. Anna würde ihm das nächste Mal nicht als höfliche Hausherrin die Zimmertür öffnen. Sie war gespannt, ob er die Klinke anfassen würde. Nachdenklich drückte sie die Kippe im Blumenkasten aus und ging hinein, um das Gedicht zu lesen.

Du sollst mein Racheengel sein Gott
Hilf mir tritt du für mich ein
Laß ihn nicht davonkommen diesen ehrbaren
Schrebergärtner
Erfinde die Hölle neu für ihn

Da schwelt eine Wunde mir auf der Stirn
Die kannst auch du Gott nicht heilen
Taube Stelle und Ekel im Mund
Noch nicht einmal Sehnsucht Liebeswunschleere
Getötet die Unschuld verbrannt das Kind.
(Carola Moosbach)

Annas Nackenhaare stellten sich leicht auf. Sie kannte die Dichterin nicht, aber bis zu ihrem nächsten Patienten blieb genug Zeit, ein wenig im Internet zu recherchieren. In einem Artikel aus dem Sonntagsblatt Bayern vom 13. Oktober 2003 wurde sie fündig.

Wut, Tränen – und Rachepsalmen

Von Karin Vorländer

Sehr, sehr lange erschien es für Carola Moosbach völlig abwegig zu beten. Mit 18 war sie aus der katholischen Kirche ausgetreten. Mit einem Gott, zu dem sie als kleines Mädchen in einem Keller vergeblich um Hilfe geschrien hatte, wollte sie nichts zu tun haben. Heute ist Carola Moosbach 45 Jahre alt und nennt sich ›Inzest-Überlebende‹. In ihrer Kindheit gab es keinen Zeitpunkt, an dem sie jemals sich selbst gehört hätte, keinen Abend, an dem das kleine Mädchen nicht aus Angst vor neuer Vergewaltigung gegen das Einschlafen gekämpft hätte: »Bloß nicht schlafen Augen offen wer weiß was passiert.«

Den vom Vater begangenen Mord an ihrer Kinderseele

hat sie überlebt. Seinen Namen hat sie abgelegt und sich eine neue Identität bekunden lassen: Moosbach heißt sie heute. Das klingt nach unberührter Natur, nach sauberer Frische …

Anna las den Artikel zu Ende, der davon erzählte, wie Carola Moosbach zu Gott zurückfand. Dann griff sie zum Telefon und sagte mit zittrigen Händen alle Termine für den restlichen Nachmittag ab. Kaum hatte sie sich den Nachmittag – nicht ohne Gezeter und temporären Vertrauensverlust – freigeschaufelt, ging sie wieder ins Internet. Skulpturen. Mensch als Material. Zweige. Kindesmißbrauch. Seelenmord. Unberührte Natur. Racheengel. Getötete Unschuld. Tötende Schuld. Das konnte nicht sein. Sie war garantiert hysterisch.

Drei Stunden später lag ihr ganzer Schreibtisch voll mit allem Material, das sie im Netz über den Bestatter hatte finden können. Sie hatte es gelesen und wieder gelesen und dabei Unmengen Kaffee getrunken, ohne es zu merken. Ihr Herz raste, die Hände flatterten. Es könnte sein, es könnte wirklich sein, sagte sie sich immer wieder. Es könnte aber genausogut sein, daß sie sich irrte. Mißbrauchsgeschichten ähnelten einander. Fest stand bislang nur, daß Dante ihr seinen frühkindlich erlittenen Mißbrauch hatte mitteilen wollen. Das hieß noch lange nicht, daß er selbst zum Mörder geworden war. Trotzdem war Anna sicher, daß Presse und Polizei mit ihrer bisherigen Theorie vom Pädophilen, der perverse Todesspiele zum Lustgewinn trieb, falsch lagen. Möglicherweise verspürte der Bestatter pädophile Neigungen – soweit sie wußte, kam es vor, daß mißbrauchte Kinder als Erwachsene selbst solche Neigungen entwickelten. Die stark verhaftete Neurosignatur, die diesen Kindern in ihrer Prägungsphase wie ein Brandzeichen in die Seele tätowiert wurde, ließ sie ein Leben lang nicht mehr los. So wie Kinder von Alkoholikern oft selbst alkoholabhängig wurden. Oder

Töchter, deren Mütter geschlagen wurden, zu Männern tendierten, die auch sie schlagen würden.

Anna spürte erst jetzt, wie übel ihr war. Magensäure stieg nach oben und brannte in ihrer Speiseröhre. Ihre Gedanken waren genauso fahrig wie ihre Hände. Vermutlich zu viel Kaffee. Sie mußte etwas essen. Und in Ruhe nachdenken, was sie jetzt tun sollte. Mit Pete reden. Sie mußte erfahren, was die Signatur des Bestatters war. Das verräterische Detail, das die Polizei nicht an die Presse gegeben hatte. Pete kannte es. Aber sie durfte auf keinen Fall ihre Schweigepflicht verletzen. Sie mußte es irgendwie aus ihm herauskriegen. Ruhig, ganz ruhig. Aber was, wenn sie recht hatte mit ihrer Ahnung? Und der Bestatter schon zum nächsten Kind unterwegs war?

Anna wählte Petes Nummer, doch sein Handy war abgeschaltet. Sie entschloß sich, nicht auf die Mailbox zu sprechen, sondern es später noch einmal zu versuchen. Als es plötzlich klingelte, fuhr Anna erschrocken aus ihren Gedanken. Sie sah auf die Uhr, es war schon fast neun. Ein Patient konnte das nicht mehr sein. Mit dem hoffnungsvollen Gedanken, Pete könne unvermutet vor ihrer Praxistür stehen und ihr bei dem schrecklichen Dilemma helfen, das sie umklammerte, öffnete sie die Tür.

»Hallo«, sagte Christian verlegen.

Anna blieb vor Überraschung der Mund offen stehen.

»Ich war zufällig in der Gegend und sah Licht und da Sie kürzlich gesagt haben, ich dürfe gerne mal zur Therapie kommen …« Christian ließ den Satz unbeendet und lächelte schief. Beim Sprechen war ihm selbst aufgefallen, wie dämlich seine Ausrede klang.

Anna wandte sich um und sah durch den Flur ins Büro zu ihrem Schreibtisch, der voll war mit den Artikeln über den Bestatter. Irgendwie fühlte sie sich ertappt und wollte Christian nicht hereinbitten. Er würde sie sofort ausquetschen wie eine Zitrone. Sie aber fand, sie sollte, wenn überhaupt, zuerst mit Pete reden.

»Worum geht es denn?« fragte sie.

Christian fühlte sich extrem unwohl in seiner Haut, wie ein dämlicher Schuljunge, der in der Pause auf der Toilette von höhnischen Mitschülern beim Onanieren vor einem Foto der Schulschönheit erwischt worden ist, er fühlte sich elend, entlarvt, entblößt. »Ach, vergessen Sie's. War 'ne bescheuerte Idee. Ist ja auch schon viel zu spät. Ich geh dann mal lieber …«

Anna nahm ihre Jacke von der Garderobe und hielt Christian etwas verkrampft am Ärmel fest: »Nicht so schnell, Herr Kommissar. Eine Sitzung will ich jetzt nicht mehr machen. Aber ich könnte Ihnen vielleicht einen freundschaftlichen Rat geben. Wenn Sie mich zum Essen einladen.«

Christian lächelte verlegen. Wie außerordentlich nett von ihr, so souverän zu übersehen, daß er quasi mit heruntergelassener Hose vor ihr stand, dachte er erleichtert: »Sehr gerne. Was halten Sie vom Luxor?«

Anna nickte: »Gutes Essen, extrem zuvorkommende Kellnerinnen.«

Als Anna bei der hübschen Bedienung, die mit Pete gevögelt hatte, ihr Menü bestellte, fragte diese frech, ob sie diesmal auch wirklich etwas essen wolle.

»Heute überlasse ich Ihnen garantiert nicht den Nachtisch«, gab Anna zurück.

Die Grinsen der Kellnerin erlosch, und sie nahm ohne weiteren Kommentar Christians Bestellung auf. Christian hatte dem Geplänkel überrascht gelauscht und vermutete wieder einmal, wie schon so oft in seinem Leben, sein völliges Unvermögen, der Unterhaltung irgendeinen Sinn beizumessen, könne nur daran liegen, daß er einfach nichts von Frauen verstand.

Anna erging es ähnlich, sie verstand sich selbst nicht mehr. Was tat sie hier eigentlich? Eine halbe Stunde nachdem ihr der begründete Verdacht gekommen war, ihr neuer Patient könnte ein Mörder sein, ging sie mit dem Chef ihrer momentanen Affäre aus, zufällig auch noch der ermittelnde Beamte, sie hockten beide recht angespannt in den Startlöchern zu einem Flirt und zu wer weiß was noch, und dann stritt sie sich auch noch mit einer Kellnerin um das Revier. Das war Chaos, das war unwürdig – das war männlich!

Doch vielleicht konnte sie jetzt die Gelegenheit nutzen, etwas mehr über den Bestatter zu erfahren. Um Dante als Mörder auszuschließen und in aller Ruhe mit der Therapie und ihrem Leben weitermachen zu können. Offen reden wollte sie mit Christian nicht darüber, die Anhaltspunkte, die sie hatte, waren viel zu vage, um ihre berufliche Schweigepflicht zu brechen und sich möglicherweise ein Verfahren einzuhandeln. Sicher hatte sie sich geirrt. Ganz sicher. Am besten hielt sie ganz den Mund. Sie würde morgen alles noch einmal durchgehen.

Als die Kellnerin weg war, eröffnete Anna in plauderndem Tonfall das Gespräch: »Sie wollen also eine Therapie. Weswegen denn?«

»Homophobie«, knurrte Christian.

Anna lachte laut auf. Sie war dankbar, daß Christians Auftauchen sie ein wenig ablenkte.

»Das soll ich Ihnen glauben?«

Christian begann betont gequält: »Mein Sohn, er ist gerade zwanzig und lebt in den Staaten, hat sich vorgestern endlich mal wieder gemeldet und seinen Besuch angekündigt, für Dezember. Familienzusammenführung an Weihnachten. Mit seinem Freund.«

»Sie kennen den Freund nicht?«

Christian schüttelte den Kopf: »Schätze, ich will ihn auch gar nicht kennenlernen.«

»Seit wann wissen Sie, daß ihr Sohn schwul ist?«

Die Kellnerin brachte den Wein und goß ein. Christian und Anna stießen an und sahen sich dabei etwas zu lange in die Augen.

»Wir haben nie darüber gesprochen. Weihnachten wird der Moment der Wahrheit. Er will mit mir darüber reden, das hat er angedeutet. Ich will aber nicht darüber reden.«

Christian bemühte sich überdeutlich, zerknirscht und betroffen zu blicken, doch er hielt es nicht durch, um seine Augen wurden die Lachfältchen sichtbar, und schließlich zog sein Mund nach und verbreiterte sich zu einem nur noch halb unterdrückten Grinsen.

Anna setzte eine ernste Psychologenmiene auf: »Sie sublimieren. Vermutlich sind Sie selbst latent schwul. Und fürchten unterbewußt, der Freund ihres Sohnes könnte ihnen gefallen. Und Sie könnten sich wünschen, daß er ...«

»Hören Sie sofort auf!« unterbrach Christian sie lachend und hob abwehrend die Hände.

»Also mal im Ernst«, sagte Anna, »haben Sie wirklich ein Problem damit?«

Die Kellnerin brachte einige Hors d'œuvres. Christians Blick folgte ihrem Hüftschwung, als sie den Tisch wieder verließ. Anna verdrehte die Augen.

»Ein bißchen schon«, wandte Christian seine Aufmerksamkeit wieder Anna zu, »ich habe keine Lust auf die Aussprache, aber ich fürchte, ich komme nicht drum herum, wenn ich das Verhältnis zu meinem Sohn verbessern will.«

»Eine gute Einstellung. Anscheinend liegt Ihnen viel an ihm. Das reicht schon. Reden Sie offen und ehrlich mit ihm. Außerdem haben Sie ja bis Weihnachten Zeit, sich an den Gedanken zu gewöhnen.« Anna lächelte wieder. »Gehen Sie mal in den ein oder anderen Darkroom, sehen Sie sich ein paar Magazine an und lesen Sie Platons Symposion. Die Knabenliebe ist immerhin seit Jahrtausenden ...«

Christians Gesicht verdüsterte sich plötzlich, und Anna wurde klar, daß sie ihn mit dem letzten Satz an den Bestatter erinnert hatte. Ihr wurde sofort flau.

»Tut mir leid«, meinte sie kleinlaut, »ich wollte bestimmt keinen Zusammenhang herstellen.«

»Schon gut, ist ja nicht Ihre Schuld«, sagte Christian. »Kommen Sie denn weiter in dem Fall?«

Anna war ebenso auf einen Schlag ernst geworden.

»Nur sehr langsam. Nicht richtig.«

Jetzt oder nie, dachte Anna. Sie hätte sich zwar gewünscht, einen unbeschwerten Abend mit einem unbeschwerten Mann verbringen zu können, doch weder der Abend noch der Mann waren danach. Und auf ihr lastete schließlich auch eine Sorge, die sie gerne so schnell wie möglich von ihrem Buckel haben wollte.

»Pete hat mir von dieser Signatur erzählt, das Detail, das nicht an die Presse gegeben wird.«

Bei Petes Erwähnung wurde Christians Miene noch verschlossener: »Was genau hat er Ihnen erzählt?«

Anna spürte, wie seine Redebereitschaft sank, doch sie konnte jetzt nicht zurück: »Nichts weiter. Nur, daß es so was häufig gibt... Was ist es? Würden Sie es mir sagen?«

Christian sah Anna forschend an. »Warum wollen Sie das wissen?«

»Ich habe da so eine Theorie«, gab Anna ausweichend zur Antwort.

»Und die wäre?«

Anna schüttelte den Kopf: »Viel zu verstiegen, fürchte ich.«

Christian schwieg.

»Ich habe Ihren Vortrag im Internet nachgelesen. Sind Sie so fasziniert von Gewalt, weil Sie Mitleid mit Ihrer Mutter haben?« fragte Christian leise.

»Nein. Ich verachte meine Mutter. Aber eigentlich ist es

noch schlimmer. Ich bin fasziniert von meinem Vater«, gab Anna ebenso leise zur Antwort.

Christian schwieg und wartete ab, ob Anna Genaueres erzählen wollte. Sein Blick ruhte auf ihr. Verlegen wich sie ihm aus und drehte das Weinglas in ihren Händen. Sie schämte sich, begriff nicht, wieso sie ihm so schnell so viel von sich preisgab. Am liebsten hätte sie alles sofort wieder zurückgenommen. Dennoch war sie sicher, daß sie es ihm anvertrauen durfte. Ihm schon. Er würde sorgsam damit umgehen und es nie gegen sie verwenden.

Plötzlich merkte sie, daß Christians Aufmerksamkeit von ihr abgezogen wurde. Er starrte aus dem Hinterzimmer, in dem sie beide saßen, überrascht nach vorne, um sich dann sofort wieder ihr zuzuwenden: »Wir müssen darüber nicht reden. Darf ich Ihnen noch etwas Wein einschenken?«

Sein Versuch, sie abzulenken, geriet dermaßen hilflos, daß Anna sich neugierig umwandte. Pete war hereingekommen, stand bei der Kellnerin, flüsterte ihr ins Ohr und ließ seine Hand von ihrer Taille auf ihren Hintern rutschen.

»Tut mir leid«, sagte Christian.

»Mir nicht«, entgegnete Anna.

»Sicher?«

Anna trank einen Schluck: »Das war nur ein kleines Intermezzo. Ohne großes emotionales Gepäck.«

Christian zog überrascht die Augenbrauen hoch. »War?«

»Auch wenn ich nicht verliebt bin, als Zweitfrau eigne ich mich nie und nimmer.«

Sie blickte sich noch einmal nach Pete um und sah, wie die Kellnerin ihn auf sie aufmerksam machte. Pete sah in ihre Richtung und kam auf sie zu.

»Wunderschönen guten Abend, Chef«, begrüßte er Christian. »Hallo, Anna. Du bist wohl auf Bullen fixiert.«

»Jedenfalls bin ich nicht so flexibel wie du«, gab sie kühl zurück.

Pete stand etwas ratlos am Tisch, die Situation wurde langsam unangenehm, fast lächerlich. »Tja, dann will ich mal nicht stören. Ich ruf dich an.«

»Danke, ich komm schon klar«, sagte Anna.

Pete, dem keine Verunsicherung anzumerken war, ging zurück zur Theke.

»Möchten Sie woandershin?« fragte Christian.

Anna schüttelte den Kopf: »Pete wird gehen, wetten? Und ich möchte keinesfalls auf meine Chili-Spaghetti verzichten ... Sagen Sie, jetzt, wo wir so einiges voneinander wissen, sollten wir uns da nicht duzen?«

Christian hob sein Weinglas: »Gern.« Anna trank ihr Glas in einem Zug leer und ließ sich nachschenken. Christian war klar, daß Anna die Situation nicht so locker nahm, wie sie tat. Zufrieden sah er, wie Pete das Restaurant verließ. Mit dem Aufgebot des ganzen Charmes, dessen er fähig war, versuchte Christian, Anna mit einigen Anekdoten über das fulminante Scheitern seiner Ehe abzulenken. Doch sie wirkte abwesend.

Beim Essen begann Anna wieder, sich nach dem Bestatter zu erkundigen. Es ließ ihr einfach keine Ruhe. Sie mußte mehr wissen, um beurteilen zu können, ob sie mit dem Einhalten ihrer Schweigepflicht möglicherweise das Leben von Kindern gefährdete. Aber Christian blieb hartnäckig und bat sie, den schönen Abend nicht mit diesem häßlichen Thema zu verderben.

»Und wenn ich dir Fragen stelle ...?« schlug Anna vor. »Nur zwei oder drei.«

Wenn sie falschliege, dürfe er sie auslachen. Und wenn sie richtigliege, solle er entscheiden, wie er reagieren wolle. Christian legte sein Besteck beiseite und äußerte, sie gehöre wohl zu der besonders anstrengenden Sorte Frau. Anna gab ihm recht. Sie nahm einen kräftigen Schluck Wein und zog eine Packung Zigaretten aus ihrer Handtasche. Als sie sich eine anzünden wollte, nahm Christian ihr das Streichholz aus der Hand und gab ihr Feuer.

»Du joggst. Und du rauchst?« fragte er.

»Manchmal. Ich kämpfe dagegen an. Vergeblich wie Sisyphos.«

»Genau wie ich. Die programmierte Erfolglosigkeit«, seufzte Christian. »Darf ich eine schnorren?«

Nach dem zweiten, tief inhalierten Zug hakte sich Anna in Christians Augen ein und hielt seinen Blick fest, um jede Regung, jede Ablehnung oder Zustimmung, jede Irritation ablesen zu können.

»Der Bestatter behandelt die Kinder, die er umbringt, sehr behutsam.«

»Das kann man, glaube ich, aus den Informationen der Presse schließen«, sagte Christian.

»Er tut das, weil er Mitleid mit ihnen hat.«

»Das ist eine Interpretation.«

»Er hat Mitleid mit ihnen, weil er als Kind selbst mißbraucht worden ist«, fuhr Anna fort.

Christian wurde stutzig: »Das ist eine Behauptung.«

Anna schwieg.

»Wie kommst du darauf? Hast du das alles mit Pete zusammen ausgebrütet? Er hat eigentlich eine andere Theorie. Ich denke, die kennst du.«

»Pete hat mir nichts erzählt«, entgegnete Anna. »Aber ich fürchte, seine Theorie ist falsch, wenn sie meiner widerspricht. Der Bestatter bringt die Kinder um, weil er ihnen ihre Unschuld zurückgeben will. Deswegen diese Inszenierung mit dem weißen Leichentuch, die Farbe der Unschuld. Das Aufbahren in der Natur. Die Blumen. Ich nehme an, die Kinder haben alle die Augen geschlossen?« Christian nickte.

»Ich weiß nicht, ob ich richtigliege. Aber du wirst es wissen. Die Signatur, ist das etwas Bestimmtes, was er bei der Leiche zurückläßt?«

Anna nahm einen kräftigen Schluck Rotwein. Sie ließ Christian nicht aus den Augen.

»Gedichte?«

Christian antwortete nicht.

»Oder sind es vielmehr Bibelzitate? Vielleicht Rachepsalmen?«

Christians Pupillen zuckten wie eine Auster, auf die man Zitrone träufelt.

»Woher weißt du das?« stieß er hervor.

Lautes, aggressives Hundegebell ertönte, als Volker auf den Klingelknopf drückte. Eine Frauenstimme befahl dem Hund, still zu sein. Er gehorchte sofort, dann wurde die Tür geöffnet.

»Hi, Ina«, sagte Volker zu der vor ihm stehenden Brünetten im Jogginganzug.

»Hi, Volker. Komm rein«, erwiderte Ina.

Volker trat ein, begrüßte den mittelgroßen Mischlingshund namens Guevara mit einem kurzen, freundschaftlichen Gerangel und folgte Ina ins Wohnzimmer. Nicht nur der Flur, auch der Wohnraum war mit Büchern, Sportgeräten, Getränkekisten, halbleeren Rucksäcken und sonstigem Kram zugestellt. Mitten im Wohnzimmer stand ein halbzerlegtes Motorrad, eine alte Triumph.

»Wie habt ihr denn die hier reinbekommen?« fragte Volker verblüfft.

»Mit einem Flaschenzug, durch die Balkontür. Die steht schon seit Monaten«, antwortete Ina gleichmütig.

»Und das stört dich nicht?«

Ina räumte einige Zeitschriften und Kissen vom Sofa, so daß Volker etwa vierzig Quadratzentimeter Platz zum Sitzen fand.

»Nö. Nur wenn sie die Maschine anwerfen, um zu

checken, ob der Rückwärtsgang jetzt geht oder so was, das nervt. Es macht Krach, und die ganze Wohnung stinkt nach Abgasen. Guevara flippt jedes Mal voll aus.«

Kaum hatte sich Volker hingesetzt, sprang ihm Guevara auf den Schoß, warf sich auf den Rücken und bettelte mit leisen Grunzlauten um Streicheleinheiten. Volker gab nach.

»Willst du einen Tee?« fragte Ina.

Volker lehnte dankend ab. »Danke, keine Zeit. Ich versuche seit Stunden, Scout und Nicki zu erreichen, aber sie gehen nicht an ihre Handys.«

Ina legte die Füße auf den Couchtisch. »Kein Wunder, die sind zum Segeln. Da haben ihrer Meinung nach Handys nichts verloren. Du weißt schon, drei Tage lang Wind und Wellen, die offene See, sie holen sich einen Sonnenbrand, lassen die Bärte stehen, waschen sich nicht und fühlen sich wild und verwegen wie Hemingway. Dabei geht es nur darum zu saufen, Dope zu rauchen und sich gegenseitig Witze zu erzählen, die sie seit Jahren kennen. Sie kommen morgen wieder, vielleicht auch erst übermorgen, bei denen weiß man ja nie.«

Scout und Nicki waren enge Freunde und teilten sich seit Jahren nicht nur die Wohnung, sondern auch die Frau. Ina hatte ihre beiden Männer gut im Griff, und seit sie höchstpersönlich entschieden hatte, daß Scout und Nicki bei ihren Einsätzen im Drogenmilieu selbst zu viel kifften und koksten, waren die Jungs halbwegs clean unterwegs. Sie hatten sich die Rastalocken abschneiden lassen, die T-Shirts mit den Totenköpfen im Schrank versenkt und sich in unauffällige Anzüge geworfen, mit denen sie auch bei Einsätzen jenseits der Reeperbahn oder des Schanzenviertels nicht unangenehm auffielen. In den Achtzigern waren Scout und Nicki Punks in der autonomen Szene der Hafenstraße gewesen, die Bullen waren ihre natürlichen Feinde. Als jedoch

Nickis 17jährige Schwester Meike, in die Scout sehr verliebt gewesen war, durch verschnittenes Heroin umkam, wechselten sie die Seiten. Ihren autonomen Freunden erzählten sie, sie würden zu den Bullen gehen, um den Feind von innen zu bekämpfen, und dann wieder in ihr altes Leben zurückkehren. Nach drei Jahren faßten sie den Dealer, der für Meikes Tod verantwortlich war. Und sie blieben bei der Polizei.

Über dem Sessel, in dem Ina herumlümmelte, hingen zwei Fotos, die eine bemerkenswerte Metamorphose dokumentierten: Auf dem älteren Bild trugen sie beide einen Irokesenschnitt, Scout hatte die nach oben gegelten Haare grün, Nicki rot gefärbt, Scout im fleckigen Muscle-Shirt zeigte stolz seine Tribal-Tattoos auf den Oberarmen in die Kamera, während Nicki im zerrissenen Lederhemd an einem riesigen Joint zog. Auf dem neueren Foto standen sie brav nebeneinander, trugen weiße Hemden, schwarze Anzüge und schwarze Sonnenbrillen. Kriminalbeamte im Konfirmandenanzug. Kein Außenstehender würde begreifen, welches der beiden Fotos die Karikatur zeigte. Als sie vor etwa einem Jahr zum ersten Mal derart neu gestylt im Polizeipräsidium aufliefen, war das Gelächter groß. Seitdem wurden sie ›Blues Brothers‹ oder ›Men in Black‹ genannt. Im Grunde wußte niemand, wie die beiden richtig hießen, Volker vermutete, daß nicht mal Ina es wußte, aber eigentlich war es auch egal.

Er fluchte leise, schob den widerstrebenden Guevara von seinem Schoß und erhob sich.

»Viel Pech, da kann man nichts machen«, meinte er und wandte sich zum Gehen.

Ina begleitete ihn durch den vollgestopften Flur wieder zurück zur Tür.

»Können den Auftrag nicht andere erledigen?« fragte sie.

»Schwierig«, erwiderte Volker.

»Also illegal«, bemerkte Ina. »Ich sag ihnen Bescheid, daß sie sich bei dir melden sollen.«

Volker nickte: »Sobald sie hier zur Tür rein sind. Keine Sekunde später.«

Angespannt folgte Christian Anna ins Haus. Sie führte ihn direkt in ihr Behandlungszimmer, so daß er keine Gelegenheit hatte, sich in Ruhe umzusehen. Dennoch spürte er die angenehme Atmosphäre in der kleinen Gründerzeit-Villa. Das Behandlungszimmer war karg, aber stilvoll eingerichtet und strahlte Wärme und Behaglichkeit aus. Anna schaltete ihren Computer ein und zeigte Christian die Mails, die Dante ihr geschickt hatte. Er las auch das Gedicht und die Rachepsalmen, die sie an die Wand geheftet hatte. Anna setzte sich auf die Couch und wartete stumm.

»Das sind andere«, sagte Christian und tippte auf die Psalme, »andere als die bei den Leichen.«

Anna saß da, mit hängenden Schultern, und grübelte über ihre Rechte und Pflichten als Psychologin. Und als Mensch. Christian setzte sich zu ihr: »Wäre aber auch schön blöd von ihm, wenn er dir die gleichen schicken würde. Das hier ist eh schon verdammt unvorsichtig. Wie heißt dein Patient? Auch wenn du falschliegst, ich muß mit ihm reden.«

Anna war Christian dankbar, daß er die Möglichkeit einräumte, Dante könne doch nicht der Bestatter sein. Aber sie glaubte nicht daran.

»Ich will dir seinen Namen lieber nicht sagen, wegen der Schweigepflicht«, antwortete sie kraftlos. »Außerdem ist der erfunden. Er hat sich eine neue Identität zugelegt. Wie diese Carola Moosbach.«

Anna erhob sich, holte aus der nebenan liegenden Küche eine Flasche Mineralwasser und zwei Gläser und schenkte ein. Sie stürzte ihr Wasser hinunter wie eine Verdurstende und setzte sich wieder neben Christian, ein wenig näher als vorher. Hilflos fragte sie ihn, warum Dante wohl ausgerechnet ihr diese Informationen hatte zukommen lassen. Schließlich konnte er nichts von ihren Beziehungen zum Ermittlerteam wissen. Sie vermutete, daß er durch ihre Bücher und Vorträge auf sie gekommen war, also im Grunde durch puren Zufall. Dennoch: Falls er tatsächlich der Bestatter war, ging er ein unnötiges Risiko ein. Christian hingegen nahm an, daß er letztlich gefaßt werden wollte, wie die meisten. Doch dann stellte sich die Frage, warum er nicht die geringste Spur am Tatort hinterließ und seine Hinweise nicht gleich an die Polizei gab.

»Eben! Er geht zu einer Psychologin. Ich glaube, er will einfach nur Hilfe. Er will geheilt werden von den Schmerzen der Erinnerung, von seinen Dämonen«, flüsterte Anna so leise, als wollte sie selbst die Dämonen nicht aus dem Dunkel der Nacht herbeirufen.

»Ich mochte ihn«, fügte sie kaum noch hörbar hinzu, »aber wie kann ich jemanden mögen, der kleine Kinder tötet?«

Christian legte väterlich den Arm um sie. Anna ließ es geschehen.

»Das wußtest du nicht. Falls es überhaupt stimmt«, versuchte er sie noch einmal zu beruhigen. Er strich ihr mit der Hand übers Haar. Anna begann zu weinen.

»Ich bin krank«, stieß sie hervor, »ich muß krank sein!«

Ihre plötzliche Heftigkeit überraschte ihn: »Was meinst du?«

Anna entzog sich seiner Umarmung wie ein trotziges Kind: »Weil ich meine Mutter, mit der ich Mitleid haben sollte, verachte. Weil ich meinen Vater, der ein gewalttätiges Arschloch ist, liebe. Weil ich mich einem Patienten seelenverwandt fühle, der Kinder umbringt.«

»Erzähl mir von deinem Vater«, bat Christian. Er wußte in diesem Moment nicht, was ihm wichtiger war: Alles über den mysteriösen Patienten aus Anna herauszuholen, oder ihr einfach nur näherzukommen. Anna schien reichlich verstört, die Angelegenheit nahm sie zu sehr mit, als daß sie den antrainierten Panzer aufrechterhalten konnte.

»Er ging immer sehr liebevoll mit mir um. Ich hatte eine wirklich glückliche Kindheit, vor allem durch ihn. Er forderte und förderte mich, nahm sich alle Zeit der Welt für meine Problemchen, obwohl seine Professur und die damit verbundenen Reisen ihn sehr in Anspruch nahmen. Er war aufmerksam, zärtlich, lustig, einfach der beste Vater der Welt, verstehst du?«

Christian versuchte Annas Redefluß nicht zu unterbrechen. In Wahrheit konnte er sich unter einem Vater, wie Anna ihn beschrieb, wenig vorstellen. Er war seinem Sohn sicher kein guter Vater gewesen, und seinen eigenen Vater, den hatte er kaum gekannt. Genausowenig, wie sein Sohn ihn kannte.

»Meine Mutter habe ich nie so intensiv wahrgenommen wie meinen Vater. Sie war da, tat die Dinge, die eine Mutter tut, kümmerte sich um den Haushalt, motzte wegen schlechter Noten. Aber es gab kein richtiges emotionales Band zwischen uns, ich weiß nicht, woran das lag. Und eines Tages komme ich nach Hause, ich war dreizehn, da höre ich schon von weitem, wie er sie anschreit. Und ich habe zum ersten Mal gesehen, wie er sie schlug. Einfach so, mitten ins Gesicht. Sie hat keinen Mucks von sich gegeben und ist ins Schlafzimmer gegangen. Ich bin zu meinem Vater gerannt statt zu meiner Mutter. Ich war ganz sicher, daß meine Mutter irgendwas Schlimmes gemacht haben mußte, sonst hätte mein Vater sich nie so vergessen. Sie mußte schuld sein. Mein Vater wollte nicht darüber reden. Natürlich nicht. Also habe ich mir selbst etwas zurechtgezimmert. Irgendwelche

Theorien, damit mein Vater ein strahlender Held blieb. Das ging natürlich auf Kosten meiner Mutter. Erst im Laufe der nächsten Jahre habe ich dann begriffen, daß ich damit verdammt falschlag. Mein Vater ist ein unbeherrschter Choleriker. Schlicht ein Arschloch. Ich hänge an ihm, und ich hasse ihn, weil er mich so enttäuscht hat. Und ich verachte meine Mutter, weil sie bei ihm bleibt.«

Christian streichelte ununterbrochen Annas Haar, während sie weinend erzählte. Sie dachte nicht darüber nach, warum das alles ausgerechnet jetzt aus ihr herausbrach, und warum sie es ausgerechnet Christian erzählte. Sie ließ den Tränen ihren Lauf, sie ließ den Dingen ihren Lauf. Es tat gut.

»Als ich siebzehn war, bin ich einmal ausgerastet. Ich kam vom Sport nach Hause und sah, daß meine Mutter eine riesige Prellung am Arm hatte. Sie weinte nicht mal. Da bin ich in sein Büro gegangen und habe mit meinem Hockeyschläger auf ihn eingedroschen. Ich habe ihm die Hand gebrochen. Mutter hat mich dafür angeschrien, er nicht. Aber es war keine Rache für meine Mutter, es war haltlose Enttäuschung. Das wußte er. Ich glaube, sie auch.«

Anna zog ein Papiertaschentuch aus einer neben der Couch stehenden Box und schneuzte sich: »Inzwischen ist es so, daß ich mich aus der Verantwortung gezogen habe. Wenn wir uns sehen – und ich sorge dafür, daß das nicht allzuoft geschieht – tun wir wie eine ganz normale Familie.«

»Ihr seid eine ganz normale Familie«, sagte Christian.

Anna wischte sich ein letztes Mal über die Augen.

»Eine mustergültige Familie«, meinte sie sarkastisch, »wie die meines Patienten. Er hat gesagt, er sei in einem Musterhaus aufgewachsen. Seltsam, nicht?«

Wie von einer Faust gepackt, sprang Christian auf. Detering. Daniel hatte herausgefunden, daß schon Deterings Vater Immobilienmakler gewesen war. Der hatte in den späten Sechzigern sein Geschäft mit einem Musterhaus begonnen und dieses Modell dann in ganz Deutschland an junge Familien verkauft, die in Folge des Wirtschaftswunders zu Geld kamen.

»Sag mir den Namen, Anna«, forderte Christian etwas zu schroff.

Anna schüttelte den Kopf: »Ich habe dir schon viel zuviel gesagt.«

Sie erhob sich abrupt, flüchtete aus seiner Nähe und ging angespannt auf und ab. Sie fluchte. Sie trat den Papierkorb. Christian gab ihr Zeit und überlegte, wie er sie heraushalten könnte. Er nahm sein Handy und rief Volker an, der sich lautstark über die späte Störung beschwerte, um dann sofort einen Gang runterzuschalten und zu hoffen, daß es keinen katastrophalen Grund für den Anruf gab. Christian nannte vor Anna keine Namen, er fragte nur, ob Scout und Nicki schon im Einsatz seien. Insgeheim hoffte er, daß sie Detering bis zu Annas Praxis verfolgt und ihn zur passenden Zeit auch wieder hatten herauskommen sehen. Damit wäre bewiesen, daß Detering Annas Patient war, ohne sie in Gewissensnöte wegen ihrer Schweigepflicht zu bringen. Doch Scout und Nicki waren laut Volkers bedauernder Aussage erst Samstag oder Sonntag wieder in Hamburg.

Enttäuscht legte Christian auf. Während des Telefonats hatte Anna ihn aufmerksam beobachtet. Sie nickte langsam und sagte: »Ich ... okay ...« Doch er unterbrach sie, bevor sie den Namen nennen konnte: »Hör zu, wir machen das anders: Wir haben einen Verdächtigen. Du siehst dir das Foto an, das wir von ihm haben. Es ist nicht gut, aber ... Ist es nicht dein Patient, lachst du mich aus. Wenn er es ist, entscheidest du, wie du reagierst.«

Anna griff ihre Jacke: »Gehen wir?«

Die Einsatz-Wohnung der SOKO lag in nächtlicher Stille. Nur eine der Deckenlampen flackerte sirrend, als wolle sie jeden Moment ihren trüben Geist aufgeben. Das Licht hatte einige Insekten aufgeweckt, die nun, ihrem unruhigen Instinkt folgend, gegen das Milchglas anflogen, wobei jede Kollision wie der Aufprall eines geworfenen Steinchens klang. Annas und Christians Schritte hallten unnatürlich laut auf dem Dielenboden im Flur. Fröstelnd hatte sich Anna ihren breiten Seidenschal um den Oberkörper geschlungen. Der leichte Regen, den ein warmer Westwind über die Stadt versprühte, hatte das Haus etwas abgekühlt.

Christian öffnete die Tür zum Besprechungszimmer und bot Anna einen Stuhl an. Er bat sie, kurz auf ihn zu warten, denn er wollte Deterings Akte aus seinem Zimmer holen. Christian ging hinaus und ließ Anna allein. Sicher wäre es einfacher gewesen, Anna mit in sein Büro zu nehmen, um ihr das Foto von Detering dort zu zeigen. Doch er wollte, daß sie sich die Pinnwand ansah. Die Wand mit den toten Kindern. Eins neben dem anderen.

Als er mit der Vergrößerung von Deterings Paßfoto in der Hand zurückkam, die Daniel per Computer erstellt hatte, stand Anna mit dem Rücken zu ihm vor der Pinnwand. Sie wirkte verkrampft, drehte sich nur langsam zu ihm um, als er sie ansprach. Ihr tränenverschleierter Blick sprach Bände. Sie hatte verstanden, daß er rücksichtslos genug war, ihr dieses Grauen vor Augen zu führen, damit sie es sich nicht noch anders überlegte und sich auf ihre Schweigepflicht zurück und aus der Verantwortung zog.

»Es tut mir leid«, versuchte er sich zu entschuldigen.

Sie nahm ihm die Akte aus der Hand und sah auf das Foto.

»Das ist er«, sagte sie müde. Sie war selbst überrascht, wie wenig Kraft sie nach den paar Minuten vor der Pinnwand noch hatte, um empört, entsetzt oder enttäuscht zu sein.

Samstag, 2. Juli

Am nächsten Morgen war Christian schon um sieben Uhr im Büro. Er hatte Anna am Vorabend unerlaubt Einblick in Deterings Akte gewährt, damit sie eventuell noch zusätzliche Anhaltspunkte fand, die eindeutig bestätigten, daß Detering ihr Patient war. Anna hatte daran jedoch keine Zweifel, und Christian mußte sich eingestehen, daß er sie aus rein persönlichen Gründen aufgehalten hatte: Er wollte sie in seiner Nähe behalten, am liebsten die ganze Nacht. Doch Anna war völlig erschöpft, und er brachte sie schließlich nach Hause. Sie wollte schlafen, nur schlafen. Offensichtlich war ihr das aber kaum gelungen, denn am Morgen fand er auf seinem Computer im Büro eine Mail von ihr, die sie um halb vier in der Nacht abgeschickt hatte:

Lieber Christian,
während wir im Präsidium waren, bekam ich eine neue Nachricht. Sie lautete:
Und als ich das fünfte Siegel öffnete, sah ich unter dem Altar die Seelen derer, die hingeschlachtet worden waren um des Wortes Gottes und des Zeugnisses willen, das sie festhielten. Und sie schrien mit lauter Stimme: ›Wie lange, Herr, du Heiliger und Wahrhaftiger, (soll es noch dauern), bis du Gericht hältst und unser Blut rächst an den Bewohnern der Erde?‹ Da wurde einem jeden von ihnen ein weißes Gewand gegeben, und es wurde ihnen gesagt, sie sollten sich noch eine kurze Zeit gedulden, bis auch ihre Mitknechte vollzählig seien und ihre Brüder, die noch getötet werden sollten wie sie.
Ich habe die Stelle in der Bibel gefunden (konnte eh

nicht einschlafen). Es ist aus der Offenbarung, Kapitel 6, Vers 9. Was hältst Du davon? »Offenbart« er sich so deutlich, damit er gefaßt wird? Oder bedeutet das, daß er weitermachen will? Kannst du ihn stoppen?
Alles Liebe, Anna

Christian war nicht sicher, wie er das Verhalten dieses Menschen zu interpretieren hatte. Jedenfalls hoffte er, daß das »geöffnete fünfte Siegel« nicht bedeutete, daß irgendwo in Deutschland schon die fünfte Kinderleiche lag. Jetzt galt es, die weitere Vorgehensweise genau abzuwägen. Noch immer hatten sie keinen festen Beweis in der Hand. Die ungewöhnliche Schrift, in der die Psalmen abgefaßt waren, taugte als Indiz. Aber wenn sie Detering zu einem Gespräch baten, hatten sie im Grunde nur vage Chancen: Entweder er gestand gleich, oder er machte einen verhängnisvollen Fehler, etwa mit getürkten Alibis für die Tatzeiten. Konnten sie ihn aber nicht festnageln, wäre er gewarnt und würde ihnen eventuell durch die Lappen gehen. Wollten sie das verhindern, indem sie nicht mit ihm sprachen, konnte es sein, daß sie ihn wochenlang beobachteten, ohne einen Schritt weiterzukommen. Christian tendierte dazu, auf den Busch zu klopfen, ihn nervös zu machen. Er ertrug die Vorstellung nicht, tatenlos abzuwarten. Soviel wie der Typ durch die Gegend flog, war eine lückenlose Beobachtung ohnehin schwer zu gewährleisten. Wenn Detering es auch nur ein einziges Mal schaffen würde, ein Flugzeug zu besteigen und Scout und Nicki abzuhängen, konnte kurz darauf das nächste Kind irgendwo aufgebahrt sein. Christians Entschluß stand fest: Dieses Risiko durften sie nicht eingehen.

Er sah auf die Uhr. Er hatte nicht vor, seinen Kollegen zu sagen, woher er die neuen Informationen hatte. Anna sollte keine Schwierigkeiten bekommen. Pete jedoch war ein Problem, er würde sich nach der Begegnung gestern abend im

Luxor an zwei Fingern abzählen können, wer der Therapeut war, der die Informationen über Detering weitergegeben hatte. Allerdings konnte Christian davon ausgehen, daß Pete dichthielt, um Annas willen.

Christian öffnete die Tür zum Toilettenraum und stellte sich ans Pissoir. Kaum hatte er zu pinkeln begonnen, kam Pete herein, zögerte kurz, stellte sich dann jedoch genau neben ihn. Christian nickte knapp zur Begrüßung.

»Und?« sagte Pete.

»Was und?«

Pete öffnete seine Hose und fragte beiläufig: »Wollte sie von dir auch geschlagen werden?«

Christian blickte Pete kurz entgeistert an, bis er verstand. Kalt kniff er die Augen zusammen, knöpfte seine Hose zu, trat ganz dicht an Pete heran, packte ihn am Kragen und zischte ihm ins Ohr: »Halt die Luft an, du Lutscher! Hast du mich verstanden?«

Pete steckte seinen Schwanz zurück in die Hose und drehte sich um. Die beiden standen Nasenspitze an Nasenspitze.

»Sorry«, entschuldigte sich Pete, »ich wollte nicht …«

»Was du willst, da scheißt der Hund drauf«, knurrte Christian und ging zu den Waschbecken. Pete folgte ihm: »Schon klar.« Auch er wusch sich die Hände.

Etwas beherrschter fuhr Christian fort: »Zwischen Anna und mir läuft nichts.« Und das würde vorerst auch so bleiben, denn ein Verhältnis mit einer Zeugin würde seine Ermittlungssituation nicht gerade verbessern.

»Selbst wenn, hätte ich dir nicht ins Revier gepinkelt. Das hast du selbst versaut«, fügte Christian hinzu. »Und jetzt noch was: Ich werde euch gleich ein paar Neuigkeiten über den Bestatter erzählen. Und du wirst Annas Namen mit keiner Silbe erwähnen. Wir werden beide fein säuberlich Berufliches und Privates trennen, klar?!«

Christian ging hinaus. Pete sah in den Spiegel und verzog das Gesicht, wütend auf sich selbst. Er trat gegen die Wand, von der ein Stück Putz abblätterte. Was hatte ihn bloß zu dieser erbärmlichen Vorstellung eines beleidigten Liebhabers getrieben? Und was hatten die Neuigkeiten über den Bestatter mit Anna zu tun?

Volker kam sofort darauf. Nachdem Christian die versammelte Mannschaft – selbst Karen war an ihrem freien Samstag zur Sitzung gekommen – über die an ihn weitergegebenen Erkenntnisse eines Hamburger Psychotherapeuten informiert hatte, wandte sich Volker lächelnd an Pete: »Schätze, da haben uns deine guten Beziehungen zu einer gewissen Dame dieses Berufsstandes geholfen. Wie hieß sie noch? Anna?«

Christian sah sofort ein, wie sinnlos sein Impuls war, Volker und die anderen zu belügen. Zumal er Anna gerne zu dem ersten Verhör Deterings hinter die verspiegelte Glasscheibe bitten wollte, damit sie ihn auch ganz sicher identifizierte.

»Okay«, nickte er Volker zu, »du hast recht. Wir wollen sie aber möglichst raushalten, damit sie keinen Ärger mit ihrer Kammer bekommt. Nichts geht an die oberen Etagen, und schon gar nichts an die Presse.«

Alle nickten. Nur Karen blickte etwas kritisch.

»Irgendwelche Einwände?« fragte Christian sie.

Karen sah von Pete zu Christian. »Wie wahrscheinlich ist es, daß der Bestatter rein zufällig bei der Psychologin in Therapie geht, die was mit einem Beamten hat, der hinter ihm her ist?«

»Zwischen mir und Anna ist es vorbei«, meinte Pete mit einem Seitenblick auf Christian zu Karen, »aber du hast recht.«

Christian fluchte leise. Daß er daran noch nicht gedacht hatte!

Zwei Stunden später betraten Volker und Christian das protzige Immobilienbüro in der Rothenbaumchaussee. Sie mußten nur kurz warten und konnten dabei Deterings attraktive Vorzimmerdame beim Studium eines Diätbuches und dem gleichzeitigen Verzehr von winzigen Ananasstücken beobachten. Als auf der Gegensprechanlange ein roter Knopf blinkte, wischte sie sich sorgsam die Finger, obwohl sie die Ananasscheibchen mittels eines Zahnstochers verzehrt hatte, und führte Christian und Volker mit ehrfurchtgebietend aufrechter Haltung zu ihrem Chef. Detering erhob sich, ging um den Schreibtisch herum auf die beiden zu und bot ihnen mit jovialer Geste die Hand. Christian nahm sie nach einem kurzen Zögern. Es war ihm zuwider, diese Hand anzufassen, die mit großer Wahrscheinlichkeit gewaltsam das Leben aus Kindern herauspreßte. Detering bemerkte dieses Zögern, doch er blieb freundlich und zuvorkommend.

»Wie schön, daß nicht nur Makler samstags arbeiten müssen. Was kann ich für Sie tun, meine Herren? Bin ich zu schnell gefahren?« Seine Stimme war einschmeichelnd. »Nehmen Sie doch Platz.«

Christian und Volker setzten sich auf zwei Corbusier-Stühle, die Deterings Schreibtisch gegenüberstanden. Auch Detering setzte sich wieder. Das joviale Grinsen wandelte sich in unverhohlene Neugier.

»Wir sind von der Mordkommission«, begann Christian und beobachtete Deterings Reaktion aufs genaueste. Es kam keine. Volker sah sich scheinbar desinteressiert im Raum um, doch Christian wußte, daß er die leisesten Stimmungsschwankungen seines Gegenübers so sensibel verzeichnete wie ein Seismograph verborgenes Zittern im Erdinnern.

Detering blieb vollkommen ungerührt, er tat sogar interessiert: »Sie kommen mir so bekannt ... ja, natürlich, ich habe Sie doch kürzlich im Fernsehen gesehen. Sie sind hinter dem Bestatter her!«

Christian nickte. Detering lehnte sich zurück: »Stehe ich unter Verdacht? Oder habe ich einem Verdächtigen ein Haus verkauft, und Sie wollen jetzt den Zweitschlüssel, um im Keller zu graben?«

»Herr Detering, Humor ist in diesem Zusammenhang nicht angebracht«, sagte Volker kühl.

»Ja, natürlich, verzeihen Sie.« Detering machte einen Rückzieher.

Christian schob seine Karte über den Tisch: »Wir möchten Sie bitten, bei nächster Gelegenheit zu uns ins Präsidium zu kommen, um eine Zeugenaussage zu machen.«

Detering war jetzt deutlich auf der Hut. »In welcher Angelegenheit?«

»Reine Routine. Es geht um einige Ihrer beruflichen Reisen, die Sie unternommen haben. Möglicherweise haben Sie mit dem Mörder im selben Flugzeug gesessen.«

Detering ließ sich Zeit, bevor er fragte: »Wie kommen Sie darauf?«

Christian stand auf: »Das würden wir Ihnen alles gern erklären, wenn Sie zu uns kommen. Wie gesagt, reine Routine.«

Detering blieb demonstrativ sitzen. In seinem Büro beendete er die Gespräche: »Warum reden wir nicht hier und jetzt?«

Volker, der ebenfalls schon stand, gab ihm äußerst gepreßt Antwort: »Hören Sie mir mal gut zu: Wir jagen einen gefährlichen Killer. Wir haben Besseres zu tun, als uns in Ihrem schicken Büro die Eier zu schaukeln, während da draußen einer kleine Kinder umbringt! Sie können sich geschmeichelt fühlen, daß wir Sie persönlich aufgesucht und nicht unseren Praktikanten vorbeigeschickt haben. Aber jetzt ist Schluß mit den Höflichkeiten. Ein Kollege von uns wird im Präsidium Ihre Aussage aufnehmen, kommen Sie also pünktlich heute um siebzehn Uhr. Bitte. Sonst laden wir

Sie vor und sind nicht mehr so nett. Adresse steht auf der Karte. Noch Fragen? Wenden Sie sich vertrauensvoll an unsere Kollegen. Wir haben keine Zeit für Menschen wie Sie. Guten Tag.«

Detering schwankte zwischen Wut und Mißtrauen. Er beherrschte sich mühsam, diesen Affront nicht entsprechend zu beantworten, denn Volkers Formulierungen deuteten darauf hin, daß sie nichts gegen ihn in der Hand hatten, nicht einmal sonderlich an ihm interessiert waren. Also besser kein Öl ins Feuer gießen. Er verabschiedete die beiden mit einer knappen Zusage und verzichtete darauf, sie zur Tür zu bringen.

Als Christian und Volker wieder zu ihrem Wagen gingen, meinte Christian anerkennend zu Volker: »Ich glaube, er ist drauf reingefallen.«

»Blöder Pisser, der Typ«, war Volkers einziger Kommentar.

Über Mittag traf Christian sich mit Anna an der Alster. Es war wieder heißer geworden, die hohe Luftfeuchtigkeit lag über der Stadt wie ein nasses Handtuch. Christian wartete an der Musikhochschule und sah Anna schon von weitem, als sie die Milchstraße herunterkam. Sie trug einen kurzen, weißen Leinenrock, ein enges Shirt, flache Sandalen und eine große Umhängetasche aus Bast. Fast sah sie aus, als wollte sie zum Strand. Christian spürte, wie sein Herz ein wenig schneller zu klopfen begann. Er begrüßte sie unbeholfen mit einem Handschlag. Die beiden schlenderten quer über die Wiese und setzten sich schließlich in die herumstehenden weißen Holzstühle. Anna wirkte sehr müde. Sie hatte sich ein Sandwich mitgebracht, das sie aus den Tiefen ihrer Schultertasche zog, biß jedoch nur einmal lustlos hinein und legte es beiseite.

»Du hast überhaupt nicht geschlafen, oder?« fragte Christian mitfühlend. Sein Blick glitt über ihre Beine und landete auf ihre schlanken, leicht gebräunten Fesseln. Am liebsten würde er alles vergessen, seinen Fall, ihre Liaison mit Pete, seine bemühte Zurückhaltung. Er verspürte den Drang, ihren nervös wippenden rechten Fuß auf seinen Schoß zu nehmen und ihn zärtlich zu massieren.

»Ein paar Stunden«, winkte sie ab, »ich habe mich heute morgen erkundigt, was mir wegen der Verletzung der Schweigepflicht droht.«

»Und?«

»Wenn es rauskommt und mich die Kommission am Wickel packt, kann ich mich auf ›Gefahr im Verzug‹ berufen. Mit etwas Glück und einem Kommissionsvorsitzenden, der Kinder hat, komme ich damit durch.«

»Und mit wenig Glück?«

»Schlimmstenfalls verliere ich meine Lizenz.« Anna wischte den Gedanken mit einer unwirschen Handbewegung weg. »Hast du meine Mail bekommen?«

Er nickte.

»Und wie geht es jetzt weiter?« wollte sie wissen.

Christian erzählte ihr, daß sie Detering zu einem sogenannten Informationsgespräch gebeten hatten. Er schien nicht allzu überrascht gewesen zu sein. Anna fand, das stütze doch die These von seinem unbewußten Wunsch, verhaftet zu werden. Christian jedoch vermutete eher, daß Detering einfach wissen wollte, was sie wußten. Er befragte Anna nach ihrem Eindruck von Deterings Intelligenz.

»Er macht auf mich einen gebildeten, klugen Eindruck, meist sehr kontrolliert. Manchmal hatte ich das Gefühl, daß er lügt. Daß er mir was vorspielt. Ich weiß nicht. Als wolle er lieber jemand anderes sein.«

»Ginge mir an seiner Stelle auch so«, knurrte Christian.

»Ich kann nicht viel über ihn sagen. Er war nur dreimal bei mir. Und davon zweimal nur ganz kurz.«

Christian starrte, ohne es zu merken, sehnsüchtig auf Annas Sandwich. Sie nahm es lächelnd und hielt es ihm hin.

»Willst du es wirklich nicht?« Ganz plötzlich spürte Christian, wie hungrig er war. Anna schüttelte den Kopf. Heißhungrig biß er hinein, es war belegt mit Schinken, gekochtem Ei und einem knackigen Salatblatt, es schmeckte wunderbar.

»Wann genau war er das erste Mal bei dir?« nuschelte er mit vollem Mund.

»Am Dienstag. Und dann kam er unangemeldet Mittwoch wieder.«

Christian ließ irritiert ab von dem Sandwich: »Ich dachte, er sei schon länger bei dir in Behandlung, weiß auch nicht, wieso.«

»Vermutlich, weil es nicht üblich ist, daß sich ein Patient in der ersten richtigen Sitzung schon so öffnet. Bei vielen dauert es Jahre, bis man zu ihren frühkindlichen Traumata vordringt.«

»Macht dich das nicht mißtrauisch?« wollte Christian wissen, während er den letzten Bissen Sandwich hinunterschlang.

Anna nahm nachdenklich eine kleine Flasche Wasser aus ihrer Tasche und bot sie Christian an: »Schon. Das lief alles sowieso nicht ab wie … Normalerweise steuert der Therapeut, unmerklich zwar, aber er steuert. Bei Dante … Er hat mich gesteuert. Ich habe ihm sogar vorgeworfen, daß er mich manipulieren will.«

Christian trank einen Schluck: »Dante?«

»Vergiß den Namen schnell wieder!«

Christian gab ihr die Flasche zurück: »Erstaunlich, was du alles in deiner Handtasche hast. Gibt's da noch einen Schokopudding zur Nachspeise?«

Anna lachte.

»Was hat er gesagt, als du ihm das vorgeworfen hast?«

»Er hat überhaupt nicht reagiert.«

Christian nickte: »Wie heute auf Volkers Attacke. Der hat sich ganz gut im Griff, der Typ.«

»Welche Attacke?« wollte Anna wissen.

»Spielt keine Rolle. Paß auf, Anna, ich will zwei Dinge von dir. Erstens: Könntest du kurz vor siebzehn Uhr ins Präsidium kommen? Keiner außer den Leuten von meinem Team wird wissen, wer du bist und warum du da bist.«

»Warum bin ich denn da?«

»Detering kommt, um eine Aussage zu machen. Wir wollen überprüfen, ob er für alle Tatzeiten ein Alibi hat. Und ich möchte gern, daß du mit mir hinter der Glasscheibe stehst und ihn dir noch mal ganz genau anschaust. Die Fotokopie, die ich dir gestern gezeigt habe, war nicht sonderlich gut.«

»Gut genug, ich bin ganz sicher ...«, widersprach Anna.

»Tu mir den Gefallen, ich muß auch ganz sicher sein.«

Anna nickte: »Und zweitens?«

Christian sah Anna in die Augen. »Tut mir leid, daß ich dich das fragen muß, aber wann warst du zum ersten Mal mit Pete im Bett?«

Entgeistert sah Anna ihn an: »Was soll das?«

»Vertrau mir. Ich muß es wissen.«

Anna überlegte: »Das war am 24. Juni, vergangenen Freitag. Da habe ich meinen Vortrag an der Uni gehalten.«

»Wart ihr danach bei dir?«

Anna wurde langsam sauer: »Nein, in seinem Hotel. Willst du auch noch was über Stellungen und Praktiken wissen?«

Christian verneinte beklommen: »Nein, darum geht's nicht. Wann war Pete das erste Mal bei dir zu Hause? Das war er doch schon, oder?«

»Am Montag danach. Also diese Woche.«

»Sein erster Arbeitstag«, sinnierte Christian, »und an deiner Haustür hängt ein Schild: Psychotherapie.«

Anna nickte: »Würdest du mir jetzt mal auf die Sprünge helfen?«

Unwohl erklärte Christian ihr, daß Detering sie eventuell als Therapeutin ausgewählt hatte, weil sie mit einem der SOKO-Mitglieder liiert war. Zumindest konnte man den Eindruck haben. Oder glaubte sie an Zufall? Einen Tag, nachdem Pete bei ihr zu Hause war, hatte sie einen neuen Patienten, der ihr in einem rasanten Tempo sein Seelenleben zu Füßen legte.

»Damit ich euch informiere?« Anna war verunsichert.

»Keine Ahnung. Mir gefällt das jedenfalls nicht.« Christian konnte ihr keine schlüssige Erklärung geben.

»Es kann also sein, daß er Pete bis zu mir gefolgt ist.«

Christian nickte: »Es kommt gar nicht so selten vor, daß der Gejagte aus der Deckung heraus seine Jäger beobachtet. Um über ihre Schritte informiert zu sein. Und daß wir ihn jagen, ging ja deutlich genug durch die verdammte Presse. Mit unseren Namen und Hackfressen in der Kamera.«

Anna sah sich unwillkürlich um: »Das heißt, er könnte auch mich beobachten.«

»Genau das macht mir Sorgen«, sagte Christian.

Kurz vor siebzehn Uhr kam Anna im Polizeipräsidium in der City Nord an. Die Befragung Deterings war von Christian im Präsidium angesetzt worden, weil die repräsentativeren Räumlichkeiten sich dafür erheblich besser eigneten und weil Außenstehende in der kleinen, miesen Einsatzzentrale in der Schanzenstraße wahrlich nichts verloren hatten. Anna hatte sich umgezogen, den aufreizend kurzen Rock gegen eine weit geschnittene Hose eingetauscht, mit einem dünnen Hemd darüber. Christian holte sie unten im Foyer ab, wo sie den Sicherheits-Check durchlief, und brachte sie zum großen Konferenzraum, in dem Volker, Eberhard und Pete das bevorstehende Verhör besprachen. Daniel saß träge dabei und hörte nur zu. Anna gab allen die Hand, Pete begrüßte sie mit distanzierten Wangenküssen und einer nicht allzu vertrauten Umarmung. Er ließ sich nicht anmerken, ob ihm die Verstrickung seiner Affäre in den Fall unangenehm war. Auch Anna blieb reserviert. Viel Zeit, die privaten Konstellationen auszuloten, blieb nicht, denn Yvonne streckte den Kopf herein und meldete Deterings Ankunft: »Seinen Anwalt, einen Herrn Doktor Blei, hat er gleich mitgebracht. Arrogante Idioten. Haben mich behandelt wie Taubenschiß auf der Krawatte.«

Christian nickte Pete und Volker zu. Die beiden gingen hinaus. Anna gab Daniel ihren Laptop, damit dieser herauszufinden versuchte, von wo aus die Mails an sie abgeschickt worden waren. Dann nahmen Christian und Eberhard Anna eilig ins Schlepptau und führten sie über den Flur in einen engen, abgedunkelten Raum, in dem man durch eine kleine Scheibe in ein nebenan liegendes Zimmer blicken konnte.

»Auf der anderen Seite ist ein Spiegel?« fragte Anna.

Eberhard nickte: »Unten drunter hängt ein Waschbecken. Sie können uns nicht sehen.«

Anna hatte immer gedacht, daß solche Beobachterposten nur in amerikanischen Krimis existierten. Allerdings war das Verhörzimmer nicht so karg und abweisend möbliert, wie sie es aus Filmen kannte – mit einem langen Holztisch, einem Mikro und einem überquellenden Aschenbecher. Sie blickte mit gemischten Gefühlen hinüber in ein modernes, recht geräumiges Büro mit einer kleinen Sitzecke, die geradezu einladend wirkte.

»Warum redest du nicht selbst mit ihm?« wandte sich Anna flüsternd an Christian.

»Pete ist Psychologe, und Volker bringt selbst einen Stein zum Weinen. Außerdem soll er nicht das Gefühl haben, er sei wichtig genug für den Chef.« Christian knackte mit jedem einzelnen seiner Finger, eine deutliche Übersprungshandlung, die zeigte, wie wichtig dieses Verhör war. Es konnte sie einen entscheidenden Schritt nach vorne bringen oder alle bisherigen Theorien in Frage stellen und sie zu einem Neustart zwingen.

Auf der anderen Seite betraten Volker, Pete, Detering und ein gutgekleideter, selbstbewußt wirkender Mittfünfziger den Raum. Pete bat sie, Platz zu nehmen.

Über ein verstecktes Mikro konnte man im Raum nebenan mithören. Christian sah Anna fragend an. Sie nickte: »Kein Zweifel: Das ist er.«

»Schön, daß Sie uns helfen wollen. Wir sind Ihnen sehr dankbar«, eröffnete Pete das Gespräch, nachdem alle sich gesetzt hatten. Nur Volker blieb mit dem Rücken zum Fenster im Gegenlicht stehen. Pete stellte einen Rekorder auf den Tisch. »Ich nehme an, das stört Sie nicht. Die lästige Bürokratie, Sie verstehen.«

»Ich bin überrascht, daß Sie Zeit finden, mit mir zu reden«, wandte sich Detering spöttisch an Volker.

Sofort schaltete sich Deterings Anwalt ein: »Wir wären Ihnen sehr verbunden, wenn Sie das Gespräch kurz halten würden. Daß wir überhaupt hier sind, an einem Samstagnachmittag, geschah auf den Wunsch meines Mandanten, der seiner Bürgerpflicht nachkommen will, selbst wenn ihm nicht klar ist, auf welche Weise er Ihnen helfen könnte. Ich habe ihm abgeraten. Und der Rekorder dürfte nicht nötig sein. Ich dachte, dies hier ist ein inoffizielles Gespräch auf freiwilliger Basis.«

»Freiwillig ja, aber inoffiziell natürlich nicht. Wir müssen uns an unsere Vorschriften halten«, warf Volker so desinteressiert wie möglich ein.

»Ist schon gut, Werner«, meinte Detering zu seinem Anwalt, »ich habe nichts zu verbergen.« Der Anwalt warf seinem Mandanten einen warnenden Blick zu und schnaubte unwillig.

Pete schaltete den Rekorder ein, nahm Zeit, Ort und Personalien der Anwesenden auf und vermerkte, daß die Zeugenbelehrung stattgefunden hatte. »Wir werden Ihre kostbare Zeit nicht allzu lange in Anspruch nehmen, Herr Dr. Blei.« Er wandte sich an Detering: »Wie schon erwähnt, geht es bei dieser Befragung um Ihre Reisen, die Sie als Immobilienmakler durch ganz Deutschland führen. Sie sind häufig in Düsseldorf?«

Detering nickte: »Ich arbeite eng mit einem dort ansässigen Makler zusammen.«

»Makeln Sie auch in Holland?«

Eine Millisekunde schien Detering irritiert, doch er antwortete klar und knapp: »Nie. Nur in Deutschland.«

Ruhig, fast blasiert schaltete sich Blei ein: »Würden Sie uns freundlicherweise endlich sagen, worum es genau geht?«

Pete sah Blei nicht an und erklärte Detering, daß er sich zufällig zum Todeszeitpunkt der vier bislang aufgefundenen Kinder in der Nähe der Fundorte aufgehalten hatte. Blei runzelte die Stirn: »Wollen Sie damit sagen, daß mein Mandant verdächtig ist?«

Pete ignorierte die Frage und fixierte Detering: »Sie werden verstehen, daß wir jeder Spur nachgehen müssen. Und es macht Ihnen doch sicher nichts aus, uns Einblick in Ihre Termine zu geben, die Sie am Osterwochenende nach Berlin, vom 24. bis 27. Mai nach München und vom 22. bis 24. Juni nach Saarbrücken geführt haben.«

Detering bückte sich nach der Aktentasche, die er neben sich abgestellt hatte. Sachlich antwortete er Pete: »Ich habe, da Sie in meinem Büro ja schon Terminfragen andeuteten, meine Agenda mitgebracht.«

Während er beinahe gemütlich in seinem Kalender blätterte, redete er so entspannt weiter, als säße er mit seinen

Kumpels beim sonntäglichen Stammtisch: »Was halten Sie von der Chaostheorie? Die besagt doch, daß nichts rein zufällig ist, oder? Ich verstehe ja diesen Käse nicht. Aber meiner Frau ist das auch schon aufgefallen. Sie sieht viel fern, unter anderem täglich mehrfach Nachrichten. Als hätte sie kein eigenes Leben. Jedenfalls sagte sie kürzlich, als ich aus Saarbrücken kam …«

Er blickte triumphierend von seinem Kalender hoch: »… gefunden! Das war am Freitag, dem 24. Juni am späten Abend, da sagte sie zu mir, daß schon wieder ein totes Kind gefunden wurde. Und zwar bei Saarbrücken. Und in Berlin die Leiche, das war vorher? Und wo? Das habe ich nicht mitbekommen.«

»In Mahlsdorf, um genau zu sein«, warf Volker ein.

Detering lachte auf: »Mahlsdorf? Da war ich nicht. Noch nie. Der Immobilienmarkt im Osten Berlins ist für mich uninteressant.«

»Wo genau waren Sie denn?« übernahm Volker das Fragen. Er nannte Detering die aufgrund der Sektionen vermuteten Todeszeitpunkte der Kinder und bat ihn um Aufklärung über seine jeweiligen Aufenthaltsorte. Detering konnte in allen drei Städten, die in Frage kamen, berufliche Termine angeben, die allerdings alle mehrere Stunden vor den Tatzeiten lagen. Er zeigte sich sehr offen, händigte Pete bereitwillig die Telefonnummern seiner Geschäftspartner aus, gab die Hotels an, in denen er abgestiegen war, und sogar die Mietwagenfirma.

»Schön, daß Sie so kooperativ sind. Aber was haben Sie beispielsweise nach Ihrem mittäglichen Termin mit dem Bauunternehmer Meierding in Berlin gemacht? Mich interessiert die Zeit zwischen 16 und 23 Uhr«, bohrte Volker weiter.

Blei schaltete sich unwillig ein: »Sie werden verstehen, daß man in einer Stadt wie Berlin oder auch München und Saarbrücken an einem beruflich orientierten Wochenende die Zeit noch für andere Dinge nutzt. Ein Bar-, Museums- oder Kinobesuch. Schlendern über den Flohmarkt, wer kann sich daran nach Monaten schon noch minutiös erinnern? Geben Sie meinem Mandanten Zeit, diese Fakten so lückenlos wie möglich zusammenzutragen. Aus dem Stegreif werden Sie keine befriedigenden Antworten bekommen, vermute ich. Das ist doch so, Karl, oder?«

»Mein Anwalt hat recht. Ich muß das erst checken«, sagte Detering.

»Tun Sie das«, meinte Pete leichthin. »Entschuldigen Sie mich, ich werde uns mal einen Kaffee besorgen.« Ohne eine Antwort abzuwarten, ging er hinaus.

Blei erhob sich: »Ich nehme an, wir können jetzt gehen?«

Volker hob abwehrend die Hände: »Sie werden uns doch einen Kaffee nicht abschlagen? Mein Kollege ist sofort wieder da.«

Blei warf einen fragenden Blick zu Detering. Der nickte. Kopfschüttelnd setzte sich Blei wieder hin.

Pete kam zu Christian und den anderen: »Läuft nicht gut. Der ist aalglatt und bestens vorbereitet.«

Christian nickte: »Aber er ist neugierig. Er will wissen, was wir gegen ihn in der Hand haben, sonst wäre er schon längst weg. Ich glaube, sein Anwalt kocht schon, weil Detering seine Versuche, das Gespräch zu beenden, torpediert.«

Eberhard, der mit Anna durch die Scheibe starrte, berichtete grinsend: »Jetzt fängt Volker mit seinem Psychoterror an.«

Auch Pete und Christian quetschten sich vor die kleine Scheibe. Volker hatte sich Detering gegenübergesetzt und starrte ihn stumm an. Detering erging es wie fast allen Menschen in dieser Situation. Er begann sich unbehaglich zu fühlen, was deutlich an seinen nervösen Positionswechseln sichtbar wurde.

»Haben Sie Kinder?« fragte Volker plötzlich.

»Nein. Aber ich nehme an, das haben Sie schon recherchiert.« Detering wirkte verärgert.

»Stimmt.« Volker schwieg eine Weile. »Aber Sie mögen Kinder.«

»Nein. Deswegen habe ich keine.«

»Den 15jährigen Jungen, der Sie 1992 des sexuellen Mißbrauchs bezichtigt hat, den mochten Sie aber, oder?«

Es war deutlich sichtbar, wie Detering sich bemühte, locker und souverän zu bleiben. Es gelang ihm nicht ganz.

»Die Anzeige wurde zurückgenommen«, ging Blei dazwischen.

»Wie schön für Sie«, spöttelte Volker, ohne den Blick von Deterings nun sehr verschlossener Miene zu nehmen.

»Ich finde, das reicht«, sagte Blei, »wenn Sie noch etwas von Substanz vorzutragen haben, melden Sie sich. Ansonsten, würde ich vorschlagen, lassen Sie meinen Mandanten in Ruhe.« Der Anwalt erhob sich, und diesmal folgte Detering seinem Beispiel.

Anna sah Christian hinter der Scheibe irritiert an: »Ihr könnt ihn doch jetzt nicht gehen lassen!«

»Wir müssen. Wir haben nichts in der Hand. Noch nicht.«

»Laß mich mit ihm reden«, bat Anna. »Ich komme an ihn ran.«

Vehement schüttelte Christian den Kopf. Er hörte durch den Lautsprecher, wie Volker Detering eine letzte Frage stellte.

»Sind Sie religiös? So wie Ihre Mutter es war?«

Blei wollte Detering zur Tür hinausschieben, doch der wandte sich schleppend wieder zu Volker um, wie ein angeschossenes Tier, und funkelte ihn bedrohlich an: »Meine Mutter war eine dumme Fotze, die in der Hölle brennt. Ich sag Ihnen was: Die Hölle ist die einzig gute Erfindung dieser Katholikenscheißer!«

Vehement griff Blei Deterings Arm, umschloß ihn mit eisernem Griff, zischelte ihm etwas zu und zerrte ihn hinaus.

Christian, Eberhard, Pete und Anna gingen, jeder in seine eigenen Gedanken versunken, zum Konferenzraum zurück. Volker kam eine Minute später herein. Während bei einer Sekretärin Kaffee und Wasser bestellt wurde und Pete das Band im Rekorder zurückspulte, schaute Anna abwesend aus der großen Fensterfront auf die Straße. Sie sah, wie Blei und Detering das Präsidium verließen. Blei führte Detering immer noch am Arm. Auf dem Bürgersteig schüttelte Detering den dominanten Griff seines Anwalts wütend ab und fuhr ihn an. Anna konnte sehen, daß die beiden sich kurz und heftig stritten. Dann gingen sie in verschiedene Richtungen davon. Anna fragte zaghaft in den Raum hinein, ob das Verhör denn nun irgendwas gebracht habe. Alle sahen sie mehr oder weniger ausdruckslos an. Pete ließ das Band laufen. Sie hörten sich das komplette Gespräch von Anfang bis Ende noch einmal an. Nur ein einziges Mal hatte Detering die Kontrolle verloren.

»Komisch, daß er ›in der Hölle brennt‹ sagt«, meinte Anna grübelnd, »meistens sagt man, ›in der Hölle *schmoren*‹.«

Pete sagte: »Interessant dabei ist, daß seine Mutter wie auch sein Vater verbrannt sind. In einem richtigen Höllenfeuer.«

»Besorgst du uns mal die Akten zu dem Brand von damals? Vor allem die Brandursache interessiert mich plötzlich brennend«, bat Christian Eberhard. Der machte sich eine Notiz.

»Hast du schon rausgefunden, von welchem Computer oder Server oder Browser, oder wie das heißt, die Mails an Anna gehen?« fragte Christian Daniel.

»Ich mach's einfach für dich: Von diversen Internet-

Cafés. Hilft uns null weiter.« Daniel schob Anna ihren Laptop über den Tisch wieder zu.

»Scout und Nicki stehen bereit?« Christian hatte etwas Generalstabsmäßiges an sich. Hinter dieser pragmatischen Sachlichkeit konnte er seinen Frust über das Ergebnis des Verhörs am besten verbergen.

»Sind vor drei Stunden in Hamburg eingelaufen. Ab sofort macht er keinen Schritt mehr ohne sie«, antwortete Volker.

»Wir geben ihm zwei Tage. Dann sitzen wir wieder auf seinem Schoß wegen der Alibis. In der Zwischenzeit will ich alles über seine Geschäfte, Geschäftspartner, seine Finanzbewegungen und sein Privatleben erfahren. Die komplette Biographie inklusive Details über diese Amnesie ...«

Anna unterbrach erstaunt: »Welche Amnesie?«

»Psychogene«, sprang Pete ein, »haben sie ihm beim Militär bescheinigt. Unerklärliche Gedächtnislücken über zwölf Jahre: zwischen sieben und neunzehn. Eventuell ausgelöst durch den Brand, der seine Eltern das Leben gekostet hat.«

»Um so erstaunlicher, daß er sich an seine Mutter erinnert, die sogenannte dumme Fotze«, fand Volker. Das Wort wollte ihm kaum über die Lippen, er mußte es ausspucken, um es loszuwerden.

Anna überraschte das nicht: »Diese harte Aussage paßt zu dem frühkindlichen Mißbrauch, den er mir gegenüber angedeutet hat. Die Mütter sind zwar seltener unter den Tätern, aber viele dulden es, bewußt oder unbewußt, weil sie abhängig von dem Mann sind oder Angst vor Sanktionen haben.«

»Oder die Kohle brauchen können, mit der der Mann ihnen den Mund stopft. Wie Mama Backes. Die konnte nicht reden, weil sie permanent eine Flasche am Hals hat«, fügte Pete bitter hinzu.

Anna bekam Kopfschmerzen. Sie hatte ganz selten Kopfschmerzen, aber nun überkam es sie wie eine überraschende Welle, die mit Macht gegen ihre Schädeldecke prallte. Sie steckte den Laptop in die Tasche und verabschiedete sich. Pete und Christian erhoben sich gleichzeitig, um sie zur Tür zu bringen. Eine Sekunde lang wußte Anna nicht, wie sie sich verhalten sollte. Dann ging sie einfach vor, den Rüdenkampf den Rüden überlassend. Ihr war das alles zu anstrengend.

Pete und Christian wechselten einen Blick, durch den in Sekundenschnelle der Platzhirsch ausgefochten wurde. Pete setzte sich wieder hin. Christian ging mit Anna hinaus. Das Ganze hatte vielleicht drei Sekunden gedauert und wäre unaufmerksamen Zuschauern vollkommen entgangen. Doch hier saßen nur professionell aufmerksame Zuschauer. Eberhard und Volker sahen sich überrascht an.

»Haben wir was verpaßt?« fragte Eberhard neugierig.

Pete antwortete bemüht locker: »Nicht nur ihr. Ich in vorderster Front.« Volker lachte in sich hinein. Pete war garantiert nicht aufgefallen, daß er im Zusammenhang mit seiner offensichtlichen Niederlage eine militärische Umschreibung benutzt hatte. Liebe war Krieg.

Als Anna nach Hause kam, ging sie zuerst ins Badezimmer und nahm zwei Schmerztabletten. Mit einem feucht-kühlen Waschlappen auf der Stirn legte sie sich auf ihr Sofa und schloß die Augen. Sie wollte nicht denken, wollte sich nur entspannen und ruhig ihren Atemzügen lauschen. Doch ihr Hirn war geschwätzig, laberte sie unaufhörlich und widersprüchlich voll, machte Lärm im Schädel wie ein Trupp von unkoordinierten Handwerkern, der an allen Ecken hämmerte, bohrte und schliff. Anna bekam die Truppe nicht unter Kontrolle, und es dauerte fast eine Stunde, bis die Tabletten ihre betäubende Wirkung entfalteten und den Krach im Kopf dämmten. Anna fiel in einen unruhigen Schlaf.

Sie erwachte gegen halb zehn und brauchte eine Weile, bis sie ganz bei sich war und sich zurechtfand. Inzwischen war es stockdunkel. Benommen erhob sie sich vom Sofa und schaltete das Licht ein, wobei sie instinktiv die Augen zusammenkniff. Die Kopfschmerzen waren weg, sie fühlte sich sogar einigermaßen erfrischt. Dankbar trank sie einen langen Zug Wasser aus der Flasche auf ihrem Wohnzimmertisch, dann ging sie hinüber in ihr Büro. Auf dem Schreibtisch lag eine Mappe, in die sie heute morgen ihre Korrespondenz mit Dante chronologisch eingeordnet hatte. Ohne Christians Wissen hatte sie sich gestern nacht im Besprechungszimmer in der Schanzenstraße die Psalmen notiert, die bei den Kinderleichen gefunden worden waren, sie aus der Bibel herausgesucht und ebenfalls in die Mappe getan.

Sie las die Bibelzitate und das Gedicht durch, zum zehnten oder zwanzigsten Mal inzwischen. Und wieder stellte sich das gleiche Gefühl ein, gegen das sie sich zu wehren versuchte, seit sie in Dante den Bestatter vermutete: Sie hatte Mitleid. Erstaunlich fand sie allerdings, daß sein Auftritt heute mittag im Präsidium sie eher abgestoßen hatte. Da war ihr klargeworden, wie sehr Dante – nein, sie würde sich angewöhnen müssen, ihn Detering zu nennen –, wie sehr Detering sich von seinen eigenen Gefühlen abkoppeln konnte. Nur bei der Erwähnung der Mutter schien Volker ihn tatsächlich erreicht zu haben.

Obwohl Christian sie eindringlich gebeten hatte, es nicht, zumindest nicht ohne seine Kontrolle, zu tun, konnte Anna der Versuchung nicht widerstehen. Sie fuhr ihren Laptop hoch, ging zu Dantes letzter Mail und klickte auf »antworten«:

Lieber Herr Dante,
ich danke Ihnen sehr für das Gedicht von Carola Moosbach. Ich habe nie etwas gelesen, was den unendlichen Schmerz und die Hilflosigkeit eines mißbrauchten Kindes so in sich trug. Aber ich habe Bilder gesehen, Zeichnungen von einer Fünfjährigen, unbeholfen gemalt, aber so eindringlich in ihrem Leid, daß es einem das Herz zu sprengen droht. Ich gebe Ihnen und Frau Moosbach recht:
Laß ihn nicht davonkommen diesen ehrbaren Schrebergärtner
Erfinde die Hölle neu für ihn.
Sie sind ein religiöser Mensch und werden darauf vertrauen, daß Gott Ihnen zur Seite steht. Aber die Hölle, die in Ihnen lodert … lassen Sie auch mich Ihnen zur Seite stehen, lassen Sie uns diese Hölle gemeinsam durchschreiten. Ich will Ihre Hand halten und Ihnen helfen, Ihren Dämonen zu begegnen, damit Sie sie besiegen können. Das wollen Sie doch auch, deswegen sind Sie zu mir gekommen. Kommen Sie wieder. Reden Sie mit mir.
Anna Maybach

Anna las ihren Text noch einmal durch und schickte ihn ab. Sie hoffte, daß Dante die Empathie, die sie tatsächlich empfand, herauslesen konnte. Sie hoffte, daß er sich meldete. Sie wollte mit ihm über seine Mutter reden. Und über die Kinder. Sie wollte ihn verstehen, einen Kindermörder tatsächlich verstehen. Das hörte sich krank an. Aber Christian würde es begreifen.

Anna schreckte aus ihren Gedanken hoch, denn es klingelte. Vor der Tür stand allerdings nicht Christian, wie sie insgeheim gehofft hatte, sondern ihre Mutter. Mit verweinten Augen und einem Koffer. Anna war so verblüfft, daß sie sie wortlos anstarrte.

»Kann ich reinkommen?« fragte ihre Mutter schüchtern. »Ich habe ihn verlassen.« Anna konnte es kaum fassen. Sie nahm den Koffer und trug ihn ins Gästezimmer. Ihre Mutter setzte sich ins Wohnzimmer und weinte ein wenig. Anna kochte Tee und setzte sich zu ihr. Heimlich suchte sie die Haut ihrer Mutter nach blauen Flecken ab.

»Wieso, Mama? Wieso jetzt?« fragte Anna leise und schenkte ihrer Mutter Tee ein. Sehr vorsichtig trank Evelyn Maybach einen kleinen Schluck.

»Danke«, sagte sie. »Er betrügt mich.«

»Was?« Anna konnte nicht fassen, daß der Grund nicht die Gewalttätigkeit ihres Vaters war. Dieser Gedanke war ihr nie gekommen.

»Seit wann weißt du es?«

»Ich ahne es schon seit ein paar Wochen. Heute abend hat er es mir gesagt.«

»Ist es was Ernstes?«

Evelyn sah ihre Tochter entgeistert an: »Was ist das für eine dumme Frage? Er betrügt mich!«

Anna spürte Ärger in sich aufsteigen: »Mutter, er schlägt dich seit Jahren! *Das* ist was Ernstes! Das scheint dich aber nie sehr gestört zu haben.« Ihr Tonfall war bitter und vorwurfsvoll.

Ihre Mutter reagierte beleidigt: »Ich weiß, daß du mich deswegen verachtest.«

Anna stand auf. Auch das noch, dachte sie.

»Mit der Nummer kommst du bei mir nicht durch. Mach mir nicht das Opfer! Das Opfer eines gewalttätigen Ehemannes, einer gefühllosen Tochter, und jetzt wirst du auch noch betrogen, du Ärmste!« Ihre Stimme wurde immer lauter. »Mama, komm zu dir! Jetzt, wo er mal fremdvögelt, willst du ihn verlassen? Wenn du diesen Grund brauchst, bitte. Aber erwarte doch deswegen kein Mitleid von mir! Du wolltest es nie!«

Ihre Mutter fing wieder an zu weinen. »Ich liebe ihn doch.« Das war ihr Argument für und gegen alles und jeden. Annas Wut sackte in sich zusammen. Nach kurzem Zögern legte sie den Arm um ihre Mutter. Sie konnte sich nicht erinnern, wann sie das das letzte Mal getan hatte.

»Ich weiß«, sagte sie.

Ihre Mutter hob den Blick und sah ihr in die Augen: »Kannst du dir vorstellen, was das Schlimmste ist?«

Anna schüttelte müde den Kopf.

»Das Mädchen, mit dem er was hat. Eine Studentin. Jung, hübsch. Und ich wünsche mir, daß er sie schlägt«, sagte Evelyn mit tonloser Stimme. »Dann wird sie ihn verlassen, und er kommt zu mir zurück.«

Sofort spürte Anna ihren Groll wieder aufsteigen wie Lava in einem Vulkan: »Du willst, daß er bei dir bleibt, weil du als einzige so blöd bist, dich von ihm schlagen zu lassen?« Ihr tat sofort leid, was sie gesagt hatte. Meine Güte, konnte sie nicht wenigstens ein Quentchen ihres professionellen Feingefühls auch für die eigene Mutter aufbringen?

»Ich schäme mich so«, weinte Evelyn leise.

»Tut mir leid«, sagte sie.

Evelyn putzte sich die Nase und sah Anna in die Augen: »Ich war wohl kein gutes Vorbild für dein Heranwachsen als Frau. Und dein Vater? Auch kein Ideal, das ein junges, kluges Mädchen wie du in der Welt da draußen suchen und wiederfinden will. Hast du deswegen keinen Freund?«

Anna sah ihre Mutter verblüfft an, dann mußte sie unwillkürlich lachen. Sie lachte und lachte und wußte gar nicht, warum. Daß dies der erste offene und ehrliche Satz war, den ihre Mutter seit Jahren zu ihr gesagt hatte, wurde ihr erst später bewußt. Im Moment empfand sie nur eine überraschende Leichtigkeit.

»Mama, du klingst ja wie eine Psychologin«, amüsierte sie sich.

Leicht pikiert beobachtete Evelyn den Heiterkeitsausbruch ihrer Tochter.

»Ich habe dein Buch gelesen. Über die Frauen, die Killern Liebesbriefe schreiben. Die in ihrer Kindheit oft geschlagen worden sind. Die kein Selbstwertgefühl haben und nichts anderes kennen als die Opferrolle.«

Anna hörte auf zu lachen. Ihre Mutter begann sie immer mehr zu verwundern.

»Ich weiß, daß du über mich geschrieben hast. Ich weiß auch, daß du nicht verstehst, warum ich mich schlagen lasse.«

»Sag's mir«, bat Anna ernst.

»Selbst wenn ich es wüßte: Du bist nicht meine Therapeutin, du bist meine Tochter.«

»Ich könnte dir einen guten Kollegen empfehlen.«

Evelyn schüttelte schweigend den Kopf.

Plötzlich klingelte es wieder an der Haustür. Evelyn fragte: »Erwartest du jemanden?«

Anna schüttelte den Kopf und erhob sich.

»Wenn es dein Vater ist, laß ihn nicht herein«, rief Evelyn ihr hinterher.

Vor der Tür stand Pete, leicht schwankend, das Hemd auf einer Seite aus der Hose gezogen, mit einem krude zusammengestellten Blumenstrauß in der Hand.

»Hab ich im Park geklaut«, artikulierte er mit Mühe. Er machte einen Schritt auf die Tür zu, doch Anna trat nicht beiseite: »Es paßt gerade nicht so gut, meine Mutter ist da.«

»Die Frau Mama, das ist ja wunderbar«, rief Pete begeistert aus und drängte sich an Anna vorbei durch den Flur ins Wohnzimmer, die Blumen weit vorangestreckt, als würde er von ihnen auf magische Weise gezogen.

Er verbeugte sich tief vor Evelyn, die sich irritiert erhob.

»Schön, Sie kennenzulernen, Mutter der schönen Anna. Verzeihen Sie, daß mein florales Gebinde so jämmerlich daherkommt, die Parks sind auch nicht mehr das, was sie mal waren.«

Evelyn nahm die Blumen dankend in Empfang, bat Pete, sich zu setzen, und ging Richtung Küche, um eine Vase zu holen.

»Hast du doch einen Freund?« lächelte sie Anna zu, die, an die Wohnzimmertür gelehnt, die Szene beobachtete.

»Das ist nur ein Kollege.«

»Hoffentlich nicht der, den du mir empfehlen wolltest.«

Ohne die Bemerkung zu kommentieren, ging Anna zu Pete, der es sich auf dem Sofa gemütlich machte.

»Was willst du?« zischte Anna.

Evelyn kam zurück, stellte die Vase mit dem Gestrüpp auf den Tisch und meinte, sie werde jetzt besser schlafen, es sei ein sehr anstrengender Tag gewesen. Anna und Pete wünschten ihr eine gute Nacht. Kaum war sie weg, fragte Pete nach einem Drink, den Anna mit Hinweis auf seinen Zustand verweigerte. Sie goß ihm eine Tasse Tee ein und gab ihm zehn Minuten, sie auszutrinken und zu gehen.

Brav nippte Pete an dem Tee.

»Ich wollte mich entschuldigen. Ich bin ein Idiot«, erklärte er zerknirscht wie ein kleiner Junge.

»Es gibt keinen Grund, dich zu entschuldigen«, sagte Anna knapp. »Wir hatten eine kleine, unverbindliche Affäre, war nett, fertig, Thema durch.«

»Ja, aber ... Ich benehme mich immer so bescheuert. Bei dir. Dabei mag ich dich wirklich, du bist eine tolle Frau! Bei Christian ... der mag dich übrigens auch ...«

»Hat er das gesagt?«

Pete griff sich unwillkürlich an den Kragen, an dem Christian ihn heute morgen geschüttelt hatte.

»Nicht direkt. Aber ...«, Pete fuhr sich nervös durch die

Haare, »hoffentlich hab ich's mir jetzt nicht endgültig mit ihm versaut.«

»Was ist denn passiert?«

Pete gab keine Antwort, er starrte nur in seine Teetasse. Langsam hob er den Blick, der immer noch ziemlich glasig war.

»Ich habe dir doch erzählt, daß mein Vater sich nicht um mich gekümmert hat.«

Anna nickte.

»Ganz so war das nicht. Mein Erzeuger ist Militärpsychologe in den Staaten, einer von den ganz Wichtigen. Hat sich früher um traumatisierte Kriegsveteranen gekümmert, dem einen oder anderen Drückeberger auch gerne mal Simulantentum attestiert und ihn wieder an die Front geschickt. Er ist echt ein harter Hund, nicht so ein weichgespülter ›Laß-es-raus‹-Therapeut, der mit jedem Patienten geistig Händchenhält. Als Kind habe ich ihn im Grunde überhaupt nicht gekannt, weil er sich nach der Affäre mit meiner Mutter wieder schnell abgesetzt hatte. Aber als ich dann nach dem Abi zu ihm rüberging, hat er sich auf mich gestürzt wie ein Geier aufs Aas.«

Anna hatte sich müde ein Glas Rotwein eingegossen, und Pete linste begehrlich danach. Als sie es bemerkte, goß sie ihm seufzend auch eins ein. Schließlich war sie nicht seine Drogenbeauftragte.

»Er hatte gerade seine zweite Ehe in den Sand gesetzt und brauchte wohl was, um sein Selbstbewußtsein aufzupolieren. Da kam ich gerade recht. Sportlicher, gutaussehender Sohn mit glänzenden Aussichten.«

Langsam befürchtete Anna, daß Petes Redebedürfnis sich noch lange nicht erschöpfen würde. Dennoch brachte sie es nicht übers Herz, ihn rauszuwerfen. Er schien Ballast abwerfen zu müssen, um seine Höhe zu halten. Dabei trank er in großen Schlucken.

»Am Anfang fand ich es super, wie er mich in seinen Kreisen einführte, mich rumzeigte, permanent die väterliche Pranke auf meiner Schulter, wie stolz er auf mich war. Aber das hielt nicht lange. Irgendwann merkte ich, daß er mich modellieren wollte, damit ich perfekt in seine Schablone vom Traumsohn paßte. Sobald ich anderer Meinung war als er, qualifizierte er mich ab. Er machte das ganz subtil, sehr professionell. Ich wehrte mich, das machte es noch schlimmer. Das Ganze entwickelte sich zu einem komplett absurden Machtkampf: Wer würde sich durchsetzen? Er natürlich! Ich konnte machen, was ich wollte, nie war etwas gut genug. Weder meine sportlichen Leistungen noch die wissenschaftlichen. Es gab nur ein Gebiet, auf dem ich ihn demütigen konnte: Frauen. Für ihn war es unmöglich, sich mit dem Altern abzufinden. Die Weiber standen einfach nicht mehr auf ihn. Aber auf mich! Und ich führte sie ihm vor, eine Phalanx attraktiver Frauen, andauernd 'ne andere, eine jünger und schärfer als die andere… Daß ihm die Augen nur so trieften.«

Petes Sprache hatte ihre Form inzwischen so komplett eingebüßt wie er seine aufrechte Haltung. Ungelenk nahm er einen weiteren kräftigen Schluck und hielt Anna das Glas hin, damit sie nachschenkte. Anna tat es, jetzt war eh alles egal.

»Aber er hat sich sehr klug gerächt. Er hat nämlich ganz großzügig meine Karriere gefördert.«

Mit unterschwelliger Aggressivität sah Pete Anna an: »Glaubst du, ich wäre sonst beim FBI gelandet? Ich, ein blöder Deutscher? Nee, nee, die hätten mir einen Tritt in den Arsch verpaßt. Aber so hat Daddy seine super Kontakte spielen lassen, und aus Sohnemann ist echt was geworden. Das BKA hat sich alle zehn Finger nach mir geleckt! Aber ich bin nur was, weil Daddy geholfen hat, verstehst du?«

Anna verstand. Und sie fürchtete um die Unversehrtheit

ihres Sofapolsters, denn Pete begann mit bedrohlicher Intensität sein noch halbvolles Rotweinglas zu schwenken.

»Ohne ihn wäre ich nichts! Gar nichts!«

Sanft nahm Anna ihm das Glas aus der Hand und stellte es auf den Tisch. Pete war inzwischen so betrunken, daß er es nicht mal merkte. Langsam wurde er theatralisch: »Bestenfalls hätte ich eine Wohnwagenpraxis in Wyoming und würde dem white trash da das Saufen wegtherapieren.«

»Dazu wärst du wahrscheinlich der Richtige«, bemerkte Anna lächelnd.

Pete versuchte vergeblich, sich zu straffen, aber es war ihm zu anstrengend, und so ließ er es.

»Siehst du, siehst du! Nicht mal das trausdu mir su. Ich kann nichts, sagt ja schon mein Superdaddy! Und Superdaddy hat immer recht. Und wenn er einmal nicht recht hat, dann hat er automatisch doch recht.«

Petes Stimme war bei den letzten Sätzen immer leiser geworden, bis er schließlich verstummte und leise zu schnarchen begann. Sein Kopf war auf das Kissen gesunken, der Körper lag leicht verdreht zur Seite geneigt. Anna hob seine Füße aufs Sofa, zog ihm die Schuhe aus und legte ihm die Kaschmirdecke über. Seit langem verspürte sie einmal wieder das schlichte, aber überwältigende Gefühl, die Menschen zu mögen. Egal, wie glatt poliert eine Oberfläche auch schien, irgend etwas war dahinter immer in Bewegung.

Sie setzte sich in den Sessel, die Beine eng an den Körper gezogen, betrachtete Pete und ließ sich in eines langen Tages Nacht sinken, in den überraschenden Besuch ihrer Mutter, in die sich freundschaftlich entwickelnde Beziehung zu Pete, in ihre diffusen Gefühle für Christian, ihren mörderischen Patienten, in das ganze seltsame Leben, das sich heute ohne Einladung zwischen diese wenigen Stunden von der Morgendämmerung bis zu genau dieser Minute um Mitternacht gedrängt hatte.

Es ist Nacht in der Stadt, eine Nacht, deren Schwärze aufgerissen wird durch wütende, zuckende Farben. Der Himmel lodert. Blutrote Flammen lecken am Firmament, die Juliluft schlägt Brandblasen. Die Sicht verschwimmt. Durch das Weiß des beißenden Qualms pulsiert das Blaulicht der Feuerwehrwagen. Es knackt und knarzt, kracht und knistert. Sirenengeheul. Husten, nach Luft schnappen. Wasser marsch. Hektische Rufe von Männern, schnelle Schritte in schweren Stiefeln. Entsetztes Flüstern der Nachbarn, die in Bademänteln und Puschen zusammenstehen und das Schauspiel fasziniert beobachten. Das Musterhaus brennt.

Der Junge ahnt das Inferno schon von weitem. Sein Herz schlägt plötzlich bis zum Hals, und er fragt sich, ob Gott oder der Teufel seine Gebete erhört hat. Er beginnt zu laufen, immer schneller, bis er in der Straße steht. Sein Atem geht keuchend, der Rauch dringt in seine Lungen. Abrupt bleibt er stehen.

Ein Feuerwehrmann bringt eine verkohlte Leiche heraus. Seine Kollegen nehmen sie ihm ab und betten sie auf eine Bahre. Der Feuerwehrmann bricht zusammen und weist, auf dem Boden kniend und hustend, auf das Haus. Er versucht, mit Schreien den Lärm des Feuers zu übertönen. Zwei weitere Männer rennen in das Haus, in ihren Händen halten sie Äxte.

Funkenstiebend stürzt der Dachstuhl ein. Die Männer von der Feuerwehr und auch die in sicherer Entfernung stehenden Schaulustigen weichen unwillkürlich einige Meter zurück. Eine zweite Leiche wird herausgebracht. Dunkle, grobe Decken werden über die beiden Leichen ausgebreitet.

Der Junge steht im Schutz dreier Platanen. Seine Pupillen sind geweitet, der Mund leicht geöffnet. Er staunt. Im Glanz seiner Augen spiegeln sich die Flammen wider. In der Seele des Jungen feiern sie ein Fest.

Sein Blick verachtet die Betroffenheit der Nachbarn, sein Blick streichelt das brennende Haus, sein Blick lächelt den Leichen zu. Sein Blick trifft auf sich selbst. Er sieht dem Feuer zu.

Sein Blick glänzt. Er versteht nicht. Noch nicht. Aber zum ersten Mal sieht er seine Zukunft. Aus dem Feuer entsteht neues Leben. So will es die Natur.

Sonntag, 3. Juli

Als Anna am nächsten Morgen aufwachte, war das Wetter erneut umgeschlagen. Der Sommer schien nach anderthalb trockenen Tagen schon wieder eine Pause einlegen zu wollen. Es ging ein kräftiger Wind, der die dicken, dunklen Wolken vor sich hertrieb und immer wieder neue, noch dunklere brachte. Es sah sehr nach Regen aus. Es sah nach Sintflut aus.

Anna betrat, in eine dünne Wolljacke gehüllt, die Wohnküche, wo ihre Mutter bei einem kargen Frühstück saß. Ohne zu fragen und mit der selbstverständlichen Vertrautheit der Familie nahm Anna ein bereits belegtes Brot vom Teller und aß es im Stehen. Ihre Mutter wies sie auf einen Zettel von Pete hin, auf dem er sich für den netten Abend bedankte.

»Nett? Ich wette, der erinnert sich an kein einziges Wort«, lachte Anna.

Mit vollem Mund und möglichst beiläufig erwähnte sie, daß sie heute nach Moordorf wegen einer Recherche für ein neues Buch fahren müsse. Ihren Patienten hatte sie schon vorgestern wegen eines angeblichen Todesfalls in der Familie für zwei Wochen abgesagt, den ernsteren Fällen Ersatztermine bei einem Kollegen besorgt. Anna verspürte zwar ein schlechtes Gewissen ihren Patienten gegenüber, doch sie konnte nicht anders. Sie verspürte auch ein schlechtes Gewissen, weil sie ihre Mutter unter den gegebenen Umständen allein ließ. Aber sie hatte schon vor Jahren aufgehört, ihr Leben mit den Problemen ihrer Eltern zu belasten. Und so wollte sie es auch weiter halten.

»Wo liegt Moordorf? Nie gehört«, fragte Evelyn.

»Ein Kaff bei Aurich. Kommst du hier klar ohne mich?« Anna setzte sich zu Evelyn an den Tisch und nahm sich Kaffee.

»In Aurich ist es schaurich«, murmelte ihre Mutter.

Pete kam reichlich zerknittert und verkatert im Büro an. Mit kratziger Stimme bat er Yvonne, die selbst am Sonntag die Stellung hielt, um eine Kanne extra starken Kaffee. Den geschärften Blicken seiner Kollegen entging Petes desolater körperlicher Zustand nicht. Es entging ihnen ebenfalls nicht, daß Pete, der wahrscheinlich bestangezogene Bulle Deutschlands, heute in denselben Klamotten auflief wie gestern.

»Harte Nacht gehabt?« spöttelte Eberhard und warf ihm zwei Aspirin zu, »du siehst aus, als wäre ein Traktor über dich gebrettert!«

»Deine Phantasie ist zu proletarisch, mein Lieber«, bemerkte Volker. »Ich schließe aus den vielen Falten in Gesicht und Outfit unseres lieben Kollegen Pitt auf einen facettenreichen Abend bei einer Therapeutin, die ihm das Innerste nach außen gekehrt hat. Und auch wenn sein Hemd sehr ramponiert wirkt oder eher plissiert, so vermute ich dennoch und gerade deswegen, daß seine Psyche nach dieser Nacht geglättet ist. Der Anzug sieht aus wie in Jauche geschwenkt, aber Pitts Seele hat im Jungbrunnen der Liebe gebadet – stimmt's?«

Pete zeigte seinen Kollegen einen Vogel, durchquerte das Zimmer und ging nach nebenan in sein Kabuff. Er ließ die Tür auf, setzte sich an seinen Schreibtisch, die dampfende Kaffeetasse in der Hand, das Aspirin kauend. Er hatte nicht bemerkt, daß hinter ihm auch Christian bei den anderen im Büro eingetreten war und Volkers letzte Thesen zu Petes Nacht mit angehört hatte. Christians Gesicht verfinsterte sich, er ging wortlos wieder hinaus. Wie hatte Anna zu ihm gesagt: Sie eigne sich nicht zur Zweitfrau? Anscheinend hatte sie sich doch wieder in Petes Harem eingereiht.

Anna war überrascht, wie einfach Walter und Irmgard Petzold ihr Einlaß gewährten. Gestern hatte sie angerufen und behauptet, sie sei bei Recherchen für ihr neues Buch – ein Werk über Kinder und Jugendliche, die durch den Tod ihrer Eltern traumatisiert waren – auf die Geschichte der Familie Detering und deren Drama von 1988 gestoßen. Und nun saß sie in dem engen, überheizten Pfarrhaus vor aromatisiertem Tee und selbstgebackenen Plätzchen und bekam bereitwillig Auskünfte vom Pastor und seiner Frau. Selbst gegen das Tonband hatten sie nichts einzuwenden gehabt. Offensichtlich passierte in der Gemeinde Moordorf nicht allzuviel, denn das Redebedürfnis, insbesondere das von Frau Petzold, war groß.

»Direkt gegenüber hat es gestanden, das Musterhaus vom Detering.« Sie wandte sich ihrem gemütlich in seinem Sessel thronenden Mann zu, »wann sind sie hergezogen, Walter? Das war doch Ende der Siebziger, oder?«

Walter Petzold nickte: »Als ich die Drillinge getauft habe von den Hubers. Siebenundsiebzig. Das war siebenundsiebzig.«

»Genau. Da sind sie hergezogen. Mit ihrem kleinen Sohn«, bestätigte Frau Petzold nickend. Die hagere Mittfünfzigerin saß auf der äußersten Kante ihres mausgrauen Wohnlandschaftselements, balancierte ihre Teetasse auf den Knien und sprach mit bewegter Mimik und konzentriertem Blick.

»Karl«, warf Anna ein.

Frau Petzold nickte eifrig: »Haben Sie schon mit ihm gesprochen? Soweit ich weiß, wohnt er inzwischen in Hamburg, genau wie Sie.«

»Ich will zuerst möglichst viele Informationen über die Ereignisse von damals sammeln, damit ich seine posttraumatische Amnesie besser beurteilen kann«, erwiderte Anna. »Falls Sie noch Kontakt zu ihm haben, wäre ich Ihnen deshalb sehr verbunden, wenn Sie meinen Besuch erst mal nicht erwähnen würden.«

Herr und Frau Petzold bedauerten den nicht vorhandenen Kontakt, was Anna sehr erleichterte. Es galt unter allen Umständen zu vermeiden, daß irgend jemand, vor allem Detering, von ihrem inoffiziellen Besuch hier erfuhr.

Anna nippte an ihrem Tee und ignorierte tapfer das widerliche Kirscharoma.

»Was genau ist denn damals passiert?« griff sie ihr Thema wieder auf.

»Ausströmendes Gas. Sie sind verbrannt, völlig verbrannt. Und der arme Junge hat es gesehen, als man sie rausgeholt hat«, meinte Walter Petzold bekümmert und strich sich dabei über sein schulterlanges, graugelocktes Haar. Er wirkte weitaus entspannter als seine Gattin, lehnte sich bequem an, was dazu führte, daß seine in Filzlatschen steckenden Füße kaum den Boden berührten, so klein war er, und hatte die Hände über seinem beträchtlichen Bauch gefaltet.

»Das waren so nette Leute«, ergänzte Frau Petzold mit glänzenden Augen, »er ein wirklich stattlicher Herr, verkaufte Immobilien. Er hat sein eigenes Haus zum Musterhaus erklärt und den Kunden vorgeführt, wie schön man darin wohnte. Ein guter Geschäftsmann.«

»Und die Mutter? Wie war die so?« wollte Anna wissen.

»Schwer zu sagen«, brummelte der Pfarrer. Seine Frau preßte kurz die Lippen aufeinander und warf ihrem Mann einen trotzigen Blick zu.

»Sie war eine ganz Gläubige, kam immer zum Gottesdienst. Obwohl die Deterings eigentlich katholisch waren, kam sie immer in unsere Kirche. Naja, 'ne katholische gibt es hier eben nicht, und wir sind ja alle Gottes Kinder. Nicht nur einmal die Woche kam sie, wie andere, nein, immer, wenn geläutet wurde!« merkte Frau Petzold mit deutlich mißbilligendem Unterton an. »Also, wenn Sie mich fragen, normal war das nicht!«

»Wahrscheinlich hat sie das Fehlen ihres Mannes auf der Kirchenbank überkompensiert«, brummelte Walter unzufrieden, »der kam nämlich nie.«

»Trotzdem war er ein guter Mann«, beharrte Irmgard mit fast kindlichem Trotz, »er hat es nämlich mit seiner Frau bestimmt nicht leichtgehabt. Und mit dem Jungen auch nicht. Trotzdem hat er seine Frau nicht verlassen. Und dem Karl, dem hat er hinter dem Haus einen ganz tollen Spielplatz gebaut.«

»Wieso denken Sie, daß er es nicht leicht mit dem Kind hatte?« fragte Anna.

Irmgard Petzold goß Tee nach, und alles Sträuben von Anna half nicht. Sie mußte noch eine zweite Tasse Kirscharoma in sich hineinschlürfen.

»Naja, der Karl war schon seltsam. Sehr schüchtern. Hat fast nie einen Ton gesagt, er hat auch nicht mit anderen Kindern gespielt.«

Herr Petzold zündete sich eine Zigarre an und blies nachdenklich Kringel in die Luft: »Verstehen Sie mich nicht falsch, Frau Maybach, wer sollte Religiosität höher einschätzen als ein Pastor? Aber meiner Meinung nach hat es die gute Frau Detering etwas übertrieben. Das grenzte schon fast an ... Wahn. Für den Jungen war das nicht so gut, glaube ich.«

»Wie meinen Sie das?« hakte Anna nach.

Petzold wand sich etwas in seinem abgewetzten Sessel: »Nicht mal in der Pubertät hat er sich für Mädchen interessiert, war immer nur an der Seite seiner Mutter zu sehen.«

Frau Petzold nickte eifrig: »Einmal, da war er vielleicht so zehn, da kam er von der Schule nach Hause und war ganz schmutzig, hatte wohl wieder im Wald gespielt. Ich war gerade auf der Straße, und da habe ich in angelacht und gemeint, jetzt müsse er sich aber schnell noch waschen vorm Mittagessen, so schmutzig wie er sei. Und wissen Sie, was er da zu mir gesagt hat? War ja schon ein Wunder, daß er überhaupt was gesagt hat ...«

Anna blickte Frau Petzold gespannt an, doch die machte eine Kunstpause, bevor sie mit wichtiger Miene weitererzählte: »Warum waschen, hat er gesagt und dabei ganz erwachsen getan. ›Der Körper ist immer schmutzig. Mit Bazillen und bösem Blut und Kot innen drin. Nur die Seele ist rein.‹ Das hat er gesagt.« Frau Petzold lehnte sich zufrieden nickend zurück.

»Verstehen Sie jetzt, was ich meine?« mischte sich der Pfarrer ein. »Das ist doch nicht gesund, wenn eine Mutter ihrem Kind so was in den Kopf setzt.«

Walter nickte. Auch Anna nickte. Langsam bekam sie das Gefühl, von einem im Pfarrhaus grassierenden Nick-Virus infiziert zu sein.

»Das klingt alles ein wenig düster«, befand Anna vorsichtig.

»Trinken Sie Ihren Tee, der wird ja kalt«, schalt Frau Petzold beiläufig ihren Gast. »Nein, so düster war das nicht. Die Deterings hatten immer viel Besuch, allein schon wegen der Kundschaft für die Häuser. Aber sie hatten auch viele Freunde, also *sie* nicht, aber *er*. Er war ja mehr der gesellige Typ. Feine Leute gingen da ein und aus. Herren, verstehen Sie? Und Damen! Im Pelzmantel.« Frau Petzolds Blick verlor sich schwärmerisch in einer fernen Vergangenheit: »Ich hätte damals auch gerne einen Pelzmantel gehabt ... Aber so was steht der Frau eines Pastors nicht zu.«

Walter nickte wieder und blickte philosophisch in die Glut seiner Zigarre: »Besitz besitzt.«

Anna mußte schmunzeln. Wahrlich, sie saß hier vor einem sehr »modern eingestellten« Pfarrerspärchen. Walter Petzold kam ihr vor wie der Prototyp des Alt-68ers, nur daß er sich im Gegensatz zu einigen seiner früheren Gesinnungsgenossen Gott zugewandt hatte statt einer zynischen Karriere in Wirtschaft oder Politik. Anna fragte sich, was Walter wohl von Fischer, Schily und Konsorten halten mochte.

»Der Kleine wollte dann ja auch Pfarrer werden«, erwähnte Irmgard plötzlich. »Sie hat ihn immer mit zum Gottesdienst genommen, und es schien ihm gut zu gefallen. Er saß ganz still neben seiner Mutter, irgendwo hinten, sie hat sich nämlich nie nach vorne gesetzt, und schaute und schaute. Besonders gut hat ihm wohl unser Jesus am Kreuz gefallen.«

»Aber nach dem Brand war alles anders«, ergänzte Walter.

Anna wurde noch aufmerksamer: »Inwiefern?«

»Das war eine schreckliche Nacht«, nahm Irmgard ihren engagierten Erzählstil wieder auf, »wie aus heiterem Himmel brach das Unglück über die Familie herein. Wir sind erst wach geworden, als die Feuerwehr mit Sirene in die Straße einbog, und dann haben wir auch schon den Rauch gerochen. Natürlich sind wir sofort rausgelaufen. Das Haus brannte lichterloh, die meisten Nachbarn waren schon auf der Straße, wir kamen etwas später als die anderen, verstehen Sie, weil wir den Rauch nicht so schnell bemerkt haben und das Geprassel auch nicht. Sie haben ja keine Vorstellung, wie laut das ist, wenn es richtig brennt. Naja, jedenfalls, wir dachten nur, o mein Gott, o mein Gott, hoffentlich sind die Deterings nicht mehr drin. Aber dann wurden die Leichen schon rausgebracht, total verkohlt und qualmend. Das war ... das war ... gespenstisch war das!«

Irmgard Petzold brach bedrückt ab.

»Drei Leichen waren es. Deswegen dachten alle zuerst,

der Karl sei auch drin gewesen. Aber dann sehe ich ihn plötzlich an der Ecke stehen, vorne links, etwas verdeckt, neben dem Eingang zu unserem Garten. Er starrte ins Feuer, unbeweglich wie Frau Lot …«

Frau Petzold hatte sich wieder gefasst und führte fort: »… und dann hat er sich plötzlich umgedreht und ist weggelaufen. Der Schock, verstehen Sie?«

»Vorher hat er noch in Irmgards frisch angelegtes Veilchenbeet gekotzt«, fügte Walter Petzold hinzu.

»Karl ist doch dann verschwunden gewesen. Wann ist er wieder aufgetaucht? Wo war er denn hin? Und wer war die dritte Leiche?« Annas Fragen kamen einen Ton zu investigativ. Sie nahm sich vor, ab sofort mehr Anteilnahme in ihre Stimme zu legen.

»Das war ein obdachloser Junge, den Frau Detering an dem Tag aufgenommen hatte, um ihn zu speisen und einzukleiden und ihm mal eine Badewanne und ein sauberes Bett zu bieten. Sie war eben christlich und meinte es gut. Daß der arme Kerl in der Nacht zu Tode kommt, das war wohl Gottes unerforschlicher Wille.« Herr Petzold legte seine Zigarre ab, nippte am Tee.

Wie unter Zwang nahm Anna ebenfalls einen Schluck Tee.

Irmgard sah es mit Wohlwollen: »Schmeckt gut, nicht wahr? Karl ist erst am nächsten Nachmittag wieder aufgetaucht. Da stand es schon in allen Zeitungen. Ach, was für ein blöder Ausdruck, es gibt bei uns ja nur eine. Wir sind hier ein wenig provinziell.« Irmgard kicherte verlegen. »Jedenfalls kam Karl völlig verstört zur Polizei. Stellen Sie sich vor, er hatte sich über Nacht den Schädel kahlrasiert. Warum, wußte er hinterher selbst nicht mehr. Er hatte keine Ahnung, wo er die Nacht über war und was er gemacht hatte. Der Schock. Durchgefroren und schmutzig war er. Und da wollten sie von ihm wissen, wer die dritte Leiche war, und er hat es ihnen gesagt. Einen Namen oder so was haben sie aber nie rausgekriegt. Den hat wohl keiner vermißt, den Armen. Karl meinte, er hätte sich Jimi genannt, nach Jimi Hendrix. Ich weiß es noch wie heute. Weil Jimi Hendrix ja auch so früh gestorben ist.«

»Danach war Karl nicht mehr der alte«, fuhr Walter fort. »Er hat sich erst mal zurückgezogen, nun gut, das haben wir verstanden. Aber nach ein paar Wochen tauchte er wieder auf – er war zu irgendwelchen entfernten Verwandten oder Freunden seiner Eltern gefahren –, und es ging ihm erheblich besser. Er wollte dann nicht mehr Theologie studieren. Ich vermute, er hat durch das schreckliche Ereignis seinen Glauben verloren. Schlimm, so was.«

Irmgard nahm das Gespräch wieder in die Hand: »Er hat ein paar Semester BWL in Bonn studiert, aber nicht lange. Dann hat er von dem Geld der Versicherung in Hamburg ein neues Immobilienbüro aufgemacht. Das haben wir zumindest gehört. Von Frau Huber, die war da nämlich mal im Krankenhaus, weil sie so eine entzündete Verengung der Speiseröhre hatte. – Da hat sie jedenfalls den Karl zufällig auf der Straße getroffen und ein paar Sätze mit ihm gewechselt. Und mir hat sie erzählt, der Karl sei auch ein ganz stattlicher und offensichtlich gutsituierter junger Mann geworden, ganz wie sein Vater. Wer hätte das gedacht?!«

»Und wie das mit seinem Gedächtnisverlust war, wissen Sie nicht?« fragte Anna.

»Das haben wir nur gehört von unserem Hausarzt. Weil der Karl doch deswegen nicht zum Bund mußte«, erklärte Irmgard.

»Der Arzt steht natürlich unter Schweigepflicht, und da hält er sich dran«, fügte Walter vorsichtig an.

Anna nickte vertrauensbildend: »Ich stehe auch unter Schweigepflicht. Sie können mir also ruhig alles erzählen, was Sie wissen.«

Während sie sich selbst diese Sätze sagen hörte, fragte Anna sich unwillkürlich, was in sie gefahren war, daß sie ihr Berufsethos mit Füßen trat und nette Leute so schamlos hinters Licht führte.

Irmgard ließ sich nicht zweimal bitten: »Wir verstehen natürlich nicht viel von solchen Sachen. Aber komisch war es schon. Weil der Karl sich einfach an manches nicht erinnern konnte. An Kleinigkeiten, Details. Sagte der Arzt jedenfalls. Wie sein Teddybär hieß, das wußte er nicht mehr, obwohl er ihn als Kind immer bei sich hatte, oder daß er sich mal beim Fallen vom Baum die linke Wade ganz schlimm an einer Scherbe aufgeschnitten hat und so. Aber die wichtigen Sachen wie Geburtstage seiner Eltern, die konnte er sich merken.«

Als Anna sich auf den Rückweg nach Hamburg machte, war es schon dunkel. Ein leichter Nieselregen hatte eingesetzt. Es war stickig im Auto und die Scheiben beschlugen, doch Anna mochte das Gebläse nicht auf die Höchststufe stellen. Sie haßte es, wenn die Luft zu heftig durch den Wagen wirbelte, ihre Augen begannen dann immer zu tränen. Auf der Landstraße war kaum Verkehr, nur dann und wann fuhr ein anderes Auto an ihr vorbei, bis sie schließlich ganz allein war. Sie zündete sich eine Zigarette an und überprüfte, inwieweit das Gehörte zu dem paßte, was sie von Carlos Dante wußte. Die Amnesie nach dem Brand schien sinnig. Sicher hatte Karl den Tod seines ihn aktiv mißbrauchenden Vaters und seiner passiven Mutter als Befreiung empfunden. Als Chance auf einen Neuanfang. Daß das Gehirn Daten löschte, die diesem Neuanfang im Wege stehen würden, war nicht überraschend. Bei solchen Ereignissen konnte eine Menge durcheinandergeraten. Anna erinnerte sich an die Literatur, die sie einmal über sexuell mißbrauchte Kinder gelesen hatte. Sehr häufig kommt es bei ihnen zu dissoziativen Identitätsstörungen, wobei das traumatische Erlebnis in zahlreiche Bestandteile zerlegt und in die hinterste Schublade des Bewußtseins gedrängt wird. Viele von ihnen entwickeln sogar verschiedene Persönlichkeiten, um dem Erlebten zu entkommen, spalten das gesamte Ich, das dem Trauma ausgesetzt war, mit einer amnestischen Barriere vom Rest der Persönlichkeit ab. Es gibt dann eine Person, die das Schreckliche erlebt hat und eine, die es nicht erlebt hat. Oder auch zwei, drei oder vier.

Anna hielt es für durchaus möglich, daß Karl es geschafft hatte, den Mißbrauch komplett auszublenden. Bis durch irgendein Ereignis in jüngerer Zeit die Erinnerung daran wieder aufgeweckt worden war. Gerade bei sexueller Gewalt, die sowohl physisch als auch psychisch einen extremen Übergriff darstellt, setzen sich in den Sinneskanälen sogenannte multisensorielle Reize fest. Und manchmal reicht, selbst Jahre später, ein kleiner Reiz aus, sei es eine bestimmte Farbe, ein vertrauter Geruch, ein Lachen, ein Wort, um einen »Flashback« hervorzurufen, und das Trauma überflutet in seinem ganzen Schrecken das Bewußtsein des Betroffenen und reißt alle Barrieren und Gerüste, die sich das Opfer sich zum psychischen Überleben aufgebaut hat, nieder.

Sie fragte sich, wie lange Karl wohl von seinem Vater mißbraucht worden war. Und ob er der einzige war. Die feinen Damen und Herren, die bei Detering offensichtlich ein und aus gingen, schienen eine andere Sprache zu sprechen. Anna öffnete die Fensterscheibe einen Spalt weit und zündete sich eine zweite Zigarette an. Sie fröstelte, obwohl es im Wagen keineswegs kalt war.

Die Religiosität der Mutter war vermutlich eine verdrängende Reaktion darauf, daß sie von dem Mißbrauch gewußt hatte. Sie fühlte sich offenbar schuldig, besaß aber nicht die Kraft, etwas gegen ihren Mann zu unternehmen.

Kein Wunder, daß Detering so aus der Haut gefahren war, als Volker ihn auf seine Mutter ansprach. Für Kinder ist kaum zu ertragen, wenn nicht mal die eigene Mutter hilft. Was sie damals zu dem kleinen Karl über den verschmutzten Körper und die Reinheit der Seele gesagt hatte, ließe sich als wahnwitzige Aufforderung verstehen, sich in sein Schicksal zu fügen und auf eine besseres Jenseits zu hoffen.

Anna stand schmerzlich vor Augen, was sie die ganze Zeit diffus gespürt hatte: Detering tötete die mißbrauchten Kinder, um ihre beschmutzten Körper reinzuwaschen und sie auf die Unschuld ihrer Seelen zu reduzieren. Deswegen die Waschungen, die Lilien, die Ästhetik der Begräbnisse. Anna begann zu zittern, zuviel ging gleichzeitig in ihr vor. Sie wollte nach Hause, Christian anrufen und sich bei ihm ausheulen. Aus Mitleid mit den ermordeten und den mißbrauchten Kindern, mit dem kleinen Karl, aus Ekel vor seinen Eltern, aus Wut auf die Petzolds und all die anderen Nachbarn, die nur aus ihren Löchern gekommen waren, um die spektakulären Flammen eines Brandes zu bestaunen, das stumme Leid eines Kindes aber nicht bemerken wollten. Sie verspürte Angst vor der eigenen Hilflosigkeit einem Patienten wie Carlos gegenüber, Angst auch, weil sie einen Kindermörder wie Carlos nicht mit aller Schärfe verurteilen konnte. Der Geschmack der Zigarette verursachte ihr Übelkeit. Als sie in einer Kurve einen Gang herunterschalten mußte, fiel ihr die Zigarette aus der Hand. Vor Schreck trat sie auf die Bremse, geriet auf der verschmutzten Fahrbahn ins Schleudern, der Wagen drehte sich kreischend um die eigene Achse und prallte wenige, endlos lange Sekunden später gegen eine Pappel am Straßenrand.

Anna erwachte im Krankenhaus von Varel aus ihrer Bewußtlosigkeit. Nach einigen Untersuchungen stand fest, daß sie

Glück im Unglück gehabt hatte. Eine mittelschwere Gehirnerschütterung, ein Schleudertrauma, ein paar Prellungen und Abschürfungen, mehr war nicht festzustellen. Ein später Pendler hatte den Unfall bemerkt, Krankenwagen und Polizei gerufen. Ihr Saab war von der Polizei abtransportiert worden – Totalschaden. Am liebsten hätte sie das Krankenhaus gleich wieder verlassen, aber die Ärzte wollten sie über Nacht zur Beobachtung dabehalten, und weil sie sich tatsächlich zu schwach fühlte, um zu dieser späten Stunde den Papierkram zu erledigen, die Versicherung anzurufen, einen Mietwagen zu besorgen und die restliche Reise nach Hamburg anzutreten, fügte sie sich in ihr Schicksal.

Mehrfach versuchte sie, ihre Mutter zu erreichen, doch niemand meldete sich. Anna wollte vermeiden, daß ihre Mutter sich Sorgen machte, wenn sie nicht wie angekündigt nach Hause kam, doch nun war sie es, die sich Sorgen um ihre Mutter machte. Evelyns Handy war abgeschaltet, und schließlich wußte Anna sich nicht mehr anders zu helfen, als ihren Vater anzurufen. Er ging sofort ran. Anna verschwieg ihren Unfall, um Nachfragen aus dem Weg zu gehen. Sie fragte lediglich nach ihrer Mutter. Ohne eine Spur von Betroffenheit oder schlechtem Gewissen in der Stimme vermeldete ihr Vater, daß Evelyn längst in ihrem Bett liege und schlafe. Er habe sie heute mittag von ihrem kleinen »Ausflug« wieder nach Hause geholt. Ob er sie etwa wecken solle oder ihr etwas ausrichten könne?

»Nein. Nichts«, erwiderte Anna leise und legte ohne ein weiteres Wort auf. Sie registrierte Enttäuschung über ihre inkonsequente Mutter und ärgerte sich darüber. Kraftlos ließ sie sich in ihr Kissen zurücksinken, starrte mit leerem Blick an die Decke und fragte sich bitter, ob sie tatsächlich geglaubt habe, ihre Mutter habe aus heiterem Himmel so etwas wie Stolz entdeckt.

Zur gleichen Zeit schenkte sich Christian zu Hause einen Whisky ein und versuchte, seine Ungeduld zu unterdrücken. Er wartete auf Karens Anruf, hoffte auf einen kleinen Schritt nach vorne. Es trieb ihn schier zum Wahnsinn, daß er noch immer nichts gegen Detering in der Hand hatte, obwohl er felsenfest von dessen Schuld überzeugt war. Sobald er nur an ihn dachte, spürte er, wie Adrenalin in ihm hochschoß, sich seine gesamte Muskulatur verkrampfte und er das Bedürfnis verspürte, diesem schmierigen Kerl so weh zu tun, bis er nie wieder imstande sein würde, sich an kleinen Kindern zu vergreifen. Christian atmete tief durch, starrte zum Fenster hinaus auf die Straßenkreuzung und sagte sich immer und immer wieder: Geduld ist die Tugend des Jägers, Geduld ist die Tugend des Jägers.

Am Nachmittag war in der Nähe des Autobahnkreuzes Neuss Süd, bei einem Kaff mit dem sinnigen Namen Gier, von einer kompletten Kindergruppe auf Sonntagsausflug eine weitere Jungenleiche im Eingangsschacht eines alten Grubenstollens gefunden worden. Die zuständige Polizeibehörde hatte versäumt, Christian und seine SOKO sofort zu benachrichtigen, da sie vor Ort Schwierigkeiten hatte, die Situation mit den etwa dreißig verstörten Kindern und zwei hysterischen Erziehern in den Griff zu bekommen. Außerdem lag die Leiche schon länger und begann zu verwesen. Erst als der tote Körper des Kindes gegen Abend in der Gerichtsmedizin gelandet war, dachte einer der Beamten daran, das Team aus Hamburg zu informieren, denn die Auffindesituation wies auf eine erneute Tat des Bestatters hin. An die in weißes Leinen gewickelte, gewaschene und mit Blumen hergerichtete Leiche war ein Briefumschlag mit einem Psalm geheftet.

Der Fundort indes war inzwischen schon von den örtlichen Beamten gesichert und untersucht worden, so daß Christian Abstand davon nahm, selbst hinzufliegen und sich über die vermutlich von der Kindergruppe völlig zertrampelten Spuren zu echauffieren. Nur Karen hatte sich sofort auf den Weg gemacht, um bei der Obduktion dabeizusein, die ein Düsseldorfer Kollege noch in der Nacht mit ihr zusammen vornehmen wollte.

Als Christians Telefon klingelte, schreckte er aus seinen düsteren Gedanken. In Karens Stimme schwang trotz deutlicher Erschöpfung Triumph mit: »Gute Neuigkeiten. Der Todeszeitpunkt des Kindes liegt vier bis fünf Tage zurück. Da war, wenn ich mich recht erinnere, Detering in Düsseldorf. Und jetzt kommt's: Wir haben ein Haar! Ein ausgerissenes Haar, das definitiv nicht vom Opfer stammt! Es ist schon unterwegs ins Labor.«

Christian konnte es nicht fassen. Sollte der Bestatter tatsächlich nervös werden und Fehler machen?

»Wir brauchen Genmaterial von Detering zum Vergleich. Bei einem ausgerissenen Haar kann die Übereinstimmung ganz schnell analysiert werden. Wir extrahieren, und dann ab in den Sequenzer«, fuhr Karen aufgeregt fort, »und vielleicht ...«

»Ich veranlasse das gleich. Vielleicht geht er ja darauf ein. Was ist mit dem Psalm?« unterbrach Christian, bevor Karen zu hoffnungsfroh wurde. Er wollte fast nicht glauben, daß es so simpel sein könnte.

»Warte, ich lese ihn dir vor.«

Christian hörte, wie Karen jemanden um den sichergestellten Zettel bat.

»Unser Bestatter wird immer mitteilsamer. Hör zu: Und als ich das fünfte Siegel öffnete, sah ich unter dem Altar die Seelen derer, die hingeschlachtet worden waren um des Wortes Gottes und des Zeugnisses willen, das sie festhielten. Und sie schrieen mit lauter Stimme: ›Wie lange, Herr, du Heiliger und Wahrhaftiger (soll es noch dauern), bis du Gericht hältst und unser Blut rächst an den Bewohnern der

Erde?‹ Da wurde einem jeden von ihnen ein weißes Gewand gegeben, und es wurde ihnen gesagt, sie sollten sich noch eine kurze Zeit gedulden, bis auch ihre Mitknechte vollzählig seien und ihre Brüder, die noch getötet werden sollten wie sie.«

»Bingo«, erwiderte Christian atemlos vor Aufregung. »Den hat er auch an Anna geschickt. Da kann uns keiner mit Zufall kommen. Was gibt's sonst noch?«

»Das Kind war ein Asiate. Wie unsere erste Leiche. Wieder eine eintätowierte Nummer auf dem linken Oberschenkel. 1348.«

Nach einer kurzen Pause räusperte sich Karen: »Ich überlege nur … ganz schön blöd, plötzlich solch eindeutige Spuren zu hinterlassen, oder? Das Haar wurde ihm ausgerissen, das muß er doch gemerkt haben.«

»Darüber reden wir morgen, wenn du wieder da bist. Schlaf dich erst mal aus«, sagte Christian.

Doch auch er hatte Bedenken, und die ließen sich nicht so einfach beiseite schieben.

Montag, 4. Juli

Als Anna am nächsten Vormittag nach Hause kam – sie wurde auf eigene Verantwortung aus dem Krankenhaus in Varel entlassen –, fand sie einen Zettel ihrer Mutter auf dem Küchentisch: »Papa holt mich gleich ab. Ich danke dir. Wir reden später. Mama.« Anna nahm den Zettel, knüllte ihn zusammen und warf ihn in den Müll. Sie öffnete das Fenster. Ihre Mutter neigte dazu, jegliche Frischluft aus den Räumen auszusperren. Anna fühlte sich ausgedörrt und gereizt. Mit einem leichten, sonoren Brummen im Kopf kochte sie sich Kaffee. Die Halskrause nahm sie unwillig ab und pfefferte sie auf die Wasserbüffelleder-Ottomane, die sie in ihrer Wohnküche auf der Wandseite des Eßtischs stehen hatte.

Der Duft des Kaffees versöhnte sie ein wenig mit den Umständen ihrer verspäteten Heimkehr. Sie goß sich ihre große Lieblingstasse voll, nahm ihre Unterlagen aus der Reisetasche und schaltete den Computer ein. Bevor sie Christian und Pete ihr eigenmächtiges Handeln gestand, wollte sie das Gesprächsmaterial vom Band abtippen und ordnen. Doch sie war müde, und bevor sie sich an die umfassende Arbeit machte, wollte sie sich etwas Ruhe auf dem Sofa gestatten. Nur eine halbe Stunde, dann würde sie anfangen. Als der Computer sie »willkommen« hieß, war sie schon eingeschlafen. Sie hörte auch nicht mehr das Pling der eingehenden Nachricht, sie sah nicht den Text auf ihrem Bildschirm: »Sie sind eine gute Psychologin. Und Sie beweisen Moral. Dante.« Anna schlief tief und fest, und ihr Kaffee wurde kalt.

Fast gleichzeitig bezog Karl Detering eine karge, neun Quadratmeter große Zelle mit Metallbett und Toilette im Untersuchungsgefängnis am Holstenglacis. Er hatte sich nach dem Fund der Leiche in Gier schon am Abend zuvor freiwillig bereit erklärt, eine Speichelprobe abzugeben, um sie mit dem genetischen Material, das an der Kinderleiche gefunden worden war, zu vergleichen. Damit dieser Wahnsinn endlich ein Ende und er wieder seine Ruhe habe, hatte er selbstsicher gesagt. Die Übereinstimmung lag bei 98,3 Prozent. Als Detering abgeholt wurde, kam kein Wort über seine Lippen. Er war aschfahl und verlangte sofort seinen Anwalt zu sprechen. Volker war leicht irritiert darüber gewesen, daß Detering trotz seiner Beherrschtheit ungeheuer überrascht vom Ausgang der Untersuchung schien. Warum hatte er sich so bereitwillig für den Test zur Verfügung gestellt? Wollte er unbewußt tatsächlich gefaßt werden? Eberhard tippte auf völligen Realitätsverlust und erinnerte schadenfroh an den ehemaligen Bundesligatrainer Christoph Daum, der großspurig eine Haarprobe abgegeben hatte, obwohl er wissen mußte, daß man ihm dadurch den Gebrauch von Kokain nachweisen konnte.

Als Anna nach zwei Stunden bleiernen Schlafes benommen wieder aufwachte, rief sie in der Einsatzzentrale an, um mit Christian zu sprechen. Der war jedoch bei Oberstaatsanwalt Waller und erstattete dort Bericht. Yvonne stellte Anna zu Pete durch, der sich recht kurz angebunden meldete. Pete und seine Kollegen waren schwer im Streß, sie arbeiteten unter Hochdruck, um die knappe Frist, die ihnen die vorläufige Festnahme einräumte, zu nutzen und alles, was sie gegen Detering an Indizien zusammentragen konnten, möglichst lückenlos und überzeugend für Waller zusammenzustellen, damit der Haftbefehl beantragt werden konnte. Er hatte weder Zeit noch Lust, sich mit Anna zu treffen, doch als sie ihm interessante Details über Deterings Vorgeschichte in Aussicht stellte, sagte er zu.

Sie trafen sich in einem Café im Grindelviertel. Die privaten Zusammenhänge bewußt aussparend, machte Anna Pete klar, daß sie sich lieber mit Christian getroffen hätte, da es sich um eine rein berufliche Angelegenheit handele, sie jedoch der Überzeugung sei, daß Pete das von ihr gesammelte Material gleich an Christian weitergeben würde.

Die privaten Zusammenhänge bewußt nicht aussparend, hackte Pete ein wenig auf Anna und ihrer »rein beruflichen«

Bevorzugung Christians herum, bis es ihm zu blöd wurde, da Anna überhaupt keine Reaktion zeigte.

Er informierte Anna knapp über Deterings Festnahme und drängte sie mit demonstrativem Blick auf die Uhr, die Gründe für dieses Treffen offenzulegen. Sie reichte ihm die Abschrift ihres Gesprächs mit Herrn und Frau Petzold und klärte ihn über ihre Reise nach Moordorf und ihre Schlußfolgerungen auf.

»Aber das werdet ihr ja jetzt nicht mehr brauchen, wo ihr diese genetischen Beweise habt«, sagte sie.

Pete sah sie fassungslos an: »Was hast du dir bloß dabei gedacht? Du bist eine wichtige Zeugin, vor dem letzten Mord hat er dir schon den Psalm geschickt, der nun an einer Kinderleiche befestigt war. Du kannst doch nicht einfach durch die Gegend laufen und unter Vorspiegelung falscher Tatsachen rumrecherchieren! Wofür hältst du dich?«

Anna schwieg trotzig und entschied sich, bis auf weiteres nichts von Dantes neuer Mail zu erzählen, während Pete ihre Unterlagen überflog.

»Die Idee, mit den beiden zu sprechen, war ja nicht schlecht«, murmelte er. »Es wird sicher ein psychologisches Gutachten geben, dafür könnte man es nutzen, wenn auch nicht offiziell ...«

»Jeder Anwalt wird bei der Vorgeschichte auf Unzurechnungsfähigkeit plädieren«, vermutete Anna, »und er hat recht. Dante, ich meine Detering, gehört in eine Klinik.«

Pete nickte: »Hauptsache, er wird aus dem Verkehr gezogen. Lebenslange Sicherheitsverwahrung.«

»Was meint Christian? Ist er froh, daß ihr ihn endlich habt?« fragte Anna so beiläufig wie möglich.

Pete schüttelte den Kopf: »Ich verstehe den Kerl nicht. Er hat noch schlechtere Laune als vorher. Er ist fest davon überzeugt, daß Detering unser Mann ist. Und die Beweise sind hieb- und stichfest. Trotzdem motzt er die ganze Zeit rum … Ich weiß auch nicht.«

Pete warf Anna ihre Mappe wieder zu: »Das hier erzählst du ihm am besten erst gar nicht, der reißt dir den Kopf ab. Wir schaffen das auch ohne dich und deine Sherlock-Holmes-Aktivitäten.«

Langsam wurde Anna sauer: »Jetzt stell dich nicht so an! Kannst du das nicht verstehen? Ich weiß, daß das nicht ganz sauber war. Aber er ist mein Patient! Und zwar ein verdammt außergewöhnlicher! Zeig mir den Psychologen, der da nicht nachforscht.«

Pete beugte sich wütend vor, ergriff Annas Hand und drückte sie grob, als wolle er sie zu Bewußtsein bringen: »Anna, Herrgott noch mal, das ist kein Projekt an der Uni! Komm endlich zu dir! Du hast die Fotos von den toten Kindern gesehen!«

Die bittere Erinnerung an die Leichenfotos brachte Annas Widerspruchsgeist abrupt zum Schweigen. Auch wenn sie überzeugt war, das Richtige getan zu haben. Sie schwieg.

In die bedrückte Stille hinein klingelte Petes Handy. Yvonne rief ihn dringlich ins Büro zurück, es gab neue Entwicklungen. Anna wäre am liebsten mit ihm gefahren, doch Pete riet ihr, die Füße stillzuhalten. Er werde Christian erst mal nichts von ihrem Besuch in Moordorf erzählen. Und um ihren schönen Saab tue es ihm leid.

»Gut jedenfalls, daß dir nichts weiter passiert ist«, fügte er mit einem weichen Lächeln hinzu, während er sich seinen Mantel überwarf und zehn Euro für die Rechnung auf den Tisch legte.

Im Konferenzraum herrschte extrem dicke Luft. Pete traf ein, als Christian mitten in einem beeindruckenden Tobsuchtsanfall war. Er stand vor den am Tisch sitzenden Kollegen, gestikulierte wild und schrie rum. Als Pete leise eintrat, warf Christian nur einen knappen Blick auf ihn, fluchte laut: »Die Profiler-Null hat mir gerade noch gefehlt!« und verließ Türen knallend das Zimmer.

»Was ist denn los?« wollte Pete verwundert wissen. Er hatte es sich inzwischen abgewöhnt, Christians Ausbrüche persönlich zu nehmen.

Eberhard rührte in seinem Kaffee: »Detering hat sich ein Alibi besorgt. Für jeden einzelnen Tatzeitpunkt.«

Pete setzte sich und nahm dankbar von Yvonne eine Tasse Kaffee entgegen: »Das nützt ihm doch nichts bei der Leiche von Gier. Wir haben einen Beweis! Und außerdem kann man das Alibi garantiert erschüttern.«

Mit düsterer Miene ergriff Volker das Wort: »Unser Herr Detering ist plötzlich schwul. Und treibt es heimlich in den verschiedenen Städten Deutschlands ...«

Daniel ergänzte mit verschränkten Armen: »Berlin, München, Saarbrücken, Düsseldorf ...«

»... mit dem Vorsitzenden Richter des OLG Nordrhein-Westfalen«, sagte Volker, »und nur um den armen Kerl nicht karrieremäßig in den schwulen Schmutz zu ziehen – der Herr Richter will nämlich in die große Politik – hat Detering so lange sein Alibi verschwiegen.«

»Und das Haar an der Leiche bei Neuss? Wie erklärt er das?« fragte Pete.

»Da will ihm einer was anhängen«, erklärte Daniel und fuhr, Detering in jammerndem Tonfall zitierend, fort, »vielleicht geht es gar nicht um ihn, den unbedeutenden Immobilienmakler, sondern um den angesehenen Herrn Richter, meint Detering. Der Richter wird für jedes politische Amt diskreditiert, seine Karriere ist am Ende, wenn an die Öffentlichkeit gerät, daß er es anal mit einem mutmaßlichen Kindermörder treibt.«

»Und ein guter Anwalt wird Argumente für diese These

finden«, mischte sich Karen erstmals ein. »Die Leiche ist wie alle anderen säuberlich gewaschen worden. Um so erstaunlicher, daß wir zum ersten Mal ein Haar in der Suppe finden.«

»Irgendwann machen sie alle einen Fehler, das spricht doch nicht für Deterings Unschuld!« fuhr Pete auf.

»Wir sind deiner Meinung. Aber du kannst dir vorstellen, was ein Staranwalt wie Blei daraus macht. Waller jedenfalls ist umgefallen. Der schwule Richter aus Nordrhein-Westfalen ruft Waller an, die Mischpoke kennt sich natürlich untereinander, bestimmt von irgendeiner blöden Burschenschaft, Waller ruft Christian an, und Christian flippt aus«, kommentierte Volker.

»Ich kann's verstehen. Du hättest Detering eben mal hören sollen«, meinte Eberhard angewidert zu Pete, »der Prototyp des leidenden Opfers. Er bibbert und bettelt, daß seine Gattin nichts von der schwulen Liebschaft erfährt. Wenn du mich fragst, eine Oscar-reife Leistung!«

»Und der Richter? Habt ihr ihn schon gecheckt?« Pete hoffte auf einen einfachen Ausweg.

Volker nickte: »Er kommt morgen zum Interview. Auf den ersten Blick blütenweiß.«

Nun verstand Pete, warum Christian so ausgerastet war: »Wenn der Deterings Aussage bestätigt, müssen wir ihn freilassen. Das kann doch alles nicht wahr sein.«

Christian lief ziellos durch die verregneten Straßen. Es stürmte mit einer Windstärke von acht bis neun, stündlich wurden die Unwetterwarnungen wiederholt. Die aufgespannten Regenschirme der mit gesenktem Kopf über die Trottoirs hastenden Passanten wurden in alle möglichen Richtungen gebogen, kleinere Zweige brachen von dem Bäumen und wirbelten über die Fahrbahn, auf der sich für Hamburger Verhältnisse ungewöhnlich gestreßte Autofahrer gegenseitig anhupten. Nach außen unaufmerksam, aber innerlich hochkonzentriert, bewegte sich Christian durchs Feierabendgewühl. Er nahm kaum wahr, daß er von einem eiligen Fußgänger angerempelt wurde. Achtlos überquerte er eine Kreuzung, behinderte den Verkehrsfluß und zeigte en passant einem erbosten Autofahrer den Mittelfinger. Dann hielt er abrupt an, so daß eine ältere Dame fast auf ihn aufgelaufen wäre, und versuchte, sich in dem strömenden Regen eine Zigarette anzuzünden. Als die Kippe komplett durchnäßt war, gab er es auf und warf sie in den Rinnstein. Er lief weiter, den Kopf gesenkt. Regen störte ihn normalerweise nicht, er war kein Sommertyp. Langsam jedoch ging selbst ihm das Wetter an die Nerven, der Himmel hing zu tief und drückte aufs Gemüt. Und der Regen schien ihn heute zu durchweichen, seine Haut, die äußerste Begrenzung seines Körpers, schien sich aufzulösen, fühlte sich wund und entzündet an, so daß sein Inneres ungeschützt war und verletzlich, der Regen ging ihm unter die Haut, der Fall ging ihm unter die Haut, und Anna ebenso.

Er versuchte die düsteren Gedanken abzuschütteln und grübelte, ob es bei den Ermittlungen zu irgendwelchen formalen Fehlern gekommen war, die ihm Deterings Anwalt als zusätzliche Knüppel zwischen die Beine werfen konnte. Doch abgesehen von der nicht abgesegneten Beobachtung durch Scout und Nicki war alles sauber gelaufen. Leider hatte die Beschattung keinerlei Ergebnisse gebracht, da sich Detering absolut unauffällig verhielt. Nicht mal zu Annas Praxis war er gegangen, so daß sie ihm diese Verbindung nicht nachweisen konnten.

So wie die Dinge jetzt lagen, bekam Annas Aussage mehr und mehr Gewicht. Christian hätte sie gerne herausgehalten und hatte schon gehofft, daß sie mit dem genetischen Befund den entscheidenden Beweis hätten, um Detering endgültig festzunageln. Doch sie brauchten mehr belastendes Material, um die Zweifel, die Blei an der definitiven Aussagekraft des gefundenen Haares säen würde, zu widerlegen. Nicht einmal die Haus- und Bürodurchsuchung bei Detering hatte etwas ergeben. In keinem einzigen seiner Computer gab es irgendeinen Hinweis auf Mailkontakt mit Anna noch sonst etwas Verdächtiges. Christian hatte die Flugtickets, ein Haar und einen Oberstaatsanwalt, der den Schwanz einklemmte, weil er Angst hatte, Fehler zu machen. Detering hatte einen guten Leumund, viel Geld und Einfluß, einen Richter als Alibi und das Prinzip ›im Zweifel für den Angeklagten‹ auf seiner Seite. Christian war klar: Er brauchte Anna.

Anna erschrak, als sie auf sein nachhaltiges Klingeln die Tür öffnete. Christian war komplett durchnäßt, er fror, sah völlig übermüdet aus und schien um Jahre gealtert. Sein Mund stumm, sein Gesicht ein Staudamm, stand er vor ihr und sah sie fast feindselig an.

Sie nahm ihn mit nach oben, schickte ihn zuerst ins Badezimmer, befahl ihm eine heiße Dusche, legte trockene Joggingklamotten und baumwollene Socken raus und kochte einen Tee, während er versuchte, seine Lebensgeister wieder zu wecken. Als er nach unten in die Wohnküche kam, mußte sie wider Willen lachen. Die Jogginghose war erwartungsgemäß zu kurz, und die Sockenfersen verschwanden irgendwo mittig unter seiner Fußsohle. Dennoch schien Christian sich erheblich besser zu fühlen, und der Tee tat ihm sichtbar gut. Langsam kehrte so etwas wie Farbe in sein Gesicht zurück. Anna sah ihm lächelnd zu, wie er vorsichtig aus seinem dampfenden Glas schlürfte, betrachtete die dunklen Haare auf seinen Unterarmen und schwieg. Sie trank keinen Tee, dennoch stieg Wärme in ihr auf.

Nach etwa fünf Minuten wohliger Stille bedankte Christian sich für die mütterliche Aufnahme. Anna lächelte, auch wenn sie alles andere als mütterlich auf Christian zu wirken beabsichtigte. Mit dem Zeigefinger fuhr er sanft über das Pflaster auf ihrer Stirn und betrachtete die Prellungen und Schürfwunden an ihrem linken Unterarm. Sein wütender Widerstand gegen Anna und seine Gefühle für sie war gebrochen. Besorgt fragte er: »Ein Zusammenstoß mit deinem Vater?«

Anna lachte: »Mit einer Pappel. Mir geht's gut, nur meinem Auto nicht, das hat sich komplett um den Baum gewickelt.«

Erschrocken fragte Christian nach den Details des Unfalls, doch Anna wiegelte ab. Ihr war die Unachtsamkeit, mit der sie ihren Saab zerlegt hatte, peinlich. Außerdem war sie immer noch unschlüssig, ob sie ihm von ihrem Besuch in Moordorf erzählen sollte.

Christian ließ sich von Annas Beteuerungen, bis auf die paar Kratzer unverletzt zu sein, beruhigen und sah sich in ihrer Wohnküche um. Er betrachtete das Gemälde eines Segelschiffes in tosendem Meer, die Kräutertöpfchen neben dem Herd, die um die Kochplatten aufgereihten Kochutensilien, die Topfhandschuhe und die neben dem altmodischen Spülstein aufgehängte karierte Schürze.

»Kochst du gern?«

»Ja. Aber sehr selten. Ich brauche einen Anlaß. Ich selbst bin mir selten Anlaß genug.«

»Ich esse gerne. Aber sehr selten. Ich vergesse es zu oft«, erwiderte Christian ernst und sah ihr dabei in die Augen.

»Soll ich uns Rühreier machen? Mit Schinken? Oder Käse?«

Christian lächelte: »Ja. Bitte. Mit allem. Und mit Kräutern.«

Anna band sich die Schürze um und begann zu hantieren. Unterdessen begann Christian, sie auf den neuesten Stand der Ermittlungen zu bringen.

Nach dem Essen gestand sie, daß sie ihm etwas mitzuteilen habe. Es sei sicher ein Fehler gewesen, und Pete habe ihr auch davon abgeraten, es ihm zu erzählen, aber … Bei Petes Erwähnung verschloß sich Christians Gesicht.

»Ich habe mich nicht privat mit ihm getroffen«, meinte Anna leise. »Ich wollte eigentlich mit dir sprechen, aber du warst beim Staatsanwalt.«

»Worum ging es denn?« fragte Christian knapp. Er verspürte keinerlei Lust auf das Thema Pete.

Anna bedauerte, daß die vertraute Stimmung, die eben noch zwischen ihnen geherrscht hatte, nun wieder Christians distanziertem Ton gewichen war. Sie holte das Tonband, die Abschrift ihres Gesprächs mit den Petzolds und einen Ausdruck der letzten Mail von Carlos Dante. Zu ihrer Überraschung tadelte er sie mit keinem Wort, fragte aber, woher sie von Deterings Kindheit in Moordorf wußte. Verlegen gab Anna zu, sich dieses Detail aus Deterings Akte gemerkt zu haben, die Christian ihr gezeigt hatte. Christian seufzte: Er war also selbst schuld. Müde entschied er, die Mappe über Nacht mit nach Hause zu nehmen, um alles in Ruhe zu lesen. Morgen früh war der Richter vorgeladen, danach würde ein Gespräch mit Detering in Anwesenheit seines Anwalts stattfinden.

»Laß mich mit ihm reden«, bat Anna.

Ruhig sah Christian sie an: »Warum willst du das?«

»Die Therapie und auch die Mails an mich zeigen, daß er mir vertraut. Und daß er sich am liebsten alles von der Seele reden würde. Vielleicht kann ich ihn zu einem Geständnis bewegen.«

Christian sah Anna so forschend in die Augen, daß ihr ganz seltsam wurde, doch sie wich seinem Blick nicht aus.

»Ich weiß nicht. Ich habe einen ganz anderen Eindruck

von dem Kerl als du. Aber vielleicht hast du recht«, sagte er schließlich.

»Laß es uns versuchen«, sagte Anna.

Mit langsamen Bewegungen packte Christian die Mappe und das Band zusammen. Dann griff er nach seinem Handy und rief sich ein Taxi.

»Deine Kleider sind doch noch gar nicht trocken«, entfuhr es Anna. Sofort ärgerte sie sich, denn ihr war nur allzu deutlich anzuhören, wie sehr sie sich wünschte, er würde bleiben.

»Ich nehme sie naß mit, wenn ich deine schicken Sportklamotten noch anbehalten darf.«

Anna sah Christian enttäuscht hinterher, als er ins Bad ging, um seine Sachen zu holen. Als der Taxifahrer klingelte, beugte er sich zu ihr und küßte sie auf ihr Pflaster: »Ich werde in deinem Sweatshirt schlafen. Es riecht gut.« Er zwinkerte ihr zu und ging. Als Anna kurz darauf beim Zähneputzen in den Badezimmerspiegel sah, ertappte sie sich dabei, daß sie immer noch glücklich lächelte.

Dienstag, 5. Juli

Die Aussage des Richters, eines Herrn Professor Dr. Gernhardt, ging am nächsten Morgen schnell über die Bühne. Er kam pünktlich ins Polizeipräsidium, verwies auf seine Kooperationsbereitschaft, die ihn ohne juristische Notwendigkeit nach Hamburg führte, bestätigte bis ins kleinste die Behauptungen Deterings, bat um größtmögliche Diskretion aus Rücksicht auf seine gesellschaftliche und berufliche Stellung und ließ sich ansonsten nicht von seinem professionellen Habitus abbringen. Eine gewisse Nervosität war ihm zwar anzumerken, aber auch Volkers lapidare Bemerkung, daß er ja äußerst unangenehm schwitze, brachte ihn nur kurz in Verlegenheit. Das Interessanteste an ihm war der Verband seiner linken Hand. Auf Christians Nachfrage erzählte Gernhardt knapp von einem gescheiterten Versuch, in seinem Landhaus bei Daun in der Eifel den Rasenmäher zu reparieren. Den kleinen Finger habe er dabei leider eingebüßt, zwei andere seien verletzt. Keiner glaubte ihm. Gernhardt machte mitnichten den Eindruck, als würde er sich zur Gartenarbeit herablassen. Doch trotz aller Zweifel an Gernhardts Aussage würden sie Detering erst mal auf freien Fuß setzen müssen.

»Der feine Herr Richter stank vor Angst«, befand Volker. Er chauffierte Christian und Eberhard hektisch die Spuren wechselnd durch den Verkehr, zu einem Restaurant in Winterhude, wo sie schnell etwas essen wollten. Die Kantine des Präsidiums erfüllte für Eberhard den Tatbestand der Körperverletzung, also hatte er seine Kollegen zu der kleinen Fahrt genötigt. Volker fuhr normalerweise jede noch so weite Strecke mit einem seiner fünf Fahrräder, doch wenn er zum Autofahren gezwungen war, stand für ihn außer Frage, daß er am Steuer saß. Auf dem Beifahrersitz fühlte er sich unwohl, und es war ihm egal, wie unwohl sich alle anderen fühlten, wenn er fuhr. So unterkühlt und kontrolliert er sonst wirkte, so heißblütig wurde er hinterm Steuer. Er beschleunigte, fuhr zu dicht auf, wechselte ständig die Fahrbahn, hupte und schimpfte, bis Christian ihn genervt zur Ordnung rief.

Eberhard, der sich während der gesamten Fahrt krampfhaft am Haltegriff festhielt, stimmte Volker zu: »Angst hatte er auf jeden Fall. Aber ich bin nicht sicher, ob vor uns. Schätze, unser Freund Joe hat ihn besucht und zur Falschaussage überredet. Mit Hilfe seines Skalpells.«

Christian sagte: »Sehe ich auch so. Die haben den in der Hand. Der Herr Richter würde sicherlich ungern seine pädophilen Neigungen in der Öffentlichkeit breitgetreten wissen. Ich verwette meine linke Hand an diesen russischen Schlitzer, daß Gernhardt Kunde bei einem Kinderpornoring ist, in dem Detering irgendwie mit drinhängt.«

»Stimmt, als Kinderficker ist es aus mit der Politik. Als bekennende Schwulette kann er immerhin Parteivorsitzender oder Regierender Bürgermeister von Hamburg oder Berlin werden«, meinte Eberhard.

Mit funkelnden Augen und ungewöhnlich scharfem Ton fuhr Christian Eberhard an: »Hast du was gegen Homosexuelle?«

Abwehrend hob Eberhard die Hände.

»Dann ist ja gut«, knurrte Christian. Er hatte sich immer noch nicht wieder bei seinem Sohn gemeldet. Höchste Zeit, daß er ihm wenigstens eine Mail schickte. Nachher.

Christian sah auf die Uhr. In knapp anderthalb Stunden sollte Anna mit Pete im Untersuchungsgefängnis erscheinen. Anna war der letzte Trumpf, den Christian ausspielen konnte, bevor Detering wieder ein freier Mann war. Ihm war zwar nicht wohl dabei, diesen Trumpf aus der Hand zu geben, aber es war immer noch besser, als Detering seinen Alibi-Bluff unkommentiert durchgehen zu lassen. Christian rief Karen in der Rechtsmedizin an und bat sie, sich Gernhardts OP-Bericht von dem behandelnden Krankenhaus in Daun faxen zu lassen. Eberhard sollte später mit Daniel etwas im Privatleben des Richters herumschnüffeln, um Hinweise für den Pädophilenverdacht zu finden.

Die drei waren gerade hektisch dabei, ihre noch viel zu heiße Pasta bei einem Italiener am Winterhuder Marktplatz hinunterzuschlingen, als Karen zurückrief. Der Arzt vom Maria-Hilf-Krankenhaus in Daun, der Gernhardts Finger geflickt hatte, hatte prompt auf ihre Anfrage reagiert. Eberhards These von Joes Skalpell war, wie Karen sarkastisch formulierte, »nicht von der Hand zu weisen«: Der kleine Finger des Richters war durch einen sehr sauberen Schnitt abgetrennt worden, die beiden anderen nur halb. Für einen Rasenmäher, der mit solcher Schärfe und Präzision arbeitete, hätte man einen Waffenschein benötigt. Der Arzt hatte die Angaben des renommierten Richters über den Unfallhergang zwar insgeheim bezweifelt, aber aus »auf der Hand liegenden Gründen« nicht offiziell in Frage gestellt.

»Hallo, Carlos«, begrüßte Anna den entspannt hinter einem Tisch sitzenden Detering, als sie in den Verhörraum eintrat. Auf dem Tisch stand ein vorsintflutliches Aufnahmegerät, das schleifende Laufgeräusche von sich gab. In dem mit Stacheldraht rundum gesicherten Backsteingebäude war es nicht so ansprechend hell und modern wie im Polizeipräsidium, es roch wie in einer alten Schule nach Bohnerwachs, das Linoleum auf dem Boden war an vielen Stellen brüchig, die nikotinfarben lackierten Wände wirkten abstoßend. Anna fühlte sich unbehaglich, was allerdings nicht allein dem wenig einladenden Ambiente zuzuschreiben war.

Christian gab Pete und Eberhard ein Zeichen hinauszugehen.

»Wer ist Carlos? Und wer sind Sie, wenn ich fragen darf?« Detering sah Anna vollkommen ungerührt an, ganz so, als habe er sie noch nie im Leben gesehen. Anna setzte sich ihm gegenüber, während Christian sich im Hintergrund ans vergitterte Fenster lehnte und Detering beobachtete.

»Ich bin Anna Maybach, Ihre Therapeutin. Warum fragen Sie?«

Detering warf Christian einen spöttischen Blick zu: »Sie sorgen sich anscheinend sehr um meine psychische Gesundheit. Oder soll die Dame hier schon mal ein Gutachten über mich erstellen? Geht das so einfach, ohne die Zustimmung meines Anwalts?«

Christian gab ihm keine Antwort, sondern blickte Anna fragend an.

»Könnte ich für einen Moment allein mit Herrn Detering sprechen?« bat sie. Nach kurzem Zögern ging Christian hinaus und gesellte sich nach nebenan zu Pete, Volker und Eberhard, die, ähnlich wie im Polizeipräsidium, einen Beobachterposten hinter einem kleinen venezianischen Spiegel eingenommen hatten.

Anna sah Detering lange an. Hatte sie in ihrer Praxis jedesmal das Gefühl gehabt, durch die Schwärze von Dantes Augen in einen tiefen Schlund gesogen zu werden, so erschienen ihr nun Deterings Pupillen wie eine kalte, polierte Schieferwand, die jedes Eindringen in einen Seelenabgrund verwehrte.

»Ich bin nicht hier, um ein Gutachten zu erstellen. Ich werde sie weder be- noch verurteilen. Ich bin hier, weil Sie zu mir gekommen sind. Weil Sie sich mir anvertraut haben. Weil Sie Hilfe bei mir gesucht haben.« Anna bemühte sich, möglichst ruhig zu wirken. Sie wußte nicht, ob es ihr gelang.

»Wovon reden Sie? Ich kenne Sie nicht.« Detering wirkte plötzlich defensiv. Er kniff die Augen zusammen und musterte Anna mißtrauisch.

»Lassen Sie uns über die Psalmen reden«, fuhr Anna fort.

Hinter der Spiegelscheibe fluchte Christian leise. Er hätte Anna einschärfen sollen, wenigstens dieses Indiz noch zurückzuhalten.

»Welche verschissenen Psalmen?« fragte Detering.

»Die Psalmen, die Sie mir per Mail geschickt haben.«

»Wieso denken Sie, daß *ich* Ihnen diese ... Psalmen geschickt habe? Wie kommen Sie darauf?«

Anna versuchte, sich nicht verunsichern zu lassen. Es war schließlich kaum überraschend, daß Detering ihre Bekanntschaft leugnete. Dennoch fühlte sie sich befremdet von dem Umstand, daß sie keinerlei Verbindung zu ihm aufbauen konnte.

»Erinnern Sie sich nicht, bei mir in der Praxis gewesen zu sein?« fragte sie.

»Ich?« Deterings Gegenfrage kam mit einem spöttischen Grinsen.

Anna nickte: »Zweimal.«

Christians ungutes Gefühl wuchs. Er spürte, wie sich seine Nackenhaare aufstellten. Irgendwas lief hier verdammt schief.

»Ich gehe rein«, sagte er leise und wollte zur Tür. Doch Volker hielt ihn am Arm fest: »Warte noch. Sie macht das sehr gut.«

Detering lehnte sich in seinem Stuhl zurück: »Was wollte ich denn von Ihnen?«

»Sie haben mir von den schrecklichen Bildern erzählt, die Sie sehen. Daß Sie nicht schlafen können. Ich glaube, Sie hätten gern von Ihrer Kindheit gesprochen, aber Sie konnten es nicht. Noch nicht. Aber Sie sollten jetzt darüber reden.«

Plötzlich änderte Detering seine Sitzposition. Er rückte nach vorne, den Rücken kerzengerade, höchste Anspannung im Blick.

»Was sagen Sie da?« Sein Flüstern kam kratzend.

»Ich spreche von dem, was Ihr Vater mit Ihnen gemacht hat. Damals, im Musterhaus.«

Deterings Pupillen weiteten sich. Schweiß trat ihm auf die Stirn, seine Hände begannen zu zittern.

»Mit mir? Gemacht hat? Wer hat ... Mit wem haben Sie ...?«

Sein Atem ging plötzlich stoßweise und fing an zu rasseln, in seinem Gesicht zuckte es unkontrolliert. Die schwarzen Schieferwandsperren seiner Augen brachen auf und wurden geflutet. Als würden Unmengen von Bildern in sie hineinstürzen und gleichzeitig aus ihnen herausbrechen, ein

Schwall an schwarzer Gülle und Gift. Wie von einer Faust getroffen stürzte Detering zu Boden und blieb dort hyperventilierend und zusammengekrümmt liegen.

Innerhalb von Sekunden waren Christian und Volker im Raum, doch Anna kniete schon neben Detering, hielt ihn fest und legte ihm ihre Hand auf die Stirn.

»Er hat einen Schock, bringt mir …«

Volker war schon am Waschbecken, befeuchtete ein Handtuch und gab es Anna. Sie rollte es eilig zusammen, legte es Detering in den Nacken und positionierte ihn in der Schockstellung. Sein Atem begann sich schon wieder zu beruhigen, er schob Annas Hand unwillig von sich.

Drei Minuten später war der Spuk vorbei. Detering hatte sich wieder gefangen, weigerte sich aber, auch nur ein Wort zu sprechen. Er wurde von Volker und Eberhard zum Arzt gebracht.

»Was zur Hölle ist da eben passiert?« wollte Christian von Anna wissen. Er hatte sich mit ihr und Pete in den leeren Nebenraum zurückgezogen und ärgerte sich, weil er zugelassen hatte, daß Annas Gespräch mit Detering so eskaliert war. Nun saß er mit einer Arschbacke auf einem wackligen Schreibtisch und funkelte Anna wütend an.

»Wir haben doch jedes Wort mitbekommen und durch die Scheibe alles gesehen. Anna hat nichts falsch gemacht, im Gegenteil«, sagte Pete. Er empfand Christians Ton als unpassend, wenn nicht ungerecht. Christian quittierte Petes Beschützerhaltung mit einem aggressiven Blick.

Müde hob Anna die Hand, sie hatte keine Energie für eine Auseinandersetzung.

»Es war die Erwähnung vom Musterhaus«, sinnierte sie, »da ist irgendein Damm gebrochen.«

»Glaubst du, der Zusammenbruch war gespielt? Um aus dem Gespräch rauszukommen?« fragte Christian, nun etwas beherrschter.

»Das hätte dir nicht mal Brando so gespielt. Sein Puls raste, und der Schweiß war eiskalt. Der hatte wirklich einen Schock. Was hab ich bloß falsch gemacht?« Anna strich sich mit den Händen die Haare zurück.

Beruhigend legte Christian ihr die Hand auf die Schulter. »Es ist nicht deine Schuld.«

»Schade, daß er sich so schnell wieder eingekriegt hat«, sagte Pete, »vielleicht wäre er reif für ein Geständnis gewesen. So wird er uns wahrscheinlich von seinem Anwalt einen fetten Strick daraus drehen lassen. Seelische Folter …«

Anna hörte gar nicht richtig zu: »Ich habe so was noch nie gesehen … in den Augen … die waren zu, und dann sind sie plötzlich aufgegangen … und übergegangen … Als hätten sich die Augen übergeben …«

Sie sah Christian an: »Hört sich komisch an, aber … Ich weiß auch nicht. Und dann war das Tor zur Hölle wieder zu.«

Die drei schwiegen eine Weile. Man hörte nur das Klicken des Feuerzeugs, mit dem Anna sich eine Zigarette anzündete, und ihre gierigen ersten Züge.

»Ich hatte den Eindruck, daß er mich wirklich nicht erkannt hat. Das schien nicht gespielt«, nahm Anna den Faden schließlich wieder auf. »Und noch seltsamer war, daß *ich ihn* nicht erkannt habe.«

Christian blickte auf. »Wie meinst du das?«

Anna winkte ab: »Keine Panik. Natürlich ist er es. Er war mir nur total fremd. Bis das mit den Augen … Ihr wißt schon … Da war er mir vertraut. Aber vorher …«

»Hast du schon mal an MPS gedacht?« fragte Pete.

Ernst antwortete sie: »Ich hatte noch nie einen Fall in meiner Praxis, habe aber 'ne Menge drüber gelesen. Möglich wär's. Und die Anamnese ist klassisch.«

»Multiple Personality Syndrome«, erklärte Pete Christian. »In Europa streiten die Fachleute noch, ob es das überhaupt gibt, während sie in den USA schon fleißig am therapieren sind.«

»Hier inzwischen auch«, wandte Anna ein, »so rückständig sind wir nicht. Obwohl die wissenschaftlichen Zweifel daran nicht ganz ohne Fundament...«

»Könnt ihr euren selbstverliebten Diskurs einfach komplett weglassen und mich aufklären?« knurrte Christian.

»Bei MPS oder auch dissoziativer Identitätsstörung handelt es sich um eine posttraumatische Erkrankung, die sich durch das Vorhandensein mehr oder weniger stark abgespaltener Persönlichkeits- oder Selbstzustände auszeichnet«, begann Anna, scheinbar ungerührt von Christians schlechter Laune.

»Das heißt, ein Mensch, häufig noch im Kindesalter, erlebt schreckliche Dinge und entwickelt zum eigenen Schutz vor diesen Erlebnissen eine oder mehrere andere Persönlichkeiten, die das eben nicht erlebt haben. Das führt zwangsweise zu permanenten Löchern im Alltag, wenn die Person von einer Identität zur anderen geswitcht ist und sozusagen die linke Hand nicht weiß, was die rechte gestern getan hat«, fuhr Pete fort. »Es gibt natürlich das Problem der Unterscheidung von MPS und Schizophrenie, vor allem für den Laien, der...«

»Ich hab's verstanden«, unterbrach Christian und wandte sich an Anna. »Glaubst du, daß Detering das hat? MPS?«

Anna zuckte die Schultern: »Möglich. Es paßt alles zusammen.«

»Eben«, mischte sich Pete wieder ein, »und vorhin, als du ihn mit den Reizwörtern von Carlos konfrontiert hast, sind sich Karl und Carlos zum ersten Mal begegnet, und er ist mit dieser Art Doppelbelichtung seines Ichs nicht klargekommen. Das hat den Schock ausgelöst.«

Anna fand Petes Theorie durchaus plausibel und paßte bekannte Details über Deterings Psyche, wie etwa die Amnesie, in das neue Gedankengebäude ein. Während Anna und Pete weiter fachsimpelten, verfinsterte sich Christians Miene immer mehr, bis er die beiden schließlich rüde unterbrach. Er könne diesem Geschwafel über die Gründe und Abgründe eines Täters wenig abgewinnen, und psychologische Gutachten vor Gericht dienten sowieso nur dazu, die verdiente Strafe abzumildern und sich vor dem Knast zu drücken. Als Anna ihn daraufhin nach seiner Haltung zur Resozialisierung fragte, schnappte sich Christian seine Jacke und sagte verächtlich: »Detering sitzt jetzt beim Arzt, heult dem was vor, und danach wird er garantiert von Waller freigelassen! Ihr könnt von mir aus sozialisieren und philosophieren und psychologisieren, bis ihr Freud und Jung und all die anderen toten Säcke in eurer Studierstube neu erfunden habt. Da draußen werden Kinder umgebracht. Kinder! Ich brauche den Namen und die Adresse eines Mörders, um ihn von der Straße zu ziehen, der Rest interessiert mich einen Scheißdreck.« Damit ging er hinaus.

Wütend stapfte Christian durch die Flure des Untersuchungsgefängnisses. Er wußte, daß er vollkommen unangemessen reagiert hatte. Und unprofessionell. Weil er das ungeschriebene Gesetz, Privates und Berufliches strikt zu trennen, ständig übertrat. Diese Psychologin mit dem klaren, festen Blick und der atemberaubenden Figur brachte ihn völlig aus der Fassung. Er wollte sie aus dem Fall heraushalten, statt dessen zog er sie immer mehr hinein. Er wollte sie nicht mehr in Petes Nähe sehen, statt dessen verabredete sie sich nun erneut mit ihm. Christian schnaubte unwillkürlich. Er sah deutlich vor sich, wie Pete Anna schmeicheln würde, zuerst auf beruflicher Ebene, dann auf privater. Wie er sie an sich ziehen würde, um ihre Bluse aufzuknöpfen und … Christian rief sich zur Ordnung. Er mußte zu Oberstaatsanwalt Waller, der reichlich ungehalten über die Entwicklung des Falls war, zumal auch er natürlich Professor Gernhardt kannte und es deswegen seiner Meinung nach unter allen Umständen galt, diesen hochangesehenen Juristen aus den Schlagzeilen herauszuhalten. Christian kämpfte sich aggressiv wie ein Pitbull vom Untersuchungsgefängnis ins nebenan liegende Justizgebäude.

Das Gespräch mit Waller übertraf Christians schlimmste Erwartungen. Waller, der den richterlichen Haftbefehl für Deterings Festnahme beantragt und ihn am Morgen auch dem zuständigen Richter vorgeführt hatte, tobte, fluchte, erinnerte Christian an die Bedeutung des Experiments einer ersten bundesweiten SOKO, für das er mitverantwortlich zeichnete, dann schwenkte er um auf eine schlangenhafte Jovialität, die noch unerträglicher war als seine Drohungen, und schließlich gab er Christian 24 Stunden, um Deterings Schuld zu beweisen oder zumindest den Tatverdacht wasserdicht zu begründen – möglichst ohne Professor Gernhardt in den offiziellen Papieren auch nur zu erwähnen. Wenn Christian bis dahin nichts Handfestes fand, würde er den Haftbefehl sofort wieder aufheben lassen und Detering unverzüglich auf freien Fuß setzen. Und auch die Existenz des Teams stünde damit auf dem Spiel.

Mit der entsprechenden Laune quälte sich Christian im ungeliebten Dienstwagen quer durch Hamburg, rief von unterwegs Volker an und verabredete sich mit ihm vor Deterings Haus in Norderstedt. Christian wollte mit Frau Detering ohne Beisein ihres Mannes reden. Vielleicht war aus ihr etwas herauszuholen. Die größten Chancen auf irgendeine wertvolle Information sah Christian jedenfalls darin, sie im privaten Umfeld von Volker einlullen zu lassen.

»Was zur Hölle machst du hier?« blaffte er Anna an, die vor Deterings Haustür in Petes Wagen saß und rauchte. Als

Christian unvermittelt die Beifahrertür aufgerissen hatte, war Anna der Schreck dermaßen in die Glieder gefahren, daß sie ihre Zigarette fallen ließ. Sie sollte mit dem Rauchen endlich aufhören, anscheinend war sie selbst dazu zu blöd, dachte sie sich. Doch durch das Suchen des Glimmstengels gewann sie Zeit.

»Hat ein Brandloch im Fußraum gemacht«, sagte sie anklagend und hob die brennende Kippe in die Höhe. Christian nahm sie ihr aus der Hand und schnippte sie achtlos in die Straßenrinne.

»Ich frage nicht noch einmal«, zischte Christian.

»Pete ist drin und redet mit Deterings Frau. Wir fanden, das wäre eine gute Idee, weil ...«

»Wir?« unterbrach Christian heftig. »Wer ist *wir*?«

»Ich bin ja nicht mit reingegangen«, pampte sie zurück. »Pete wollte es nicht, es ist also alles in Ordnung, spiel dich doch nicht so auf!«

»Alles in Ordnung, alles in Ordnung?« wiederholte Christian stumpf. Dann knallte er die Beifahrertür zu, so daß Anna erneut zusammenschrak, und ging auf das Haus zu, aus dem Pete gerade herauskam.

Anna sah vom Wagen aus, wie Pete und Christian zwei, drei Sätze wechselten, dann klingelte Christian und verschwand im Haus. Pete kam zum Auto, setzte sich schweigend hinters Steuer, ließ den Motor an und fuhr los.

»Und?« fragte Anna vorsichtig. »Hat er dich auch zusammengestaucht?«

»So würde ich das nicht nennen«, sagte Pete ruhig.

»Glück gehabt. Ein Spaß ist das nämlich nicht.«

»Er hat mich suspendiert«, ergänzte Pete.

Anna sah ihn mit offenem Mund an: »Wieso das denn?«

»Weil er meine Visage nicht mehr sehen kann. Das waren seine Worte.«

»Sehr ehrlich, dein Chef. Glaubwürdig.«

»Danke. Ich habe ohne seine Anweisung gehandelt, mich nicht mit ihm abgesprochen. Und er hat nur darauf gewartet, daß ich einen Fehler mache. Jetzt habe ich einen gemacht.«

»Das tut mir leid, ehrlich.«

»Ach, was. Du kannst nichts dafür.« Plötzlich grinste er: »Oder doch. Ein bißchen schon.«

Anna sah ihn fragend an.

»Christian ist scharf auf dich. Und mich kann er noch weniger ausstehen, seit er weiß, daß ich mit dir geschlafen habe und er nicht – oder hat er?«

»Nein. Und wenn, es würde dich nichts angehen«, gab Anna barsch zurück. »Erzähl mir lieber, was du für einen Eindruck von der Detering hast.«

Gelassen lenkte Pete den Wagen durch die Rush Hour. Er zuckte mit den Schultern: »Verwertbare Anhaltspunkte für die MPS-These hat sie nicht geliefert. Keine teilweisen Amnesien, kein unerklärliches Verhalten. Alles, was er vergessen hat, liegt Jahre zurück. Sie hält ihn für einen … wie hat sie gesagt … ›ganz normal gefühlskalten Menschen‹. Hübsch, nicht?«

Anna grübelte. »Hast du sie nach den Pflanzen gefragt? Carlos kannte sogar den lateinischen Namen von dem Grünzeug in meiner Praxis.«

Pete nickte: »Im ganzen Haus sind keine. Und als ich sie fragte, ob ihr Gatte sich mit Blumen auskennt, hat sie nur gelacht. ›Mein Mann haßt alles Lebendige, deswegen haben wir auch keine Kinder‹, hat sie gesagt.«

»Klingt ja nach ’ner erfüllten Ehe. Wo fährst du eigentlich hin?«

»Ich bringe dich nach Hause und verzieh mich, okay?«

»Was denkst du, soll ich mal mit Christian reden? Wegen deiner Suspendierung, meine ich.«

»Untersteh dich! Erstens bist du nicht meine Mutti und

ich nicht mehr im Kindergarten. Und zweitens bist du vermutlich genau die Falsche.«

Anna wußte, daß er recht hatte.

Nur zwei Stunden später rief Christian bei Anna zu Hause an. Ihre Hoffnung, er würde sich entschuldigen für seinen rüden Ton, erfüllte sich allerdings nicht. Statt dessen bat er sie übellaunig zurück ins Untersuchungsgefängnis. Detering wolle mit ihr sprechen, und nur mit ihr. Er habe angekündigt, Licht in den Fall zu bringen, wenn Anna sich bereit erkläre, ihm ohne Umschweife einige Fragen zu beantworten. Aufgeregt fragte Anna: »Glaubst du, daß er gestehen will?«

»Der kalte Hund? Nie im Leben. Aber ich bin gespannt, was er diesmal für Märchen erzählt. Nimm dir ein Taxi, wir zahlen selbstverständlich.«

Detering gab sich entspannt und selbstsicher, als er erneut in das Vernehmungszimmer gebracht wurde. Souverän begrüßte er Anna, setzte sich hin, schlug die Beine übereinander und bat um Kaffee, schwarz und ohne Zucker, und um eine Zigarette.

Anna bot Detering eine von ihren Zigaretten an und gab ihm Feuer: »Was kann ich für Sie tun?«

Genüßlich zog Detering an der Kippe. Er nahm sich Zeit für die ersten drei Züge und bemerkte mit kaum unterdrückter Zufriedenheit, wie sehr er Christian damit provozierte.

Detering wandte sich demonstrativ nur an Anna: »Gestatten Sie mir zuerst ein paar Fragen, damit mein Verdacht bestätigt wird.«

Anna sah fragend zu Christian, der nickte.

»Was wollen Sie wissen?« Anna schlug einen höflichen, sachlichen Ton an.

»Sie sind sicher, daß *ich* das war in Ihrer Praxis?«

Anna nickte.

»Wie oft war ich bei Ihnen?«

»Nur zweimal. Sie haben mir außerdem ein paarmal gemailt.«

»Was genau habe ich Ihnen erzählt?«

»Das sollten Sie selbst am besten wissen«, unterbrach Christian.

Leicht spöttisch sah Detering zu Christian und meinte: »Wenn Sie sich da mal nicht irren!« Dann wandte er sich wieder an Anna: »Habe ich Ihnen eine Adresse angegeben? Damit Sie die Rechnung wohin schicken können, oder so was?«

Anna schüttelte den Kopf: »Sie haben bar bezahlt.«

»Und ich habe mich als Carlos vorgestellt?«

Anna nickte: »Das passiert dann und wann, daß ein Patient beim ersten Mal unter falschem Namen kommt. Weil er sich schämt, weil er der Schweigepflicht mißtraut ...«

Detering drückte seine Zigarette aus: »Was ja wohl auch berechtigt ist, wie man sieht.«

»Bei Gefahr im Verzug habe ich als Therapeutin nicht nur das Recht, sondern auch die Pflicht, Prioritäten abzuwägen.«

Christian mischte sich erneut ein: »Wollen Sie jetzt nicht langsam mal zur Sache kommen, Herr Detering? Ihr Informationsbedürfnis in allen Ehren, aber das Spiel läuft genau andersherum. Ich will was von Ihnen hören.«

Aufreizend langsam drehte sich Detering zu Christian und sah ihn an. Er musterte ihn von Kopf bis Fuß und kräuselte verächtlich die Oberlippe, als habe er etwas ganz besonders Widerliches im Mund. Dann wandte er sich wieder Anna zu.

»Ihr Patient heißt Detering«, sagte er zu ihr und drehte sich dann wiederum zu Christian. Diesmal lächelte er überheblich: »Und Ihr Mörder heißt vermutlich auch Detering.

Aber nicht Karl Detering, sondern Wilhelm. Mein angeblich verstorbener Zwillingsbruder. Eineiig natürlich, deswegen die Verwechslung.«

Anna sah Christian überrascht an. Der zeigte keine sichtbare Reaktion. Einige Sekunden lastete Schweigen auf dem Raum. Nur das Brummen einer fetten Stubenfliege war zu hören, die mit ihren Flügeln aufgeregt in der Hitze des Zimmers herumrührte.

»Hübsche Geschichte«, meinte Christian schließlich. »Und wann ist der werte Wilhelm verstorben? Und wie ist er von den Toten wieder auferstanden? Haben Sie dazu auch eine Theorie?«

Die Stubenfliege setzte sich neben Christian auf die Wand.

Detering hob hilflos die Hände: »Als wir sechs waren, ist er begraben worden. Es hieß, er sei an Hirnhautentzündung gestorben. Aber das kann nicht stimmen, denn ...«, er beugte sich vor und sah Anna direkt ins Gesicht, »... *ich*, meine Teuerste, habe Sie noch nie in meinem ganzen Leben gesehen, bevor Sie mir hier begegnet sind. Und ...«, er drehte sich zu Christian, »... *ich* bringe keine Kinder um!«

Selbstzufrieden lehnte sich Detering in seinem Stuhl zurück.

»Gestatten Sie auch mir eine direkte Frage«, bat Anna. »Sind Sie als Kind mißbraucht worden?«

»Blödsinn«, gab Detering zurück.

»Und was, glauben Sie, ist aus Ihrem Bruder geworden? Wenn er im Alter von sechs Jahren ... sagen wir mal ... verschwunden ist, was ist mit ihm passiert?«

»Keine Ahnung, ich war ja selbst erst sechs. Aber wenn Sie ihn haben, würde ich wirklich gerne mit ihm reden. Er sieht echt genauso aus wie ich? Zum Verwechseln? Verrückt!«

Deterings selbstgefälliges Grinsen erlosch, als Christian

die Fliege, die inzwischen ihre Parkposition auf der Wand wieder verlassen hatte, mit einer schnellen Bewegung aus der Luft fing, sie in seiner zur Faust geballten Hand aufbrummen ließ, sie dann zermalmte und seine Hand langsam am Revers von Deterings hellem Leinensakko abwischte, was einen häßlich braun-roten, matschigen Fleck hinterließ. Ohne ein weiteres Wort verließ er den Raum und gab dem davor wartenden Beamten ein herrisches Zeichen, Detering in seine Zelle zurückzubringen. Anna folgte ihm, hatte aber Mühe, mit ihm Schritt zu halten.

Kaum war Christian ins Nebenzimmer gestürmt und hatte die Tür hinter sich geschlossen, schrie er auch schon Volker an:

»Wieso, verdammt noch mal, weiß ich nichts von einem Zwilling?«

Volker zuckte die Schultern: »Scheiß Panne, aber ich habe Daniel schon angerufen. Er sitzt dran.«

»In einer Stunde bei uns in der Schanze. Anfänger, Vollidioten, Arschkrampen!« brüllte Christian und ging hinaus. Anna sah eingeschüchtert zu Volker.

»Kleiner Ausraster, das kennen wir. Aber er hat recht. Das hätte nicht passieren dürfen. Auch wenn die Story Quatsch ist, wir dürfen von so was nicht überrascht werden. Das müssen wir sofort ausbügeln.«

»Alfred Detering, geboren am 13.1.1937 in Geinsheim. Elfriede Detering, vor ihrer Heirat Elfriede Kropp, geboren am 27.8.1942 in Stadecken. Die beiden haben am 1.11.68 in Darmstadt geheiratet, sind nach Baal in die Nähe der holländischen Grenze gezogen. Dort kamen am 14.2.1970 die Zwillinge Karl und Wilhelm Detering zur Welt. Wilhelm verstarb Dezember 1976 an Hirnhautentzündung, der Totenschein wurde von einem Doktor Werner Schmitt aus Baal ausgestellt. Wilhelm Detering liegt in Baal auf dem Friedhof begraben. Kurz darauf zog Familie Detering nach Moordorf bei Aurich.« Daniel schloß seinen Bericht mit einem schuldbewußten Blick zu Christian. Alle saßen im Besprechungszimmer der schäbigen Wohnung versammelt, auch Anna war mitgekommen. Ihr war immer noch schlecht von der Fahrt mit Volker. Christian hatte anscheinend gleich nach seinem wütenden Abgang im Untersuchungsgefängnis ein Taxi genommen, er war vor ihnen angekommen, obwohl Volker die Straßenverkehrsordnung mit Füßen getreten hatte.

»Da wir uns bislang auf Karl Detering konzentriert haben und seine Akten nur auf die Zeit in Moordorf zurückreichen, ist uns dieser Wilhelm wohl nicht untergekommen«, ergänzte Eberhard, ebenfalls mit deutlich schlechtem Gewissen. Christian trommelte mit den Fingern auf die fleckige Tischplatte.

»Blödsinn, alles Blödsinn«, murmelte er. Dann hob er den Blick und sah seine Leute an: »Glaubt ihr den Quatsch?«

Eberhard, Volker und Daniel schwiegen hilflos. Anna traute sich erst recht nicht, den Mund aufzumachen. Mit gebeugtem Nacken, als laste ein ungeheures Gewicht darauf, ging Christian zum Fenster und sah abwesend hinaus.

»Ihr kennt mich«, hob er ruhig an, »und ich kenne diese Sorte von Menschen, wie Detering einer ist. Der hat Dreck am Stecken, und zwar nicht zu knapp. Ich weiß es! Das rieche ich auf zehn Meter Entfernung. Wenn der vor mir steht, wird mir eiskalt.«

»Geht mir ähnlich«, nickte Volker, »meiner Meinung nach reist der unter der Tarnung des Immobilienmaklers in Deutschland rum und vögelt Kinder oder dealt mit ihnen. Oder beides. Und dieser Finger absägende Russe hört auf sein Kommando und beseitigt unliebsame oder unvorsichtige Geschäftspartner wie diesen Perlmann.«

»Und der feine Herr Richter, der Deterings Alibis liefert, ist ein Kinderschänder aus der Kundenkartei und wird erpreßt.«

Christian schwieg kurz und starrte weiter auf die Straße. »Auffallend, wie nah Mama und Papa Detering an der holländischen Grenze gewohnt haben, bis Wilhelm starb. Da ist Eindhoven nicht weit.«

»Vielleicht waren ja schon die Eltern in der Kinderpornoszene zugange«, meinte Anna, »nach all dem, was Carlos mir angedeutet hat ... Ich glaube Karl Detering auch nicht. Wenn die Eltern einen von den Zwillingen mißbraucht haben, wieso nicht beide?«

»Vielleicht haben sie aufgehört, nachdem Wilhelm gestorben ist«, spekulierte Eberhard, »und Karl erinnert sich jetzt nicht mehr.«

»Wäre möglich, ein Mensch kann Ungeheuerliches an Verdrängung leisten. Karl Deterings psychogene Amnesie würde dafür sprechen«, nickte Anna.

»Mir sind das viel zu viele Vielleichts. Was ist mit der These von der multiplen Persönlichkeit? Auch nur ein Vielleicht! Ach, das bringt uns alles nicht weiter!« murrte Christian.

»Es gibt Puzzleteile, die zu der These passen, es könnte aber genausogut sein, daß dieser Wilhelm tatsächlich noch lebt«, antwortete Anna. »Ich habe doch gesagt, daß Detering mir bei der ersten Besprechung hier sehr fremd vorkam. Das Aussehen stimmt zwar, der Charakter aber nicht. Das könnte für MPS sprechen. Multiple Persönlichkeiten wechseln nicht nur komplett ihr eigenes Bewußtsein und den Charakter, manche schaffen das sogar mit ihrer Augenfarbe. Plötzlich von braun nach blau!«

»Red keinen Scheiß«, entfuhr es Daniel ungläubig.

Eberhard verteilte die von ihm gefüllten Kaffeetassen. Schweigend tranken sie, bis Christian wieder das Wort ergriff: »Daniel, du versuchst weiter, eine Verbindung zwischen Detering und Kinderpornogeschäften aufzufinden. Es *muß* etwas geben, wenn wir nicht komplett falschliegen. Überprüf mit den betreffenden Kollegen noch mal genau alle Städte, die auf seiner Reiseliste stehen. Gibt es nicht noch irgendwelche Verdachtsmomente? Irgendwas, das in unsere Theorie paßt. Überprüf auch alles, was nicht reinpaßt. Check seine Holland-Connections. Eberhard, du schnappst dir Scout und Nicki. Die sollen alle ihre Kontakte heißlaufen lassen, wir müssen an diesen Russenkiller rankommen. Und du, Volker, wühlst in der Vergangenheit von Mama und Papa Detering, sowohl privat als auch geschäftlich, vielleicht liegt da ja schon der Hund begraben. Noch ein Vielleicht ... Ihr habt Zeit bis morgen früh um acht. Dann will ich Ergebnisse sehen. Ich habe nämlich keine Lust, diesen verlogenen Dreckskerl wieder laufenzulassen!« Christians Stimme peitschte im Laufe seiner Rede immer lauter und ungeduldiger auf die Anwesenden ein, und beim letzten Satz schlug er mit der flachen Hand auf seinen Schreibtisch.

Unbeeindruckt von Christians negativer Energie fragte Anna, ob die Leiche des kleinen Wilhelm in Baal exhumiert werde, um Deterings Angaben zu überprüfen.

Christian lachte bitter auf: »Was glaubst du, was der Herr Oberstaatsanwalt mir erzählt, wenn ich ihm mit dieser Schwachsinnsstory komme und ihn um Amtshilfe in Nordrhein-Westfalen bitte, um ein vor knapp dreißig Jahren verstorbenes kleines Kind auszubuddeln? In einem katholischen Dorf? Sobald es an den Geldbeutel oder auf den Friedhof geht, wird das gemeine Volk sehr pietätvoll! Außerdem gibt es nicht den geringsten Grund, den Totenschein anzuzweifeln.«

»Ja, aber ...«, wollte Anna widersprechen.

Christian löste die Versammlung auf. Auch Anna erhob sich und wollte mit den anderen hinausgehen, doch Christian hielt sie zurück. Er fragte sie nach ihrem Gefühl bei der Sache. Unsicher gab Anna zu, daß sie sich komplett überfordert fühlte. Das, was sie von Carlos wußte, ließ verschiedene Lesarten zu. Aber wenn Christian sie nach ihrer Intuition fragte, so verspürte auch sie bei Karl Detering ein unfaßliches Unbehagen, das sie erschaudern machte, sobald sie ihm gegenübersaß. Carlos hatte in beiden Sitzungen heftige emotionale Reaktionen bei ihr ausgelöst, aber sie fürchtete ihn nicht. Eher empfand sie Mitleid und einen leisen Schwindel vor dem gähnenden Abgrund, aus dessen Tiefe sein Blick sich ans Tageslicht kämpfte.

»Also, wenn du mich fragst… Ich glaube nicht an eine multiple Persönlichkeit. Nagel mich aber bitte nicht darauf fest. Was ich gerade gesagt habe, ist höchst unwissenschaftlich und entbehrt jeglicher Grundlage«, schloß sie.

Christian nickte erschöpft. Plötzlich wirkte er sehr sanft, fast schutzlos. Anna nutzte den ruhigen Moment und fragte ihn, ob er wirklich nicht exhumieren wolle. So könnte man doch zumindest beweisen, daß Deterings Bruder Wilhelm nicht mehr lebe, und damit wäre Karls hanebüchene Verteidigungsstrategie vom Tisch.

Christian war sofort wieder auf hundertachtzig: »Wieso macht hier eigentlich jeder, was er will? Pete informiert mich nicht, wenn er die Ehefrau meines Hauptverdächtigen befragt. Du fährst nach Moordorf und interviewst in der Kindheit eines mutmaßlichen Serienmörders herum! Der dich aus irgendeinem Grund ausgewählt und in die Sache mit reingezogen hat. Du bist möglicherweise in Gefahr und hältst dich trotzdem einfach nicht raus! Ist das der schlechte Einfluß von diesem halbamerikanischen Lackaffen, oder kommst du von ganz allein auf solche bescheuerten Ideen?«

Er stand wütend vor ihr und schlug mit der Faust direkt neben Annas Kopf gegen die Wand. Anna zuckte zusammen und starrte ihn panisch an.

Christian wurde aschfahl und wich entsetzt zurück: »Oh mein Gott, du hast gedacht, ich schlage dich.«

»Ich würde dich umbringen«, flüsterte Anna heiser.

Roh packte Christian sie, zog sie in seine Arme und küßte sie. Sie erwiderte seinen Kuß ebenso gierig. Als sie sich voneinander lösten, sah Christian ihr unergründlich in die Augen und sagte: »Bitte, geh jetzt. Ich muß arbeiten.«

Anna ging ohne ein Wort.

»Ich kann nicht glauben, daß ich das hier tue«, flüsterte Anna mit Verzweiflung in der Stimme.

»Heul nicht, hilf mir lieber«, gab Pete knapp zurück und hängte die Stablampe an das verwitterte Holzkreuz. Nur mit Mühe konnte man die Inschrift ›Wilhelm Detering 1970–1976‹ noch entziffern.

»Wie komme ich nur dazu?« sagte Anna zornig. Es war ihr immer noch unklar, wie Pete sie dazu gebracht hatte, in seinen Wagen zu steigen und die knapp fünfhundert Kilometer mit ihm nach Baal zu fahren. Er hatte ihr erst unterwegs erklärt, was er vorhatte, und ihr war es ums Verrecken nicht gelungen, ihn davon abzubringen. Pete sah sich ein letztes Mal um. Es war alles ruhig, bis auf das Rufen eines Käuzchens.

»Jetzt komm schon: Wir buddeln, ich entnehme etwas Zellmaterial, dann machen wir alles wieder zu, und keiner merkt was. Die Graboberfläche wird vielleicht ein bißchen durchwühlt aussehen, aber das könnte genausogut ein streunender Hund gewesen sein. Oder eine Horde randalierender Maulwürfe. Wir fahren zurück und hatten eine gemeinsame Nacht, an die du dich dein Leben lag erinnern wirst.« Breit grinste er Anna an.

»Du bist so ein Idiot.«

Pete wurde ernst: »Einer muß es tun, das denkst du doch auch. Christian ... der ist viel zu festgefahren und kuscht vor dem Staatsanwalt. Also mach ich es, bin eh suspendiert. Immerhin hat Karen mir versprochen, die Probe zu untersuchen. Mehr kann ich von ihr nicht verlangen.«

Er begann, mit der Hacke das Gestrüpp vom verwilderten Grab zu nehmen. Beiläufig warf er Anna eine der beiden Schaufeln zu. Anna wog das Gerät hilflos in der Hand und sah sich fröstelnd um, denn hier in Baal war es weitaus kälter als in Hamburg. Ihre Sicht reichte nicht mal drei Meter weit. Die Nacht war stockfinster, kein Licht drang aus der Kleinstadt zu dem etwas außerhalb gelegenen Friedhof. Nur ein paar rote Kerzen brannten hie und da auf den Gräbern. Es roch nach modrig-feuchter Erde.

»Wir sind verloren. Verdammt in alle Ewigkeit. Karen wird es Christian sagen. Und der reißt uns die Köpfe ab und spielt Fußball damit.«

Pete schüttelte unwillig den Kopf: »Wird sie nicht. Und Christian erfährt es noch früh genug. Dann nämlich, wenn bewiesen ist, daß hier nicht Wilhelm Detering liegt. Oder daß er hier liegt. Auf jeden Fall was Abgesichertes. Den Formalkram erledigen wir hinterher. Und jetzt hilf mir.«

Anna warf ihm wütend den Spaten vor die Füße: »Ich habe dir gesagt, ich mache da nicht mit. Und woher nimmst du eigentlich die Sicherheit, daß Karen dich nicht verrät?«

Pete wechselte von der Spitzhacke zur Schaufel und begann zu graben. »Mein Charme. Ich bin unwiderstehlich, falls du dich erinnerst.«

»Sag bloß, du hast sie gevögelt?«

»Sie mich. Sie hat eben den gleichen guten Männergeschmack wie du.«

Anna setzte sich auf einen Grabstein und sah Pete beim Graben zu: »Du bist rücksichtslos, krankhaft ehrgeizig und total verrückt! Und das alles nur, um dir und deinem blöden Militär-Daddy zu beweisen, daß du was draufhast, auch ohne seine Protektion.«

Wie ein Berserker rammte Pete die Schaufel in den Boden, wieder und wieder.

»Du mußt grad was sagen«, keuchte er, »was ist denn mit deinem Besuch in Moordorf? Jede andere Psychologin hätte ihre Aussage zu Protokoll gegeben und sich dann schleunigst ins warme Heim zum Roibuschtee zurückgezogen, die Tür dreimal abgesperrt und gezittert, daß bloß nie wieder so ein gräßlicher Ausschnitt aus der Realität über ihre Praxisschwelle tritt und sie in Zukunft nur noch mit unbefriedigten Kleptomaninnen zu tun hat.«

»Die sind auch ein gräßlicher Ausschnitt aus der Realität«, gab Anna bockig zurück.

»Du weißt, was ich meine.« Pete begann langsam zu schwitzen, obwohl die Nacht recht kühl war. Über einem ein Stück von dem Grab entfernten Brunnen hielt sich ein leichter Nebelschwaden in der unbewegten Luft.

»Dein Patient mit dem klangvollen Decknamen Carlos Dante hat dich vom ersten Moment an fasziniert, und als du dann erfahren hast, in welchem Zusammenhang er womöglich steht, hat dich absolut nichts mehr davon abhalten können, seine Gründe, Hintergründe und Abgründe in Erfahrung zu bringen.«

Pete arbeitete schweigend weiter. Auch Anna sagte nichts mehr. Petes kleine Analyse war absolut richtig. Sie hatte sich auf Dante gestürzt, den Fürsten der Finsternis, als ob sie dadurch einem unbekannten Schrecken auf die Spur kommen könnte, der ihr selbst das Leben verdunkelte. Und schon gar nicht sollte sie anderen das verquere Verhältnis zum Vater vorwerfen. Sie nicht.

Die Kirchturmuhr schlug drei Mal, als Petes Spaten auf morsches Holz stieß. Aufgeregt warf er den Spaten aus dem Loch, in dem er inzwischen bis zu den Oberschenkeln stand, und grub vorsichtig mit den Händen weiter.

»Gib mir die Mappe mit dem Biopsie-Besteck«, forderte

Pete mit gedämpfter Erregung. Anna griff zu einem Ledermäppchen, das neben ihr lag, und hielt es Pete hin. Der steckte es in seine hintere Hosentasche. Petes nervöse Eile ließ darauf schließen, daß er sich an diesem Ort genauso unwohl fühlte wie Anna. Plötzlich hörte sie das Knacken eines Zweiges. Schritte. Oder war es ein Tier? Nochmaliges Knacken. Fahrig sprang sie auf. Pete stellte sich aufrecht hin, reichte nur noch mit seinem Oberkörper aus der Grube heraus, sah sich um. Beide lauschten atemlos in die Nacht. Wieder waren Geräusche zu hören, diesmal näher. Und plötzlich wurden Anna und Pete in das gleißende Licht mehrerer Taschenlampen getaucht. Geblendet hoben sie die Arme vor die Augen. Pete fluchte leise.

»Verhaften Sie den Mann. Die Frau kommt mit mir!« hörten sie Christians Stimme.

»Könnt ihr mal das Licht aus unseren Fressen nehmen«, schimpfte Pete. Die Taschenlampen wurden gesenkt, und nach einigen Sekunden der Anpassung konnten Anna und Pete erkennen, wer vor ihnen stand: Christian, Karen, ein unbekannter Mann in Zivil und zwei Polizisten in Uniform.

Enttäuscht sah Pete Karen an. »Das hätte ich nicht von dir gedacht.«

Karen blieb ruhig: »Sorry, Pete, aber so läuft das nicht. Außerdem hatte Christian eh schon eine ...«

Christian schnitt Karen das Wort ab und wandte sich an den Mann in Zivil: »Wenn Sie jetzt bitte alles in die Hand nehmen würden. Meine charmante Kollegin wird sich dann um die Exhumierung und Obduktion kümmern.«

Der Mann deutete grinsend auf Pete: »Und den soll ich wirklich verhaften? Sie haben doch die Erlaubnis zur Exhumierung. Der hat zwar ein bißchen früh angefangen, der junge Mann, und ohne mich zu fragen hier in meinem Zuständigkeitsbereich, aber ... ich könnte da zwei Augen und meine fünf Hühneraugen noch mit zudrücken. Ist doch Ihr Kollege.«

»Nehmen Sie ihn mit«, sagte Christian verächtlich. »Von mir aus wegen nächtlicher Ruhestörung. Hauptsache, er verbringt die Nacht in dem größten Dreckloch, das Sie hier haben.«

»Ich fürchte, da stehe ich schon drin.« Pete kletterte gleichmütig aus dem Grab und reckte einem der Uniformierten mit großer Geste seine Fäuste hin, damit er Handschellen anlegen konnte.

»Anna kann nichts dafür«, sagte er, »sie hat alles versucht, um mich abzuhalten.« Dann ließ er sich erhobenen Hauptes abführen.

Anna fuhr noch in dieser Nacht mit Christian zurück nach Hamburg, während Karen in Baal blieb und die Exhumierung begleitete, um dann in der zuständigen Gerichtsmedizin die Kinderleiche zu untersuchen.

»Warum hast du mich nicht gleich mit verhaften lassen?« fragte Anna Christian nach einer knappen Stunde Schweigen, als sie sich schon auf der Autobahn Richtung Hamburg befanden.

»Das frage ich mich auch«, murmelte Christian. Er schien definitiv nicht in Plauderstimmung zu sein.

Anna hielt vorsichtshalber den Mund. Sie war der festen Überzeugung, daß Christian sie sofort auf der Autobahn aussetzen würde, wenn sie jetzt etwas Falsches sagte. Doch das Schweigen lastete auf ihr, sie wollte, daß er sich mit ihr unterhielt, ihr vielleicht sogar verzieh, und wenn das nicht möglich war, dann sollte er sie wenigstens anschreien. Alles, nur nicht ignorieren.

Nach einer weiteren, ewig langen Stunde unternahm Anna einen neuen Anlauf: »Wann hat Karen dir denn Bescheid gesagt?«

Christian schien inzwischen etwas zugänglicher, die monotone Fahrt in der Dunkelheit und die Stille im Wagen hatten seine Wut ein wenig besänftigt: »Sie hat mich sofort angerufen, nachdem Pete ihr diesen Vorschlag gemacht hatte. Ich war gerade bei Waller und habe ihm mit erstunkenen und erlogenen Geschichten die Exhumierung abgeschwatzt.«

»Was hast du ihm erzählt?«

»Daß die Deterings eventuell ihren Sohn umgebracht hätten und wir die Todesursache überprüfen müßten. Schien mir plausibler als die komplizierte Geschichte vom wiederauferstandenen Zwilling, der dreißig Jahre nach seinem eigenen Tod kleine Kinder umbringt. Und es mußte schnell gehen.«

»Ich dachte, du bist gegen eine Exhumierung.«

»War ich nie. Ich will es wissen, verstehst du? Aber ich lasse mich nicht verarschen! Ich treffe die Entscheidungen, sonst keiner. Es hat mich genervt, daß du damit ankamst. Mein ganzes Team sitzt da, aber die halten die Klappe, weil sie Mist gebaut haben. Und du quatschst mir rein. Genau wie Pete.«

Christians Redeschwall machte ihr Mut, ihm weiter auf den Wecker zu fallen: »Was hast du mit Pete vor? Der kriegt als Polizist wahrscheinlich kein Bein mehr auf den Boden, wenn du mit ihm fertig bist ...«

Christian lachte: »Ich bin zwar ein Arschloch, aber ... Nein, den lasse ich ein bißchen schmoren, und morgen oder übermorgen kann er wieder zur Truppe. Kommt drauf an, wie lange er braucht, um die angemessene Demut zu entwickeln. Hauptsache, ich habe den Idioten wieder unter Kontrolle.«

Verwundert sagte Anna: »Ich dachte, du kannst ihn nicht ausstehen. Das denkt er im übrigen auch.«

»Stimmt ja«, Christian machte eine kleine Pause. »Ich kann *keinen* Typen ausstehen, der mit dir geschlafen hat.«

Anna lächelte still.

»Machst du mir eine Zigarette an?« bat Christian und wechselte das Thema. »Pete bekommt einen kleinen Denkzettel für seine Grabschändung, und dann wird das Ganze unter den Teppich gekehrt. Wenn ich ihn für sein bescheuertes Verhalten offiziell zur Verantwortung ziehe, fällt es auf mich, auf das Team, auf unsere gesamte Arbeit zurück. Hast du schon mal was von Beweiserhebungs- und Beweisverwertungsverbot gehört?«

Anna zündete eine Zigarette an und steckte sie Christian zwischen die trockenen Lippen.

»Ich kann's mir vorstellen. Ein Formfehler, und ihr könnt alles wegschmeißen.«

»Genau.«

Anna betrachtete Christians Gesicht von der Seite. Er sah unendlich müde aus, seine Falten schienen sich noch tiefer als sonst einzugraben, während die Tränensäcke anschwollen. Zwei Minuten später war sie mit dem Kopf an seiner Schulter eingeschlafen. Sie verpaßte einen rotglühenden Sonnenaufgang.

Mittwoch, 6. Juli

Anna schlief einen todesähnlichen Schlaf. Als sie wieder erwachte, war es schon fast halb drei Uhr nachmittags. Mit leichten Kopfschmerzen schleppte sie sich aus dem Bett unter die Dusche. Sie fragte sich, wie lange Pete auf Christians Geheiß noch in einer Zelle würde schmoren müssen und was Karen inzwischen wohl herausgefunden hatte. Das

Wasser tat gut, sie drehte so heiß auf, wie es nur ging, und atmete tief den Dampf in der Duschkabine ein. Die Autofahrt der letzten Nacht steckte ihr noch in den Knochen, wie ihr die letzten anderthalb Wochen insgesamt in den Knochen steckten, seit Pete bei ihrem Vortrag aufgetaucht war und Detering kurz darauf in ihrer Praxis und Christian in ihrem Leben und sie immer weniger schlief und immer mehr grübelte und zweifelte und zwischen ihrer Stadtvilla und der Einsatzzentrale und dem Polizeipräsidium und Aurich und Baal und Hamburg hin- und herfuhr wie eine Verrückte auf der Flucht vor ihrem eigenen Schatten.

Anna blieb unter dem heißen Wasserstrahl stehen, bis ihre Muskulatur sich auch in den tieferen Schichten entspannte und ihre Haut krebsrot wurde. Mit einem riesigen Handtuch rubbelte sie sich ab, schlang es um ihren Körper und tappte barfuß Richtung Küche, um sich ein Rauke-Serrano-Sandwich zu machen. Im Flur bekam sie aus dem Nichts einen harten Schlag gegen das Kinn. Lautlos sackte sie zusammen.

Als sie ein paar Minuten später wieder zu sich kam, weil ihr etwas Kaltes ins Gesicht geschüttet wurde, saß sie in ihrer Küche, an Händen und Füßen mit Klebeband an ihren alten Küchenstuhl gefesselt. Ihr Mund war verklebt bis an die Nasenlöcher, so daß sie nur schwer Luft bekam. Vor ihr stand, in entspannter Pose an den Küchenschrank gelehnt, ein gutaussehender junger Mann und trank ein Glas Orangensaft. Er betrachtete sie interessiert. Anna begriff, daß er ihr von dem Saft ins Gesicht geschüttet hatte, sie spürte, wie er auf ihrem Hals und im Dekolleté klebrig zu trocknen begann.

»Hallo, da sind wir ja wieder«, sagte der Mann mit leicht osteuropäischem Akzent. Er trug einen geschmackvollen schwarzen Anzug, ein weißes Hemd und eine Seidenkrawatte und hatte auffällig feingliedrige Hände, die in hauchdünnen OP-Handschuhen steckten.

»Ich werde jetzt das Tape von Ihrem Mund nehmen, denn wir wollen uns ein wenig unterhalten. Sie sollten allerdings nicht schreien oder sonstige unangenehme Töne von sich geben. Ich habe ein sehr musikalisches Gehör und könnte ungehalten reagieren.« Er sah Anna auffordernd an.

Sie nickte. Mit einem Ruck riß er ihr das Tape vom Gesicht, nur mit Mühe konnte Anna einen Aufschrei unterdrücken.

»Wer sind Sie? Was wollen Sie?« stieß sie gepreßt hervor.

Der Mann schüttelte den Kopf und entblößte dabei zwei perfekte weiße Zahnreihen: »Lady, ich stelle hier die Fragen, und Sie antworten. Aber ich will nicht zur Gänze unhöflich wirken. Wenn ich mich vorstellen darf: Mein Name ist Joe.«

Anna war sowieso verkrampft, vergessen war die entspannende Wirkung der heißen Dusche, doch nun erstarrte sie zu einem Marmorblock, im Gesicht so weiß wie der Stein aus Carrara. Sie wußte von Christian, in welcher Branche ein Phantom namens Joe sich seinen Lebensunterhalt verdiente. Und sie wußte, daß seine schönen Hände Freude an chirurgischer Betätigung fanden.

Aus ihrem Mund quoll unwillkürlich ein dumpfer Angstlaut, und sie wandte den Kopf hektisch hin und her, um seinem Blick auszuweichen. Joe war ein wenig überrascht über ihre heftige Reaktion.

»Sie scheinen mit meinem Namen etwas anfangen zu können«, meinte er leise, »soll mir das schmeicheln? Wenn ich ehrlich bin, ist es mir eher unangenehm. Aber kommen wir zum Thema.«

Er beugte sich zu ihr hinab, nahm ihr Kinn zwischen seine Finger und drehte ihren Kopf zu sich. Sie konnte sein edles Rasierwasser riechen.

»Ich bin auf der Suche nach einem Mann, der sich Carlos Dante nennt. Und ich habe gehört, Sie können mir da vielleicht weiterhelfen. Wollen Sie das tun?«

Anna brach der Schweiß aus. Er strömte in Bächen aus ihren Achselhöhlen und wurde vom oberen Rand des um ihren Leib geschlungenen Handtuchs aufgesogen.

»Er ist im Untersuchungsgefängnis«, gab sie zur Antwort.

Joe schlug ihr mit der flachen Hand ins Gesicht. Ihre Lippe platzte auf und blutete ein wenig. Sie spürte einen Ruck durch ihren Körper gehen, plötzlich war ihre Angst verschwunden, sie fühlte sich unendlich stark, eine Kraft, geschmiedet aus Haß und Wut, durchströmte sie wie flüssiges Feuer. Heftig zerrte sie an ihren Fesseln, wollte nach ihm schlagen, treten, spucken. Er lächelte sie an.

»Wagen Sie es nicht, mich noch einmal zu schlagen«, zischte Anna.

Zur Antwort schlug er sie. Wieder. Und wieder. Und wieder.

Annas eben noch unbezähmbar scheinende Wut wurde lebendig begraben, mit jedem Schlag ein wenig mehr erstickt. Sie wand sich unter Schmerzen, versuchte vergeblich auszuweichen, bis die Spannung aus ihrem Körper wich und sie schluchzend erschlaffte.

»Und jetzt noch einmal: Wo finde ich Carlos Dante?«

Anna hob ihr blutverschmiertes Gesicht. »Ich weiß nichts. Sie können mich weiter foltern, aber ich weiß nichts.«

Joe trat einen Schritt zurück und schaltete betont gelangweilt Annas Küchenradio ein. Es lief der zweite Satz von Beethovens Siebter Symphonie.

»Foltern? Gute Idee.« Joe griff mit geschmeidiger Bewegung nach einer schwarzen Ledertasche, die auf dem Boden lag und Annas Blick bisher entgangen war. Er zog ein ebenfalls schwarzes Lederetui hervor und öffnete langsam den daran befindlichen Reißverschluß. Lächelnd klappte er es auf und zeigte es Anna: »Hübsch, nicht wahr?«

Anna sah das Chirurgenbesteck. Ihr blieb die Luft weg, sie

begann zu hyperventilieren, ihr wurde schwindlig, ihr wurde schlecht.

»Nein, bitte … bitte nicht …«

Joe nahm sorgsam ein Skalpell hervor, strich beinahe zärtlich mit der anderen Hand Annas Haare zurück und legte das Skalpell mit der Schneidefläche an Annas linkes Ohrläppchen.

»Hübsche Ohren. Wie aus Marzipan geformt. Ich mag Marzipan.«

»Bitte nicht … bittebitte …« Anna wimmerte so leise, daß es kaum zu hören war.

Joes Hohnlächeln wandelte sich zu einem lüsternen Grinsen. Er sah die Angst in Annas Augen, und sie gefiel ihm. Mit dem Skalpell öffnete er Annas vor der Brust zusammengeknotetes Handtuch, es rutschte bis auf ihre Hüften herab.

»Ja … Machen Sie mich los«, bat Anna, plötzlich eine widerlich verzweifelte Hoffnung schöpfend, »ich schlafe mit Ihnen, ich tue alles, was Sie wollen.«

Joe öffnete seine Hose und nahm seinen Schwanz hervor: »Ich faß dich nicht an, du Schlampe.« Er stellte sich dicht vor Anna und begann zu masturbieren.

Angewidert schloß Anna die Augen und drehte den Kopf zur Seite, so weit sie konnte. Sie konzentrierte sich auf Beethoven. Wer hier wohl dirigierte? Sie mochte am liebsten die Einspielung von Solti. Aber das hier, das war nicht Solti. Karajan aber auch nicht. Sie tauchte hinab in die sich variierende Wiederholung des Motivs, sie liebte diesen Satz in seiner unendlichen Melancholie. Das Keuchen Joes hörte sie nicht mehr.

Sein Stöhnen, als er kam, konnte das leise Radio jedoch nicht übertönen, und Anna spürte das Aufklatschen des warmen Spermas quer über ihrem Gesicht. Sie zitterte vor Ekel, preßte Augen und Lippen zusammen und hielt den Atem an, um Joes Geruch nicht in ihren Körper eindringen zu lassen.

Ihre Tränen, die sie nicht wahrnahm, vermischten sich mit seinem Sperma.

In der Schwärze ihrer geschlossenen Augen sah sie bunte Lichtblitze, ihr Kreislauf sackte in den Keller, sie sehnte die Ohnmacht herbei. Doch plötzlich hörte sie einen dumpfen Schlag und ein schweres Poltern, und dann war die intime Hitze von Joes Unterleib verschwunden, die sie direkt vor ihrem Gesicht bedrängt hatte wie eine Wand aus tropisch-modriger Luftfeuchtigkeit. Voller Angst öffnete sie die Augen und drehte langsam den Kopf nach vorne.

Joe lag auf dem Boden vor ihr, die Hose halb heruntergezogen, sein Schwanz schlaff und glänzend. Aus seinem offenen Schädel quoll Hirnmasse heraus. Neben ihm stand Carlos, in der Hand den schweren Schürhaken von Annas Kaminbesteck. Er blickte verwundert auf Joe.

»Er ist tot. Das wollte ich nicht«, flüsterte er.

»Carlos. Carlos, bitte, machen Sie mich los«, bat Anna eindringlich.

Carlos wandte seinen verschleierten Blick zu Anna, und sie begriff, daß er im Moment nicht in der gleichen Welt weilte wie sie.

Carlos ließ den Schürhaken fallen.

»Der Mann hat dich schmutzig gemacht«, sagte er mit kindlicher Stimme, »aber du mußt nicht weinen. Gleich kommt Mama und macht dich wieder sauber. Und dann beten wir für die Reinheit deiner Seele.«

»Willi?« Anna versuchte, Carlos in seiner Welt zu erreichen. Ganz offensichtlich befand er sich in seiner eigenen Kindheit, in seiner eigenen Mißbrauchserfahrung, ausgelöst durch Joes Masturbation auf Anna.

Carlos sah sich suchend um: »Mein Teddy ist nicht hier. Wo ist mein Teddy?«

»Du bist doch Willi«, meinte Anna mit sanfter Stimme, »und Willi bindet mich jetzt los.«

Carlos schüttelte den Kopf: »Willi ist mein Teddy. Aber der ist nicht hier.« Er knotete Anna das Handtuch vor der Brust wieder zusammen. »So, jetzt bist du wieder schön.«

»Wo ist denn Mama? Vielleicht kann Mama mich losbinden. Und dann beten wir zusammen.«

Carlos' Miene verdüsterte sich: »Mama kann nicht kommen. Sie ist mit Papa im Höllenfeuer verbrannt.«

Anna zog heftig, aber möglichst unauffällig an ihren Fesseln. Doch das Klebeband gab keinen Millimeter nach. Sie mußte weiter mit Carlos kommunizieren, das Kind in ihm erreichen, den Teil, der nicht zum Mörder geworden war. Wenn das Kind verschwand und der Mörder wieder auftauchte, würde sie die Situation nicht mehr beeinflussen können. Dennoch fühlte sie sich in Carlos' Anwesenheit seltsam sicher, wie jedes Mal, wenn sie mit ihm gesprochen hatte.

»Gott hat sie bestraft«, fuhr Carlos fort. Dann lachte er.

»Warum lachst du?«

Anna wollte unbedingt das Gesprächsband aufrechterhalten.

»Weil ich geschwindelt hab. Das war gar nicht Gott, das war Willi.«

»Was war Willi?«

»Der hat das Haus angesteckt! Damit Mama und Papa verbrennen.«

»Der Teddy?« Anna vermutete erschrocken, daß Carlos den Mord an seinen Eltern, den er gerade gestand, auf sein Stofftier projizierte, um sein Gewissen nicht damit zu belasten. Sie erinnerte sich an die Szene, die sie von ihrem Balkon aus beobachtet hatte: Wie er, als er dem gestürzten Kind draußen auf der Straße aufgeholfen hatte, dessen Teddy mit deutlicher Aggressivität in den Schmutz trat.

Carlos reagierte plötzlich ungeduldig: »Quatsch, doch nicht der Teddy. Du bist dumm! Das war Willi!«

Anna versuchte es auf einem anderen Weg: »Aber Willi ist doch gestorben, als er noch ganz klein war!«

Carlos setzte sich auf den Boden zu Annas Füßen, kreuzte die Beine und schüttelte den Kopf: »Das hat Papa nur so gesagt. Der hat Willi schmutzig gemacht. Aber Mama hat mir heimlich erzählt, daß Willi in Holland ist, bei einer netten Familie. Damit ich nicht mehr weine, hat Mama mir das erzählt.«

Seine Miene verdüsterte sich, Sprache und Stimme wurden erwachsener. Mit höchster Aufmerksamkeit beobachtete Anna jede Veränderung in seinem Verhalten, in seiner Stimmung. Ihr Leben könnte davon abhängen. Anscheinend durchlebte Carlos die Stationen seiner traumatischen Kindheit im Schnelldurchlauf: »Mama hat gelogen. Die in Holland haben ihn auch schmutzig gemacht. Ich weiß das doch. Weil es nie aufhört. Nie! Und dann ist er zurückgekommen und hat sie im Fegefeuer bestraft.«

Carlos schwieg eine Weile, während Anna fiebrig überlegte, wie sie ihn dazu bringen konnte, ihre Fesseln zu lösen. Sie brauchte irgend etwas, wo sie einhaken konnte.

»Und was hast du gemacht?« fragte sie ihn ins Blaue hinein.

»Ich bin weggegangen. Willi war dann ich, und ich war weg. Ich war lange weg …«, sinnierte Carlos, nun mit seiner normalen Stimme.

»Und jetzt bist du wieder da?« tastete Anna sich vorwärts. Sie achtete krampfhaft darauf, daß ihr Blick nicht auf Joes Leiche fiel.

Carlos nickte: »Ich muß Willi bestrafen.«

»Weil er den Brand gelegt hat?«

»Nein. Das hat er gut gemacht«, erwiderte Carlos düster.

»Weswegen dann? Wegen der Kinder?«

»Ja. Er macht sie schmutzig. Er ist schlecht. Er muß aufhören.«

»Und was machst du?«

Langsam hob Carlos den Kopf und sah Anna an. Sein Blick wirkte nun klarer.

»Ich mache die Kinder sauber. Ich bete für sie und reinige ihre Seele. Ich bringe sie ins weiße Licht. Selig sind die Toten, die im Herrn sterben.«

»Wenn du mich losbindest, helfe ich dir«, sagte Anna so freundlich und einfühlsam, wie es ihr unter diesen Umständen nur möglich war. Im Wohnzimmer klingelte das Telefon.

Carlos zuckte heftig zusammen. Das Klingeln des Telefons katapultierte ihn aus seinem Trance-ähnlichen Zustand heraus, er kam wieder in der Gegenwart an. Er erhob sich, sein Blick schien nun klar: »Sie haben mir schon genug geholfen. Aber es klappt nicht, wie ich es geplant hatte. Sie haben getan, was ich wollte, aber die Polizei hat ihn wieder laufenlassen. Jetzt muß ich ihn umbringen.«

Im Wohnzimmer sprang Annas Anrufbeantworter an. Wie durch einen Nebel hörte sie die aufgesetzt fröhliche Stimme ihrer Mutter, die Anna zum Familienessen einlud. Als gäbe es eine Familie.

Carlos wandte sich zum Gehen. Er wies auf Joe: »Tut mir leid. Ich habe nicht gewollt, daß Ihnen so was passiert. Sie sollten nur die Polizei auf die richtige Spur bringen. Auf Kain, nicht auf Abel.«

»Warum sind Sie hergekommen, Carlos?« Anna wollte auf jeden Fall vermeiden, daß er sie allein und gefesselt zurückließ.

»Nur, um mich zu verabschieden.« Seine Stimme kippte fast ins Weinerliche. »Es sind so viele Kinder, zu viele. Ich kann sie nicht alle retten. Ich muß ... Ich habe versagt.«

»Carlos! Machen Sie mich los!« rief Anna verzweifelt, als Carlos zur Küchentür hinausging. Sie zerrte an ihren Fesseln und legte dabei den Kopf nach hinten, damit das Blut, das von ihrer Stirn floß, ihr nicht komplett die Sicht nahm. Carlos war draußen im Flur kaum noch als Schemen zu erkennen. Er wandte sich ein letztes Mal um und bat entschuldigend um Verständnis, er brauche Vorsprung, um der Offenbarung zu folgen: »Kapitel 13, Vers 9: Wenn einer ein Ohr hat, soll er hören. Das hat er nicht getan. Vers 10: Wenn einer für die Gefangenschaft bestimmt ist, so geht er in die Gefangenschaft. Aber er ist frei. Offensichtlich ist seine Bestimmung also jene: Wenn einer mit dem Schwerte getötet werden soll, so muß er mit dem Schwerte getötet werden.«

Sie hörte, wie die Haustür ins Schloß fiel, zerrte weiter an ihren Fesseln, tobte, weinte, schrie, bis ihr wieder schlecht wurde. Es war ihr unmöglich, jetzt wo sie mit Joes halb entblößter Leiche zu ihren Füßen allein war, diese weiterhin zu ignorieren. Sie sah ihn zwar nur noch als formlosen, schwarzgrauen Umriß, doch sie roch ihn. Um sie herum drehte sich alles, sie hatte das Gefühl, sich übergeben zu müssen, doch in ihrem Magen befand sich nichts, was sie hätte ausspeien können. Sie würgte, bis sie husten mußte und fast keine mehr Luft bekam. In einer letzten Kraftanstrengung beugte sie sich nach vorne, kam mit dem Stuhl auf die Füße und näherte sich in den winzigen Schritten, die ihre Fußfesseln zuließen, rückwärts der Wand. Als sie noch einen halben Meter von der Wand weg war, rammte sie sich mit aller Kraft und ihrem ganzen Körpergewicht dagegen. Die Rückenlehne des alten Stuhls zerbrach, die Sitzfläche knickte weg, ein großer Holzsplitter bohrte sich tief in ihren linken Unterarm, so daß Blut hervorquoll, doch sie konnte sich endlich von ihren Fesseln befreien. Auf wackligen Beinen stürzte sie zum Spülstein, drehte den Wasserhahn auf, warf sich einige Hände voll ins Gesicht, klares Wasser, sauberes Wasser, sie spürte nicht, wie ihre Handgelenke brannten, wo sie das Klebeband mitsamt einigen Hautfetzen abgerissen hatte, sie rieb das Gesicht, spülte, rieb und rieb, mit

Seife, schäumte und rieb und spülte, bis ihre Haut brannte, trank ein wenig Wasser direkt aus dem Hahn, wankte ins Wohnzimmer und suchte mit zittrigen Fingern ihr Handy.

Christian war gerade dabei, Eberhard und Daniel zur Eile anzutreiben, damit sie endlich Indizien gegen Richter Gernhardt auftrieben. Die beiden arbeiteten unter Hochdruck und warfen Christian einfach, aber bestimmt aus ihrem Büro. Er konnte ihnen nicht helfen, er nervte nur. Genau wie Volker, den sie zum Dönerstand um die Ecke geschickt hatten. Christian sah ein, daß er nervte, und ging zurück ins Besprechungszimmer. Er nervte sich ja selbst. Stand vor der Pinnwand und betrachtete die Fotos der toten Kinder. Ging zu Yvonne und meckerte, weil es keinen frischen Kaffee gab. Setzte sich an seinen Schreibtisch und brütete über den Aktenordnern. Klappte sie zu, warf sie an die Wand. Rauchte. Hob die Ordner wieder auf. Lief hin und her wie ein eingesperrtes Tier, angespannt und doch machtlos. Er kochte geradezu vor Wut, weil er Detering auf Wallers Anweisung hatte freilassen müssen. Scout und Nicki hingen wieder an ihm dran und würden ihn keine Sekunde aus den Augen lassen, doch Christian setzte keine allzu großen Hoffnungen in diese Maßnahme. Detering war schließlich mehr als gewarnt. Als sein Handy klingelte, ging Christian hektisch ran.

»Hallo, Chris?« Annas Stimme klang brüchig. »Der Killer, er ist hier, tot … er hat … ich … komm bitte … schnell …« Dann hörte er nur noch haltloses Schluchzen. Er hielt sie am Telefon, redete beruhigend auf sie ein, stürmte dabei zu Eberhard ins Büro, schnappte sich ohne ein Wort dessen Autoschlüssel, rannte hinaus, die Treppe hinunter, zu Eberhards Wagen. Auch während er fuhr, sprach er auf Anna ein, sie gab kaum noch Antwort, sie weinte, und er redete. Redete, bis er vor ihrer Haustür stand, klingelte, und sie öffnete. Erst als er sie sah, ließ er das Telefon sinken. Das Handtuch, das sie immer noch um sich geschlungen hatte, war naß und blutverschmiert, ihr Gesicht geschwollen von den Schlägen, die Lippe dick und blutverkrustet, die Augen rot vom Weinen, die Pupillen schockgeweitet. Er nahm sie in seine Arme und hielt sie fest. Sie klammerte sich an ihn wie eine Ertrinkende an die rettende Planke. Dann führte sie ihn in die Küche, wobei sie deutlich den Blick auf die Leiche vermied. Christian umfaßte ihre beiden Hände und versuchte, ihren irrlichternden Blick festzuhalten: »Wer ist das? Was ist passiert, Anna?«

»Joe ... Das ist Joe ... Er wollte mir ... mit einem Skalpell ... mein Ohr ... Und dann hat er ... Und dann war plötzlich Carlos da und hat ihn ...« Anna fing an zu hyperventilieren. Sanft führte Christian sie ins Wohnzimmer. Ihre Knie, ihre Beine, ihr ganzer Körper vibrierte dermaßen, daß Christian fürchtete, sie würde einfach zwischen seinen Händen hindurchrutschen, wenn er sie nicht fest genug packte. Er legte sie auf die Couch, wickelte sie fest in die Kaschmirdecke und strich ihr über die klebrigen Haare, wieder und wieder, während er Eberhard anrief und ihm die Adresse durchgab. Es fiel ihm schwer, Anna auch nur eine Sekunde aus den Augen zu lassen, aber er riß sich los und holte aus dem Schlafzimmer eine Jeans, einen Pullover und ein paar warme Socken. Zurück im Wohnzimmer schälte er sie aus dem feuchten Handtuch, entfernte vorsichtig den Holzsplitter aus ihrem Unterarm und zog sie an, während er weiter auf sie einsprach: »Es ist alles gut, ich bin bei dir, du mußt keine Angst mehr haben.«

Langsam beruhigte sie sich.

Als eine halbe Stunde später Eberhard, Volker und die Spurensicherung eintrafen, schien sie schon weitaus gefaßter. Christian informierte seine Kollegen über das wenige, das er wußte. Er werde Anna zum Krankenhaus fahren und sich danach melden.

Anna wollte nicht ins Krankenhaus. Störrisch behauptete sie, es sei alles in Ordnung, sie wolle lediglich ein heißes Bad und einen Cognac. Christian tat sich schwer, Anna darauf hinzuweisen, daß es mehr als sinnvoll wäre, sich untersuchen zu lassen. Er dachte an die heruntergelassene Hose Joes, brachte das Wort Vergewaltigung jedoch nicht über die Lippen. Er wollte es nicht mal denken. Anna erklärte abermals mit fast drohendem Blick, eine Untersuchung sei nicht nötig, es gehe ihr gut. Da sie inzwischen wieder ruhig und in ganzen Sätzen sprach und Christian diese Entscheidung sowieso ihr überlassen mußte, änderte er die Fahrtrichtung und nahm sie mit zu sich nach Hause. Er ließ ein Bad ein und brachte ihr einen Cognac an die Wanne. Nur ihr Kopf schaute aus einem voluminösen Schaumberg hervor, und als sie die Hand aus der weißen Wolke streckte, um den Cognac entgegenzunehmen, sah er wieder ihr wundes Handgelenk. Es mußte in dem heißen Wasser höllisch brennen, doch sie schien es nicht zu merken.

»Du solltest nicht zu lange in der Wanne liegen, dein Kreislauf ist nicht stabil. Eigentlich darfst du auch keinen Alkohol trinken.«

Anna versuchte ein Lächeln: »Kannst du mir mal sagen, was man unter diesen Umständen trinkt? Beruhigungstee? Doppelherz? Geh raus und halte Cognac bereit. Ich komme gleich, und dann brauche ich einen zweiten.«

Es dauerte tatsächlich keine Viertelstunde, und sie war bei ihm im Wohnzimmer. Sie trug seinen rot-schwarz gestreiften Saunamantel, der ihr bis über die Füße schlappte, und setzte sich aufs Sofa. Auffordernd streckte sie ihm das leere Cognacglas entgegen. Er schenkte nach. Zu gerne hätte er mit ihr getrunken, aber er wußte, daß die Nacht für ihn noch sehr lang werden würde. Er brauchte einen klaren Kopf.

»Hat er dir was getan?« fragte er leise, ohne sie anzusehen.

»Ich bin unverletzt, wenn du das meinst«, sagte Anna.

Mit anfangs stockender Stimme, aber schließlich immer konzentrierter erzählte sie, was vorgefallen war. Sie hätte Joes sexuellen Übergriff nur allzugern verschwiegen, doch das war nicht möglich. Also wich sie wenigstens Christians Blick aus und schaute aus dem Fenster in den nächtlichen Himmel. Sie erzählte, wie Carlos plötzlich da war, in der Hand den blutigen Schürhaken, wie er als Kind mit ihr gesprochen und damit Teile seines Traumas freigelegt hatte, sie versuchte, en détail das seltsame Gespräch wiederzugeben, das sie mit ihm geführt hatte.

»Damit ist klar, daß Carlos nicht identisch mit eurem Karl Detering sein kann, denn der sitzt ja noch in U-Haft«, schloß sie und verlangte nach einem neuen Cognac, den sie unter sorgenvollem Stirnrunzeln auch bekam.

»Tut er leider nicht«, erwiderte Christian. »Wir mußten ihn heute mittag auf freien Fuß setzen. Karens Untersuchung in Baal hat ergeben, daß die Kinderleiche in dem Grab bei Eintritt des Todes mindestens schon neun Jahre alt war. Es ist also durchaus möglich, daß Wilhelm Detering noch lebt.«

»Und mich vor Joe gerettet hat«, flüsterte Anna.

»Falls Karl und Carlos wirklich nicht ein und dieselbe Person sind. Das können wir immer noch nicht mit Sicherheit ausschließen. Aber ich glaube inzwischen, daß es zwei gibt, einer so krank wie der andere. Karl Detering ist vermutlich Joes Auftraggeber. Er will seinen Bruder finden, um sich selbst aus der Schußlinie zu bringen. Aber dazu muß er ihn unter allen Umständen vor uns ausfindig machen.«

Christian griff zu seinem Handy. »Scout und Nicki hängen an Karl Detering dran, seit er wieder frei ist. Wenn sie ihn bis zu dir verfolgt hätten, wären sie doch dazwischengegangen oder hätten sich bei mir gemeldet. Auch das spricht für die These, daß Carlos Wilhelm ist.« Er wartete, erreichte jedoch bei beiden nur die Mailbox.

»Was hatte Carlos eigentlich an, als er bei dir war?«

Anna überlegte kurz: »Einen Trenchcoat. Dunkle Hose, schwarzer Rolli.«

»Na toll«, stöhnte Christian auf, »das gleiche trug Detering, als wir ihn entlassen haben.«

Anna nippte an ihrem Cognac: »Du willst bestimmt zurück ins Büro. Die Spuren sind noch frisch.«

»Kann ich dich denn allein lassen?«

»Darf ich hier bleiben?« fragte sie zurück.

Er lächelte: »So lange du willst.«

Anna konnte nicht schlafen. Sie versuchte es, um das Erlebte wenigstens für ein paar Stunden auszublenden. Doch es ging nicht. Es war zu hell in Christians Wohnzimmer, die späte Nachmittagssonne knallte auf die Fenster, und ins Schlafzimmer wollte Anna nicht gehen, das erschien ihr zu aufdringlich. Sie lag erschöpft auf dem Sofa, ihr Körper fühlte sich vollkommen zerschlagen an, und dennoch fand sie keine Ruhe. Sobald sie die Augen schloß, sah sie Joes lächelndes Gesicht vor sich, seine Hände im weißen OP-Gummi, das Skalpell, sie roch seinen Schwanz, sie roch ihr eigenes Blut, sie glaubte sogar, die Hirnmasse zu riechen, die aus seinem Schädel quoll. Anna stand wieder auf, wollte sich noch einen Cognac einschenken, entschied sich dann aber für Mineralwasser. Um sich von den Bildern und Gerüchen abzulenken, sah sie sich in Christians Wohnung um. Sie war behaglich eingerichtet, wenn auch wenig aufgeräumt. Überall lagen Bücher und Akten herum, handgeschriebene Notizen bedeckten den alten Schreibtisch vor dem Fenster. Im übervollen Bücherregal fand sie zu ihrer Freude eine Menge Werke, die auch sie besaß. Nur die Radierungen an den Wänden, düstere Werke aus Goyas »Caprichos« und den »Desastres de la guerra«, gefielen ihr nicht. Zu deprimierend, zu bedrohlich.

Sie setzte sich erneut aufs Sofa, zwang sich zur Konzentration. Wieder und wieder ging sie das Gespräch mit Carlos durch. Sie erinnerte sich dumpf, daß ihr irgend etwas aufgefallen war, etwas hatte sie irritiert, aber sie konnte nicht sagen, was. Es ging um Willi. Natürlich wußte Anna, daß es nicht ungewöhnlich war, wenn Kinder von sich in der dritten Person sprechen, um beispielsweise Distanz zu einer Handlung oder einem Erlebnis aufzubauen. Anna lief unruhig hin und her. Sie hörte Carlos' Stimme:

Das war nicht Gott, das war Willi. Willi hat das Haus angesteckt. Willi ist in Holland, bei einer netten Familie. Willi war dann ich, und ich war weg. Willi ist mein Teddy. Willi ist mein Teddy. Doch nicht der Teddy, das war Willi.

Abrupt stoppte Anna. Die plötzliche Erkenntnis bremste sie aus, als wäre sie gegen eine Mauer gelaufen. Wie konnte sie nur so blind sein? Fassungslos über die eigene Dummheit sah Anna sich um. Hellwach. Hektisch. Sie hatte Christian doch die Mappe und das Band gegeben mit den Aufzeichnungen ihres Gesprächs mit den Petzolds. Ob er es hier hatte oder im Büro? Sie ging zu seinem Schreibtisch. Wühlte die Papiere durch, die darauf lagen. Nichts. Sollte sie ihn anrufen? Ihr Blick fiel auf ein veraltetes Diktiergerät, das neben dem Drucker lag. Sie öffnete die Klappe. Das Band war drin. Anna spulte. Wo, verdammt noch mal, war die Stelle?

In der Einsatzzentrale herrschte Hektik. Alle machten sich Sorgen um Scout und Nicki, die weder erreichbar waren, noch sich auf dem Präsidium oder bei Ina gemeldet hatten. Von Karl Detering fehlte ebenfalls jede Spur, auch zu Hause war er nicht aufgetaucht, nachdem er aus der U-Haft entlassen worden war. In Sachen Joe jedoch waren sie in den letzten beiden Stunden ein großes Stück vorangekommen. Die Fingerabdrücke des Russen waren in der Kartei gespeichert.

Er hieß Fjodor Mnatsakanow, stammte aus St. Petersburg, war vor etwa zehn Jahren nach Deutschland gekommen und gleich in Zusammenhang mit einer Zuhälterbande aufgefallen, die sich einen Krieg mit konkurrierenden Albanern geliefert hatte. Man hatte ihm damals nichts nachweisen können. Im Laufe der letzten Jahre hatte sich Mnatsakanow eine bürgerliche Existenz aufgebaut und arbeitete offiziell als Chef einer Haus- und Grundstücksverwaltung in Berlin.

Daniel und Eberhard waren unter Hochdruck dabei, seine Konten und Geschäftsverbindungen zu recherchieren, wobei sich Daniel skrupellos in Computer einhackte, in denen er absolut nichts zu suchen hatte. Und er wurde fündig:

»Die Grundstücksverwaltung Mnatsakanow hat als einen ihrer Großkunden die Firma ›Arthaus‹, die wiederum eine Tochterfirma von ›Countrylife‹ ist, deren Eigner über verschlungene Wege – ein gewisser Hamburger Immobilienmakler namens Karl Detering ist. Zwischen diesen Firmen fließen in unregelmäßigen Abständen große Summen, aber ich habe noch keinen Schimmer, wofür. Interessant dabei ist, daß ›Countrylife‹ nicht nur ein offizielles Büro in Berlin hat, sondern auch eine über eine zusätzliche Briefkastenfirma verschleierte, recht dubiose Anmietung hier in Hamburg, und zwar in Langenhorn.«

Wenig später waren ein paar Polizisten unter Eberhards Ägide mit Durchsuchungsbefehl unterwegs nach Langenhorn.

Der fette Herr Meier lief an den Bahngleisen entlang und ärgerte sich über seinen fetten Labrador namens Volvo, der mal wieder zu faul war, seine Pinkelrunde nach den Sieben-Uhr-Nachrichten zu drehen. Aber wenn er jetzt nicht mit Volvo gegangen wäre, hätte der nach acht Uhr angefangen zu winseln, und Herrchen hätte sich mitten im Abendprogramm vom Sofa quälen müssen, und bei der Rückkehr hätte er den Krimi nicht mehr verstanden. Herr Meier ärgerte sich auch über die Riesenbaustellenlöcher, die die Stadt Hamburg zugunsten des Congress-Centrums ins alte Schlachthofgelände gerissen hatte und die ihn jetzt ins Stolpern brachten.

Volvo lief müde hinter ihm her, hob ab und zu sein Bein und trottete weiter. Gleich würden sie beide in ihr Körbchen können. Herr Meier drehte sich um und ärgerte sich noch ein bißchen mehr. Wo war der blöde Hund denn nun schon wieder abgeblieben? Herr Meier rief und piff nach ihm, doch Volvo ließ sich nicht blicken. Ungeduldig wandte Herr Meier sich um und lief einige Schritte zurück. Plötzlich hörte er ihn bellen. Volvo bellte sonst nie. Herr Meier schleppte sich zu seinem anschlagenden Hund, denn der weigerte sich trotz nachhaltiger Aufforderung, zu seinem Besitzer zu kommen.

»Scheißspiel«, stöhnte Herr Meier, als er seine schwabbelnden zwei Zentner über eine Absperrung wuchtete. Doch als er in einer Ecke hinter einem Bauschuppen bei seinem Hund ankam, sah er, daß es kein Spiel war. Volvo hatte zwei Leichen gefunden.

Christian identifizierte Scout und Nicki selbst, um Ina den Anblick ihrer mit einer großkalibrigen Waffe erschossenen Männer zu ersparen. In ohnmächtiger Wut schlug er mit der Faust gegen einen der Metalltische, auf denen die beiden aufgebahrt waren: »Ich mach ihn fertig, den Kerl mach ich so was von fertig!« Karen stand in ihrem Ärztekittel daneben und schwieg. Auch sie kämpfte mit den Tränen. Spätestens jetzt wurde die Sache persönlich.

Als Christian ins Büro zurückkam, saßen Pete und Yvonne im Besprechungsraum. Pete hatte den Arm um Yvonne gelegt, die herzzerreißend weinte. Sie stürzte sich in Christians

Arme. Sie war eine Stunde bei Ina zu Hause gewesen, dann war der Arzt gekommen und hatte Ina eine Beruhigungsspritze gegeben. Jetzt schlief sie. Ina sei schwanger, sagte Yvonne.

Unwillkürlich fragte Christian: »Von wem?«

»Von Scout und Nicki natürlich«, gab Yvonne entrüstet zurück, »oder glaubst du, Ina hat die beiden betrogen? Nie im Leben!«

Unter normalen Umständen hätte Christian Yvonnes Antwort sicher belächelt. Waren Scout und Nicki im Laufe ihres Lebens zu einer untrennbaren Einheit verschmolzen, daß eine individuelle Wahrnehmung der beiden nicht mehr möglich war? Ihr gemeinsamer Tod ließ dies vermuten.

Christian bat Yvonne mit heiserer Stimme, Kaffee zu kochen. Sie nickte, putzte sich die Nase und ging hinaus, dankbar, funktionieren zu müssen wie alle anderen.

Pete erhob sich aus seinem Stuhl: »Tut mir leid.«

»Wo kommst du denn her?« blaffte Christian ihn an.

Pete ging nicht auf die rhetorische Frage ein, schließlich wußte Christian genau, wo er die letzte Nacht und den heutigen Tag verbracht hatte: in einem westfälischen Knast.

»Kann ich helfen?« fragte er statt dessen zurück.

»Kommt drauf an. Was tut dir leid?«

»Alles. Das mit Anna. Das mit Scout und Nicki.«

Christian nahm eine Flasche Whisky aus dem Aktenschrank. »Halt's Maul. Wir trinken was.« Er goß zwei Gläser halb voll und reichte eines davon Pete. Dann straffte er sich. Auch Pete stand auf. Sie hoben die Gläser in die Luft, schwiegen ein paar Sekunden und tranken. Sie hatten die Gläser noch an den Lippen, als die Wohnungstür laut ins Schloß fiel und Eberhard triumphierend von draußen hereinstürmte, in der Hand eine DVD.

»Hier, Chef! Deterings Klitsche in Langenhorn ist voll mit Beweismaterial. Filme, Fotos, Adressen … Ein gut organisierter Kinderhändlerring. Und das hier war im Safe!« Er legte die DVD auf den Tisch. Christian beachtete sie nicht.

»Scout und Nicki sind tot. Erschossen.«

Eberhard erstarrte: »Was?«

Stumm reichte Christian ihm sein Glas mit dem restlichen Whisky. Eberhard zögerte, dann trank er zitternd in einem Zug aus. Er warf das Glas gegen die Wand, so daß es krachend zersplitterte.

»Wissen es Volker und Daniel schon?« fragte er leise.

»Volker ist bei Frau Detering und versucht, aus ihr rauszuquetschen, wo das Schwein sein könnte. Daniel weiß es. Er hat seinen Bildschirm zertrümmert und kriegt gerade die Hand mit ein paar Stichen genäht.«

»Na toll.« Eberhard ließ sich auf einen der Stühle sinken. »Hast du noch mehr Whisky?«

»Hm. Nur kein Glas mehr.« Christian reichte die Flasche herum, Pete goß sich in das verbleibende Glas nach.

Die Tür ging auf, Anna kam kreidebleich herein: »Yvonne hat mir draußen gesagt, was passiert ist. Es ...«

Sie brach hilflos ab.

Bemüht sachlich fragte Christian: »Was machst du denn hier? Du solltest dich ausruhen.«

»Ich konnte nicht ... ich habe nachgedacht. Und ... wenn es nicht so wichtig wäre ... Es tut mir natürlich leid, daß ich jetzt ... wo eure Kollegen ...«

Christian räusperte sich unbeholfen und atmete tief durch: »Wir müssen uns zusammenreißen. Also. Setz dich. Was gibt's?«

Er bot ihr einen Stuhl an. Anna setzte sich.

»Der Typ hat uns alle verarscht. Karl Detering. Er ist nicht Karl. Er ist Wilhelm. Und Carlos ist Karl.«

Die drei sahen sie verwirrt an.

»Kannst du mir das mal genauer erklären?«, sagte Christian.

»Es ist mir aufgefallen wegen des Teddys. Kein Kind gibt dem Teddy seinen eigenen Namen. Und Karl Detering, ich nenne ihn jetzt mal den Makler, kennt den Namen des Teddys nicht. Aber Carlos.«

Willi und Karli liegen zusammen im Bett, eng aneinandergekuschelt. Sie tragen die gleichen Frotteeschlafanzüge. Vorne drauf ist ein Bär, der eine karierte Mütze trägt und auf eine Trommel schlägt. Karli weint leise, Willi hält ihn fest.

Sie sind sechs Jahre alt. Sie waren die halbe Nacht im Keller. Bei den Männern. Mama hat einen Film gemacht. Es hat weh getan. Karli hat geblutet, er hat Flecken gemacht und er hat sich geschämt. Aber er hat nicht geweint und nichts gesagt. Keinen Ton. Er hat in das weiße Licht geguckt. Bis es vorbei war. Jetzt kann er weinen, aber nur ein bißchen. Willi weint nicht. Unten im Keller hat er gespuckt und getreten, bis Papa ihn fest ins Gesicht gehauen hat. Jedesmal wird Willi gehauen, aber er läßt das Spucken und Treten trotzdem nicht. Das macht Papa immer sehr wütend. Jetzt ist es gut. Die Männer und Papa sind unten und trinken noch ein Bier. Das tun sie immer. Willi und Karli haben ihre Ruhe für den Rest der Nacht. Im Bett ist es warm. Willi küßt Karli die Tränen weg. Weil er zehn Minuten älter ist, paßt er auf Karli auf. So gut er kann. Er kann es nicht gut, er ist zu klein und zu schwach. Karli hört auf zu weinen. Er ist erschöpft. Sie sind müde. Sie wollen schlafen. Plötzlich kommt Papa und versucht, Willi wieder aus dem Bett zu holen. Willi will nicht. Er spuckt und tritt. Karli hält ihn fest, so gut er kann. Er kann es nicht gut, er ist zu klein und zu schwach. Willi wehrt sich, doch Papa ist stärker. Karli will aufstehen und auch mitkommen, doch er darf nicht. Karli hört Willi im Haus schreien. Dann ist es still. Dann fährt ein Auto weg. Dann kommt Mama zu Karli. Sie weint und hält Karli fest. Sie spricht zum ersten Mal ein Gebet, so wie Karli es aus dem Kindergarten kennt. Sie sagt, daß Willi nicht wiederkommt. Nie wieder.

Detering lenkte seinen Benz die gewundene, sandige Auffahrt hinauf. Von weitem konnte er einen schwachen Lichtschein im Haus sehen. Durch das geöffnete Autofenster roch er die salzige Luft der Nordsee. Detering hielt kurz an, nahm die Waffe aus dem Handschuhfach und überprüfte noch einmal, ob sie geladen war. Er ließ sie in die Innentasche seines Sakkos gleiten und fuhr langsam wieder an. Nur noch wenige Minuten. Dann würde er vor ihm stehen. Nach all den Jahren. Ob er wirklich immer noch genauso aussah wie er? Ganz genauso? Detering war nervös.

Als er ins Haus trat, die Tür hatte einen Spaltbreit aufgestanden, roch er das Kaminfeuer und hörte das Knacken des Holzes. Er ging zur Bibliothek. Sein Bruder saß im Ledersessel und las in der Bibel. Als Detering eintrat, erhob er sich und wandte sich zu ihm. Sie standen sich gegenüber, sahen sich in die Augen. Die gleichen Augen.

»Ich verstehe nur Bahnhof«, meinte Eberhard.

Seufzend holte Anna weiter aus: »Die Deterings hatten zwei Kinder, Zwillinge. Karl und Wilhelm. Wilhelm stirbt angeblich mit sechs Jahren, vermutlich aber haben sie ihn weggegeben, möglicherweise verkauft. Carlos sagte mir, sie hätten Willi nach Holland gebracht. Offiziell war er gestorben. Das Kind, das bei den Eltern blieb, war Karl. Die Familie zieht nach Norddeutschland, nach Moordorf, wo sie keiner kennt, wo sie keiner wegen des angeblichen Todes von Wilhelm bemitleidet. In Moordorf kennen alle nur den kleinen Karl und wissen nichts von einem Wilhelm. Dort hatte Karl dann einen Teddy, der hieß Willi, vermutlich in Erinnerung an seinen Zwillingsbruder. Bis 1988 läuft alles, zumindest von außen betrachtet, ganz normal, besser als normal.

Eine mustergültige Familie. Doch Karl wird von seinem Vater mißbraucht. Permanent. Vermutlich läuft der Mißbrauch schon viele Jahre, ich nehme an, daß auch der kleine Wilhelm früher mißbraucht wurde. Zuerst von seinen Eltern, später dann auch von den Leuten, die ihn mit nach Holland nahmen. Denn im Alter von achtzehn, der stille Karl in Moordorf hat gerade das Abitur gemacht und will aufgrund der Manipulationen seiner in missionarischen religiösen Wahn abgedrifteten Mutter Priester werden, da taucht Wilhelm auf und rächt sich an seinen Eltern, die ihn mißbraucht und weggegeben haben ...«

»In eine andere Mißbrauchssituation hinein«, ergänzte Pete, der langsam begriff, worauf Anna hinauswollte.

»Jedenfalls kommt er zurück und steckt sein Elternhaus in Brand. Karl sieht seinen Zwillingsbruder dabei. Und nutzt die Situation, um aus seinem eigenen Leben zu verschwinden. Ein Leben, das ihn kaputtgemacht hat. Wilhelm hingegen, der Karl nicht gesehen hat, denkt wahrscheinlich, die dritte Leiche, die sie aus dem brennenden Haus rausholen, ist sein Bruder Karl. Er hält ihn für tot. Jedenfalls nimmt Wilhelm nun Karls Position ein.«

»Aber warum?« fragte Christian.

»Karl hatte nach außen hin ein akzeptables Leben. Wir haben keine Ahnung, was Wilhelm in Holland hinter sich gelassen hat. Karl hatte gerade Abi gemacht. Ein guter Startschuß in eine selbstbestimmte Zukunft. Er würde das Vermögen seiner Eltern erben, falls keiner die Brandstiftung nachweisen könnte. Und so ist es ja auch gekommen. Wilhelm wurde Karl, studierte ein wenig rum und zog dann das Immobiliengeschäft seines Vaters groß auf.«

»Und den Kinderhandel hat er gleich mit übernommen«, mutmaßte Christian.

»Falls der Vater schon professionell in dem Gewerbe tätig

war«, nickte Anna. »Aber meiner Meinung nach deutet alles darauf hin.«

»Hübsche These, aber gibt es Beweise?« fragte Pete.

»Nach dem Brand taucht ein völlig veränderter Karl auf«, begann Anna. »Er hat sich die Haare abrasiert. Die haben das damals auf den Schock zurückgeführt, aber meiner Meinung nach ist Wilhelm seinem Bruder gar nicht begegnet. Nicht vor dem Brand, nicht nach dem Brand. Da hielt er ihn für tot. Wilhelm wußte nicht, wie der echte Karl die Haare trug. Länger als er womöglich, und dann wäre Wilhelm sofort aufgeflogen. Also hat er sich für eine radikale, aber kluge Lösung entschieden. Alles ab! Dann die Amnesie! Karl hatte nach dem Brand angeblich alle möglichen Sachen vergessen, vor allem aus den letzten zehn Jahren. Viele Fakten über das Leben der Familie Detering in den letzten Jahren konnte Wilhelm geschickt in Erfahrung bringen. Seine Lücken deklarierte er einfach als Amnesie. Zum Beispiel konnte er sich nicht erinnern, daß er einmal vom Baum gefallen war. Oder wie sein geliebter Teddy hieß. Klar, Wilhelm kannte den Teddy überhaupt nicht! Aber Carlos. Als er gestern abend bei mir war, erzählte er von Willi. Es ging ein wenig durcheinander, deswegen dachte ich, er sei komplett neben der Spur. Aber ich hab's nur nicht gleich begriffen. Er redete nicht von sich in der dritten Person, sondern von seinem Bruder Wilhelm. Und seinem Teddy, der Willi hieß.«

»Als du sie verbrannt hast, war ich glücklich. Zum ersten Mal in meinem Leben war ich glücklich.«

Karl legte einen Scheit Holz in den Kamin und starrte lächelnd in die auflodernden Flammen.

»Ich auch. Du hast mich gesehen, oder?«

»Ja. Es war ein Riesenschock. Das Feuer, der Rauch, die

ganzen Leute, das Geschrei, die Lichter ... Und dann sah ich dich. Du standst an der Kirchenmauer, drüben bei den Petzolds. Ich konnte es zuerst gar nicht fassen. Du warst da, einfach so. Wieder da. In meinem Leben. Was für eine Freude! Und die Alten brannten lichterloh! Was für ein Fest! Ich wollte zu dir hin, dich umarmen und festhalten, aber ich wollte auch in Ruhe das Feuer sehen, wollte sehen, wie das Haus abbrennt bis auf die Grundmauern. Ich wollte sie verbrennen sehen, ich wollte ihre Schreie hören, ihr versengtes Fleisch riechen, und als ich dann wieder zu dir sah, begriff ich. Du warst genauso zufrieden wie ich, genauso glücklich. Und dann warst du ich, so wie früher, und es war, als hätte ich das Feuer gelegt und nicht du, und du würdest mir zulächeln und auf ihre Schreie warten.«

»Warum hast du mich hängenlassen und bist verschwunden? Ich Idiot dachte, ich hätte dich mit verbrannt!«

»Ich habe dich ins Beet von der Petzold kotzen sehen, als sie den Typen rausgeholt haben. Der war siebzehn, ein heroinsüchtiger Stricher, mit dem der Alte sich an dem Abend vergnügt hatte. Ich hatte mich verzogen, war die halbe Nacht rumgelaufen. Als sie dann den Jungen rausbrachten und du gekotzt hast, war mir klar, daß du denkst, ich wäre auch tot. Und plötzlich war das ein großartiger Gedanke. Tot sein. Eine Riesenchance! Das war, als ginge eine Tür vor mir auf. Und dahinter war nur Licht, weißes Licht. Da bin ich durch die Tür gegangen. Eine Zukunft, verstehst du?«

Er lächelte: »Sehr gut. Moordorf war plötzlich meine Zukunft. Wo bist du dann hin?«

»Nach Spanien.«

»Wie war's in Spanien?«

»Ganz gut. Bis auf ... Wie war's in Holland?«

»Wie zu Hause. Ganz genauso.«

»Und wer von beiden hat deiner Meinung nach die Kinder auf dem Gewissen?« fragte Christian.

»Ich fürchte Carlos. Er will ihre Seelen retten, weil sie durch den Mißbrauch beschmutzt sind.«

Pete nickte: »Das paßt zum Profil. Die Waschungen. Die rituellen Bestattungen.«

»Und er will Willi bestrafen«, fuhr Anna fort, »denn er weiß, daß Wilhelm die Kinder mißbraucht. Oder mißbrauchen lässt. Und mich hat er dazu benutzt, euch auf Deterings Spur zu setzen.«

»Wieso dich?« fragte Eberhard.

Volker trat ein und wollte etwas sagen, doch Christian gebot ihm mit einer Geste zu schweigen. Volker lehnte sich gegen die Wand und hörte zu. Er war kalkweiß im Gesicht, denn Yvonne hatte ihm draußen im Flur unter Tränen von Nicki und Scout erzählt.

»Er muß mich mit Pete gesehen haben. Und er kannte euch alle aus der Presse. Ich war dicht dran an der SOKO, dachte er, aber nicht so dicht, daß seine Manipulation auffallen würde.«

»Wahrscheinlich – vorausgesetzt, das stimmt alles – hat Carlos sein Haar absichtlich an der letzten Leiche zurückgelassen. Es ist von ihm, aber wir haben es als Beweis gegen seinen Bruder gewertet. Identischer genetischer Fingerabdruck«, sinnierte Pete.

Christian fuhr fort: »Und dem sauberen Makler ist in dem Moment, als Anna ihn fälschlicherweise als ihren Patienten identifiziert hat, klargeworden, daß sein Zwillingsbruder 1988 nicht mit verbrannt ist, sondern noch lebt. *Das* hat ihn so geschockt.«

Pete wandte sich an Anna: »Was hat Carlos jetzt vor?«

»Er will Wilhelm umbringen. Sein ursprünglicher Plan war wohl, seinen Bruder lebenslänglich hinter Gitter zu bringen und somit für alle Zukunft die Kinder vor ihm zu schützen. Er hat ihn nicht töten wollen, ich schätze, er hat geglaubt, daß er es nicht fertigbringt. Immerhin sind sie Zwillingsbrüder. Aber jetzt, wo er gesehen hat, daß dieser Plan nicht aufgeht – ihr habt Wilhelm, also den Makler, wieder freigelassen – hat er das Gefühl, er muß das Jüngste Gericht selbst in die Hand nehmen.«

»Während der Makler mit dem gleichen Plan unterwegs ist«, ergänzte Christian. »Er hat Joe zu dir geschickt, um Carlos zu finden. Wenn er ihn gefunden hat, wird er ihn umbringen und ihm alles in die Schuhe schieben: die Morde an den Kindern zu Recht, den Kinderhandel vermutlich auch, und die Morde an Scout und Nicki sowieso. Und er ist aus dem Schneider und wäscht seine schmutzigen Hände in Unschuld.«

»Wir müssen sie finden, zumindest einen von beiden«, sagte Eberhard.

»Detering besitzt ein Wochenendhaus auf Amrum. Es ist auf seinen Schwager eingetragen. Vielleicht sollten wir da mal nachsehen. Seine Frau meinte jedenfalls, daß er sich oft dahin zurückzieht, wenn sie Streit haben«, bemerkte Volker.

Christian erhob sich: »Ich brauche einen Hubschrauber. Sofort.«

»Ich will mitkommen«, sagte Anna sofort. »Wenn Carlos da ist ... Ich kann mit ihm reden.«

Christian sah sie prüfend an: »Sei mir nicht böse, aber du siehst furchtbar aus. Nach allem, was ... Schaffst du das?«

Anna holte ein Mal tief Luft und nickte entschlossen. Christian schaute zu Pete. »Es schadet nicht, wenn du einen Psychologen dabeihast«, meinte Pete. »Und Anna ist in jedem Fall die bessere Wahl.« Er hatte ganz offensichtlich während seines kleinen Aufenthalts im Gefängnis die Wegstrecke von Arroganz zu Demut zurückgelegt.

Karl und Wilhelm saßen am Kamin in schweren Clubsesseln und tranken alten Bordeaux, ganz so, als wäre ihr Familienzusammentreffen eine leise, innige Freude. Die Vorhänge waren zugezogen, das gedämpfte Licht einer Kerze und das Knistern des Kaminfeuers schufen eine behagliche Atmosphäre.

»Wieso bist du wieder in Deutschland aufgetaucht? Nach so vielen Jahren.«

Carlos schwenkte sein Glas und betrachtete die rubinrote Farbe des Weins und die trägen Schlieren an der Wand des Glases.

»Es ist was passiert in Spanien. Etwas, das nie hätte passieren dürfen.«

Carlos trank schweigend. Sein Bruder merkte, wie schwer es ihm fiel, darüber zu sprechen. Er drängte ihn nicht, gab ihm die Zeit, die er brauchte, um aufzuräumen. Denn deswegen waren sie hier. Beide. Sie wollten aufräumen.

»Ich habe als Gärtner in einem Kloster gearbeitet. Bei Nonnen. Ich wollte keine Männer mehr sehen. Aber dann … Da war ein Junge … er war knapp vierzehn … Er wurde mir als Hilfe zugewiesen. Ich wollte das nicht. Wollte keine Hilfe. Keinen Jungen in meiner Nähe. Wollte … Ich wollte nicht, aber …«

Er blickte von seinem Glas auf und sah seinem Bruder verzweifelt in die Augen: »Hast du dir jemals vorstellen können, daß du so wirst wie unser Alter?«

Wilhelm schwieg.

Carlos hatte den Blick gesenkt: »Ich konnte nichts dagegen tun … Ich habe mich selbst gehaßt … aber er war so schön … und so rein. Er hieß Jesús, kannst du dir das vorstellen? Ich habe ihn beschmutzt. Und dann hat er sich umgebracht.« Carlos machte eine kleine Pause, bevor er weitersprach. »Selbstmörder kommen in die Hölle. Und ich bin schuldig, ich habe mich an ihm versündigt.«

»Hör mir bloß auf mit diesem religiösen Mist. Hast du das von unserer Mutter? Die soll ja in ihren letzten Jahren mehr Zeit in der Kirche verbracht haben als in der Küche! Bigotte Schlampe!«

»Sag nichts gegen sie!« fuhr Carlos auf. »Sie hat mit mir gebetet. Für meine Seele.«

»Ach, du Scheiße! Der Alte hat uns gefickt, sie hat gefilmt!«

»Nicht mehr, nachdem du weg warst. Sie ist nie wieder mit in den Keller gegangen.«

»Die arme Frau«, höhnte sein Bruder, »hat sie das schlechte Gewissen gepackt, nachdem sie ihren Sohn für ein paar Silberlinge nach Eindhoven verscherbelte? Fünftausend Mark haben unsere Alten für mich gekriegt, fünftausend! Jedesmal, wenn ich mich in Holland dann gegen einen Kunden gewehrt habe, wenn ich ihn angespuckt und getreten habe, wurde ich mit einem Ledergürtel verprügelt, bis mir die Schwarte krachte: Die fünftausend bist du nicht wert, du Scheißling, haben sie gesagt! Paul und Lilli hießen sie übrigens, meine Pflegeeltern. Klingt irgendwie nett, oder? Und gepflegt haben die mich, das ahnst du nicht.«

»Glaubst du, mein Leben war besser?«

»Gut genug, um das Abi zu machen. Ich bin von jeder Schule geflogen. Holländisch habe ich schnell gelernt, kein Problem, ich bin ja nicht blöd. Nein, ich war den liberalen Holländern zu gewalttätig.« Er lachte spöttisch auf. »Einmal habe ich bei einer Klassenfahrt so 'ner blöden Ziege die Hand ins Lagerfeuer gehalten, bis sie roch wie ein Steak. Damals war ich neun.«

»Warum hast du das getan?« fragte Carlos angewidert.

»Warum nicht? Ich wollte wissen, wie laut sie schreien kann. Und was ich dabei fühle.« Er machte eine Pause. »Sie schrie laut. Und ich fühlte nichts.«

Die Rotorblätter des Hubschraubers durchschnitten die kalte Nordseeluft.

»Wie lange dauert das denn noch?« fragte Christian ungeduldig den Piloten.

»'ne Viertelstunde ungefähr.«

Christians Handy klingelte. Es war Pete, der sehr aufgeregt schien: »Daniel und ich haben gerade die DVD aus Deterings Langenhorner Tresor gesichtet. Großes Kino, sag ich dir! Da mußt du echt kotzen! Auftritt: der nette Richter aus der Eifel, dieser Professor Doktor Gernhardt, dieses kranke Schwein! Er schlitzt dem Jungen, den sie in Holland gefunden haben, den Darm mit einer kaputten Colaflasche auf! Daniel schickt gerade eine Kopie zu den Kollegen nach Eindhoven rüber. Der Regisseur war etwas unvorsichtig. Man sieht in einem Regal im Hintergrund ein Kinderbuch mit einer Karteinummer. Vielleicht in einer öffentlichen Bücherei ausgeliehen. So finden die das Haus!«

Christian schrie ins Telefon, um den Lärm des Hubschraubers zu übertönen: »Und ihr schnappt euch den Richter!«

Carlos öffnete die zweite Flasche Wein, ganz so, als sei er der Gastgeber. Mit eleganter Geste goß er die Gläser voll.

»Die Nonnen in Spanien haben an Feiertagen reichlich Rioja genossen«, lächelte er, »von erster Qualität, wie deine Vorräte hier.«

»Wie bist du ausgerechnet nach Spanien geraten? In ein Kloster! Das ist doch, als würde man sich selbst bei lebendigem Leibe begraben ...«

»Ich hatte Fotos gesehen von der Extremadura. Ein karges Land, Steine, Staub. Erschien mir passend. Das mit dem Kloster war perfekt. Die Welt, das Leben der Menschen blieb draußen, hinter den Mauern. Das Leben ... Mein Gott«, lachte Carlos bitter auf, »vom Leben will ich nichts. Das Leben ist nur Scheißefressen und Blutspucken. Als du das Haus angezündet hast, da war ein kurzer Moment, der in mir aufflackerte, gleichzeitig mit den hohen Flammen im Dachstuhl, da dachte ich, ich könnte ein Leben haben. Weit weg, alles vergessen, neu anfangen. Was für ein Schwachsinn! Es gibt kein Vergessen, und schon gar kein Leben. Das war in dem Moment vorbei, als unser Alter uns zum ersten Mal nachts aus dem Bett geholt hat.«

Wilhelm sah seinen Bruder verächtlich an: »Du hast schon als Kind immer geheult. Bring dich doch um, dann hast du's hinter dir.«

»Selbstmord kommt nicht in Frage. Das ist Sünde.«

Wilhelm hob das Glas und prostete seinem Bruder zu: »Und was ist mit Mord? Steht nicht geschrieben: Du sollst nicht töten?«

Carlos erhob sein Glas nicht: »Ich habe nicht gemordet.«

»Und die Kinder? Das warst doch du!«

Über Carlos' Augen senkte sich ein dunkler Schleier, er blickte gedankenverloren auf die Tischplatte, als würde er die Maserung des Walnußholzes betrachten: »Die waren schon tot. Tote Seelen, die Körper nur noch leere Hüllen. Mißbrauchtes, geschundenes Fleisch. Ich habe sie befreit. Gemordet hast *du* sie. Du und deine Kunden.«

Wilhelm stellte gleichgültig sein Glas ab: »Wie hast du es rausbekommen?«

Ganz langsam hob Carlos den Kopf und sagte kalt: »Als das in Spanien passiert ist, das mit Jesús, da war ich so verzweifelt, daß ich mich wirklich fast umgebracht hätte. Aber dann dachte ich an dich. Was wohl aus dir geworden war? Vielleicht hattest du es ja geschafft, ein Leben zu leben. Vielleicht konntest du mich retten. Ich wollte mit dir reden, wollte deine Hilfe. Ich kam nach Deutschland, habe dich gesucht, gefunden. Ich habe dich beobachtet, war vor deinem

Haus, sah, daß du eine Frau hast. Ich war froh. Wollte mich sofort in deine Arme stürzen, wie früher, weißt du noch? Aber du bist in dein Auto gestiegen und weggefahren. Ich folgte dir. Bis hierher. Du hast ein paar Typen getroffen. Und zwei kleine Jungs. Ich habe gesehen, was du gemacht hast... Du hast sie gefilmt!«

»Das war vor einem knappen Jahr!« Wilhelm war überrascht. »Seitdem war ich nicht mehr hier. Nicht mit Kunden!«

Carlos schien plötzlich sehr müde: »Ich konnte es zuerst nicht glauben. Aber dann habe ich dich beobachtet. Die ganze Zeit. All deine Reisen. Am Anfang hatte ich Schwierigkeiten, hinterherzukommen – immer wenn du das Flugzeug genommen hast, stand ich dumm in der Abfertigungshalle rum. Aber mit der Zeit lernte ich deine Routen kennen. Deine Kunden. Deine Opfer. All die Kinder. So klein noch.«

»Hör bloß auf mit deinem Moralgesabber«, stieß Wilhelm aggressiv hervor. »Was hätte denn sonst aus mir werden sollen? Meine verfickten Pflegeeltern in Holland sind dick im Geschäft. Ich kenne nichts anderes als ficken und gefickt werden! Auf dein Abi hab ich geschissen. Okay, ich hab's versucht. Studium und Perspektive und der ganze Schwachsinn. Aber es ging nicht. Du sagst doch selbst, wir hatten keine Chance auf ein normales Leben. Also hab ich den Immobilienladen vom Alten weitergeführt. Ist 'ne Supertarnung für die wirklich guten Geschäfte mit dem Grünzeug.«

Carlos begann zu zittern: »Weißt du, was du bist? Du bist der Teufel.« Er flüsterte es mit brüchiger Stimme, mit dem ganzen Entsetzen, das im Laufe des letzten Jahres, im Laufe seines Lebens über ihn gekommen war.

Mißtrauisch verfolgte Wilhelm nun jede Bewegung Karls. »Und du? Ein komplett Irrer! Jammerst über das schlimme Schicksal der Kinder, aber erwürgst das Frischfleisch reihenweise.«

»Ich rette ihre Seelen. Solange sie noch nicht erwachsen sind. Und Monster werden, wie wir es geworden sind.«

Wilhelm lachte bitter auf: »Und mir schiebst du's in die Schuhe!«

Beide Brüder saßen inzwischen aufrecht in ihren Sesseln, beide in höchster Anspannung. Ihre Körper schwitzten Adrenalin aus. Sie wußten, daß es gleich passieren würde, daß es Abschiednehmen hieß. Deswegen waren sie hier. Im Hintergrund war das Geräusch eines herannahenden Hubschraubers zu hören, doch sie achteten nicht darauf.

»Das wollte ich. Damit die Bullen dich kriegen, und das nicht nur für ein paar läppische Jahre. Du solltest im Gefängnis verrecken!«

Wilhelm goß sich und Karl erneut Wein nach: »Du bist ein armseliger Feigling, sonst nichts. Wieso hast du mich nicht einfach abgeknallt, wenn du so erpicht darauf bist, die Kinderlein vor mir zu schützen?«

»Ich dachte, ich kann es nicht. Du bist mein Bruder. Du bist mein Zwilling. Du bist ich.«

»Das ist fast dreißig Jahre her. Lange vorbei. Laß uns noch einmal auf die alten Zeiten trinken.«

Karl nahm das Glas, das Wilhelm ihm reichte. Die beiden erhoben sich aus ihren Sesseln, stießen an, stumm und schwer, als wöge der Wein Zentner, und tranken. Karl und Wilhelm standen sich gegenüber, sahen sich in die Augen und verabschiedeten sich voneinander, jetzt, lange Jahre nach der Nacht, in der Willi verschwand. Sie mußten es tun, mußten Abschied davon nehmen, daß sie Brüder waren, daß sie alles geteilt hatten, das ganze Leid, die Angst vor nächtlichen Schritten auf der Treppe, den Schrecken fremder Männer, fremder Hände, die sie befingerten, das Unfaßbare, daß ihre Eltern sie auslieferten statt zu schützen, das einzig Tröstliche, daß sie eins gewesen waren und nicht allein. Bis sie auseinandergerissen wurden. Geteilt wurden, um getrennt zu leiden, Tag für Tag, Woche für Woche, Monat für Monat, Jahr für Jahr.

Als Karl den Kopf nach hinten legte, um sein Glas auszutrinken, zog Wilhelm die Waffe aus seinem Sakko hervor.

»Leider ist unser Gespräch jetzt beendet, Karli. Tut mir leid, daß alles so gekommen ist, aber du hättest dich nicht einmischen sollen.«

Draußen pirschten sich Christian, Eberhard und Volker an das Haus heran. Anna wartete, auf Christians Geheiß, am Rande des einige Hektar großen Weideland-Grundstücks. Sie stand neben dem Piloten am Hubschrauber und zitterte, obwohl es eine milde Nacht war. Nervös trat sie von einem Bein aufs andere. Es paßte ihr nicht, hier zurückzubleiben. Es paßte ihr ganz und gar nicht. Sie wollte nicht allein sein auf unbekanntem Territorium, allein mit einem fremden Mann. Anna wußte, daß die Übelkeit, die in ihr aufstieg, Symptom des Traumas war, das sie am Morgen durch Joes Besuch erlebt hatte, und sie kämpfte dagegen an. Sie zwang sich, ruhig und tief zu atmen.

Eberhard und Volker schlichen mit etwas Abstand hinter Christian her und orientierten sich dann nach vorne zum Hauseingang. Christian war inzwischen an der rückwärtigen Hausmauer angekommen und schob sich mit entsicherter Waffe im Schatten des Reetdachs an ein bodentiefes Fenster vor, durch dessen geschlossene Vorhänge er das Glimmen des Kaminfeuers mehr erahnte als sah.

Plötzlich zerriß ein Schuß die nächtliche Stille. Dann noch einer. Christian sah Mündungsfeuer durch den Vorhang aufblitzen. Er zögerte keine Sekunde und sprang, seinen Kopf mit beiden Armen schützend, durch die Scheibe. Volker und Eberhard verschafften sich im gleichen Moment gewaltsam durch die Haustür Zutritt.

Anna, die etwa achthundert Meter weit weg stand, zuckte

bei den Schüssen und dem selbst über diese Entfernung deutlich hörbaren Bersten des Glases erschrocken zusammen und rannte los, mit langen Schritten über die in völliger Dunkelheit liegende Wiese voller Maulwurfshügel.

Christian stand im spärlich beleuchteten Wohnzimmer, die Waffe auf eine Person vor dem Kamin gerichtet. Zwei Sekunden später waren auch Volker und Eberhard da.

Auf dem Teppich lag einer der beiden Brüder, neben ihm eine Waffe. Ein dünner Streifen Blut lief seinen Mundwinkel herab, die Augen waren weit offen und blickten im Tod noch überrascht. Er war mitten ins Herz getroffen. Der andere stand etwa zwei Meter vor ihm, in der rechten Hand eine Pistole, am linken Oberarm eine sprudelnde Schußwunde.

Langsam wandte er sich zu Christian und wies auf die Leiche: »Darf ich vorstellen? Mein Zwillingsbruder, Wilhelm Detering.«

Anna kam, atemlos von ihrem Lauf über das Grundstück, zur Wohnzimmertür herein. Sie sah die Leiche und blickte fragend zu Christian. Der hob ratlos die Schultern. Er hatte keine Ahnung, wer da nun tot vor ihm lag. War es wirklich Wilhelm? Oder war es Karl? Während Volker dem lebenden der beiden Brüder Handschellen anlegte, beugte sich Anna über den toten. Sie zog ihm das linke Hosenbein hoch und fand, was sie suchte: eine Narbe, die von einem Sturz in eine Glasscherbe herrührte, wie Frau Petzold erzählt hatte.

»Das hier ist Carlos«, sagte sie leise zu Christian. Fast zärtlich legte sie ihre Hand auf Karls Gesicht und schloß ihm die Augen.

Donnerstag, 7. Juli

Christian kam am nächsten Morgen gegen elf Uhr in seine Wohnung zurück, bepackt mit frischen Zutaten für ein opulentes Frühstück, die er in der Küche abstellte. In der vergangenen Nacht hatte er noch weniger geschlafen als in den Nächten zuvor, nämlich gar nicht. Dennoch fühlte er sich gut. Der Fall stand kurz vor dem Abschluß, und Anna lag schlafend in seinem Bett. Liebevoll warf er einen kurzen Blick auf ihren ihm zugekehrten Rücken, ihren braunen Wuschelkopf, betrachtete ihre schmalen Schultern, die sich in ihrem Atemrhythmus leicht hoben und senkten, und schloß leise wieder die Schlafzimmertür. Bald würde er sie wecken müssen. Er ging ins Wohnzimmer zu seinem Computer und öffnete das Mailprogramm. Nachdenklich rieb er seine Hände, ließ die Knöchel knacken und begann zu schreiben:

»Lieber Jan,
ich würde mich wirklich sehr freuen, wenn Du bald zu Besuch kommen würdest. Ich kann mir garantiert ein paar Tage frei nehmen, wenn Du mir rechtzeitig Bescheid gibst. Wir könnten wegfahren. Oder zu Hause bleiben und reden. Ganz wie Du willst. Wir haben uns lange nicht gesprochen und noch länger nicht gesehen. Ich weiß nicht, wie es Dir geht, was Du machst, mit wem Du lebst. Vermutlich weiß ich nicht mal richtig, wer Du bist. Als Vater habe ich wohl auf ganzer Linie versagt. Dabei wird mir in letzter Zeit erschreckend klar, wie wichtig es ist, miteinander zu reden. Ich aber habe hauptsächlich

geschwiegen, ich fühlte mich schon als Superdaddy, wenn ich Dich im Polizeiwagen mitfahren ließ. Es tut mir leid, daß ich so egoistisch, oberflächlich und dumm war. Bitte, gib mir Gelegenheit, Dich endlich kennenzulernen. Dein Freund ist mir natürlich auch willkommen.

In Liebe, Dein Vater«

Christian las die Mail noch einmal durch und fühlte sich ein wenig unbehaglich, solche Töne anzuschlagen. Er war es schlicht nicht gewohnt, seine Gefühle zu äußern, es sei denn durch Fluchen. Doch er schickte die Mail ab. Es war Zeit, ein paar Dinge zu ändern.

Erleichtert ging er in die Küche, um das Frühstück vorzubereiten. Während er die Radieschen putzte, hörte er plötzlich ein qualvolles Stöhnen aus dem Schlafzimmer. Eilig lief er hin. Anna wälzte sich unruhig im Bett hin und her, sie schwitzte, ihre Augen rollten wild unter den geschlossenen Lidern, ihre Hände zitterten fahrig über die Bettdecke. Christian faßte ihr beruhigend an die Schulter, doch sie schlug nach ihm.

»Ruhig, ganz ruhig. Anna, wach auf. Ich bin's«, versuchte er sie mit halblauter Stimme aus ihrem Alptraum zu wecken. Sie riß die Augen auf. Zuerst war sie völlig orientierungslos. Dann erkannte sie Christian und ließ sich an seine Brust fallen.

»Du hattest einen Alptraum«, meinte er sanft.

»Das kann man wohl sagen. Was machst du hier?«

»Ich wohne hier. Und ich mache uns ein Frühstück. Alles wieder in Ordnung?«

Ihr Lächeln geriet ein wenig schief: »Mhmm ...«

Sie löste sich von Christian und sah sich um. Es fiel ihr wieder ein. Sie lag in seinem Bett, in seiner Wohnung. Sie hatte nicht in ihr Haus zurückgewollt, sie hatte nicht durch die Küche gehen wollen, wo immer noch der Kreideumriß Joes auf dem Boden war, sein Hirn, sein Blut, auf den Fliesen eingetrocknet und vermengt mit dem ihren.

»Hast du Hunger?« fragte Christian. »Es gibt Rührei mit Speck und Schnittlauch. Und frische Brötchen. Und Käse. Und Krabbensalat.«

Anna rappelte sich hoch: »Klingt fürstlich. Hast du überhaupt geschlafen?«

»Ich war bis jetzt im Büro. Später ist noch genug Zeit zum Schlafen«, wiegelte Christian ab.

Anna stand auf, zog seinen Bademantel über, der neben dem Bett auf dem Boden lag, und folgte ihm in die Küche.

»Und?« fragte sie.

»Was und?« fragte Christian zurück.

»Weswegen wird Wilhelm Detering angeklagt? Könnt ihr ihm die Morde an Scout und Nicki beweisen?«

»Sieht nicht gut aus bislang. Eine der beiden Waffen, die wir auf Amrum sichergestellt haben, ist definitiv die Waffe, mit der Scout und Nicki erschossen wurden. Aber Detering behauptet, es sei die seines Bruders. Und tatsächlich sind auch dessen Fingerabdrücke drauf. Detering hat sauber gearbeitet, seine abgewischt und die Waffe Carlos in die Hand gedrückt. Und selbst Zwillinge haben keine identischen Fingerabdrücke.«

Anna nickte. »Deswegen hat Carlos bei mir in der Praxis auch nie was angefaßt.«

»Der Makler hat außerdem eine gute Geschichte, wie er Scout und Nicki entwischt ist«, fuhr Christian fort. »Wird schwer, wenn nicht unmöglich, ihm zu beweisen, daß er die beiden erschossen hat und nicht Carlos. Und der Mord an seinem Bruder war Notwehr, versteht sich.«

Anna blickte Christian fassungslos an: »Und was bleibt dann? Besitz und Verbreitung von Kinderpornographie? Ein paar Jahre, und gut? Das kann doch nicht wahr sein!«

Christian ließ ab von dem Schnittlauch, den er im Begriff war zu schnippeln, und wandte sich zu Anna um. Er sah sie ernst an.

»Wir kriegen ihn dran als Kinderhändler. Wir haben massenweise Adressen, Fotos, Filme. Wir haben inzwischen die Geschäftsverbindung nach Eindhoven, übrigens Wilhelms Pflegeeltern, die ihn damals von den Deterings gekauft haben. Ein echt übles Pack, ich erspare dir die Details.«

»Wieviel kriegt Detering dafür?«

»Zu wenig. Viel zu wenig.«

Kraftlos ließ Anna sich auf einen Stuhl fallen: »Das glaube ich einfach nicht!«

Christian setzte sich zu ihr und betrachtete sie schweigend.

»Was ist?« fragte Anna unwirsch, als wäre Christian schuld an der deutschen Rechtsprechung, die Kinderschänder viel zu milde bestrafte.

»Ich habe um ein Uhr einen Termin beim Oberstaatsanwalt. Um drei gemeinsame Pressekonferenz. Ich bin hier, weil ich mit dir reden muß. Wir, das heißt das gesamte Team, Volker, Eberhard, Daniel, Karen, Pete und ich... Wir wollen auch nicht, daß Detering so einfach davonkommt. Nicht nur wegen der Kinder, deren Leben er zerstört hat, bevor es anfing. Auch wegen unserer Kollegen. Deshalb haben wir beschlossen, ab sofort fest davon überzeugt zu sein, daß Wilhelm Detering nicht nur Scout und Nicki, sondern auch die Kinder umgebracht hat. Wir haben ein Haar, wir haben die Flüge, das falsche Alibi eines kinderschändenden Richters. Das reicht.«

Verständnislos sah Anna ihn an: »Wilhelm Detering wird die ganze Geschichte erzählen. Und die Leiche von Carlos bestätigt seine Version.«

»Auf Amrum gibt es keine Rechtsmedizin. Wir haben die Leiche mit nach Hamburg genommen. Und ich weiß nicht, wie, frag am besten Karen, sie hat sich in Luft aufgelöst.«

»Aber das exhumierte Kindergerippe in Baal beweist, daß Wilhelm Detering nicht im Alter von sechs Jahren starb«, gab Anna zu bedenken.

»Sorry, aber da habe ich gelogen. Die Exhumierung war inoffiziell, die Erlaubnis habe ich mir selbst ausgestellt. Der Kripochef dort ist ein alter Kumpel von mir, oder was glaubst du, wieso wir ganz ohne Spezialtruppe mitten in der Nacht angerückt sind? Wenn Detering nun eine Exhumierung beantragt, um seine Geschichte zu untermauern, wird man das Grab leider leer vorfinden. Wir brauchen nur noch ein passendes Gutachten von einem Psychologen, der uns bestätigt, daß Karl Detering eine gespaltene Persönlichkeit ist. Und da kommst du ins Spiel.«

»Kommen wir damit durch?« fragte Anna zweifelnd.

»Koste es, was es wolle«, sagte Christian.

Anna nickte langsam. Ihr Blick ging ins Leere. Christian konnte kaum verstehen, wie sie flüsterte: »Carlos, es ist vollbracht.«

PIPER ORIGINAL

Reggie Nadelson

Russische Verwandte

Kriminalroman. Aus dem Amerikanischen von Claudia Feldmann. 400 Seiten. Klappenbroschur

Im Sand von Brighton Beach liegen die blutdurchtränkten Kleider eines Kindes. Es ist nicht das erste Mal, daß in der russisch-jüdischen Gemeinde ein Kind auf bestialische Weise ermordet wird. Panik und Hysterie machen sich in Brooklyn breit, wo die Menschen wenige Monate nach dem 11. September nur schwer in ihr gewohntes Leben zurückfinden. Artie Cohen aber versucht, einen kühlen Kopf zu bewahren. Nur widerstrebend beginnt der Polizist im Umfeld der eigenen russischen Verwandtschaft zu ermitteln. Und dann verschwindet sein Patenkind Billy – immer tiefer wird Artie in einen Fall hineingezogen, der eine grausame Wahrheit für ihn bereithält …

04/1055/01/R

PIPER ORIGINAL

Anne Chaplet

Russisch Blut

Kriminalroman. 256 Seiten. Klappenbroschur

»Anne Chaplet ist ein Glücksfall für die deutsche Kriminliteratur«, schreibt der Spiegel. Und ihre bislang fünf Kriminalromane, messerscharf, kunstvoll und spannend bis zur letzten Seite, bezeugen eindrucksvoll, daß Anne Chaplet zu den besten ihres Fachs gehört.
In »Russisch Blut« stellt sie ihre neue Ermittlerin vor, die kluge und geduldige bosnische Tierärztin Katalina Cavic, die es ins verfallene Schloß Blanckenburg verschlägt. Das ostdeutsche Anwesen hat eine dunkle Geschichte. Aber erst der brutale Mord an dem Archäologen Sigurd Rust bringt ein Jahrzehnte altes Verbrechen ans Tageslicht …

04/1044/01/L

PIPER ORIGINAL

Heinrich Steinfest

Ein dickes Fell

Kriminalroman. 608 Seiten. Klappenbroschur

Bis heute wird die Original-Rezeptur von 4711 Echt Kölnisch Wasser, die auf die Unterlagen eines Kartäuser-Mönches zurückgehen soll, geheimgehalten. Als ein kleines Rollfläschchen 4711 mit dem Ur-Destillat auftaucht, beginnt die Jagd nach den Flakon, denn ihm werden extreme Wirkungen nachgesagt: Erstens, daß sich damit ein Golem zum Leben erwecken läßt, zweitens, daß man dank des Destillats ewiges Leben erreicht, und drittens die Zerstörung der Welt zu bewerkstelligen ist. Als der erste Tote zu beklagen ist, kehrt Cheng, der einarmige Detektiv chinesischer Abstammung, aus Kopenhagen nach Wien zurück. Sein Hund Lauscher reist mit, muß mittlerweile Höschen tragen, hat sich aber trotz Altersinkontinenz sein dickes Fell bewahrt. Davon kann Cheng sich für seinen dritten und letzten Fall eine ordentliche Scheibe abschneiden …

04/1050/01/R